U0851235

读客

读客三个圈经典文库

经典就读三个圈　导读解读样样全

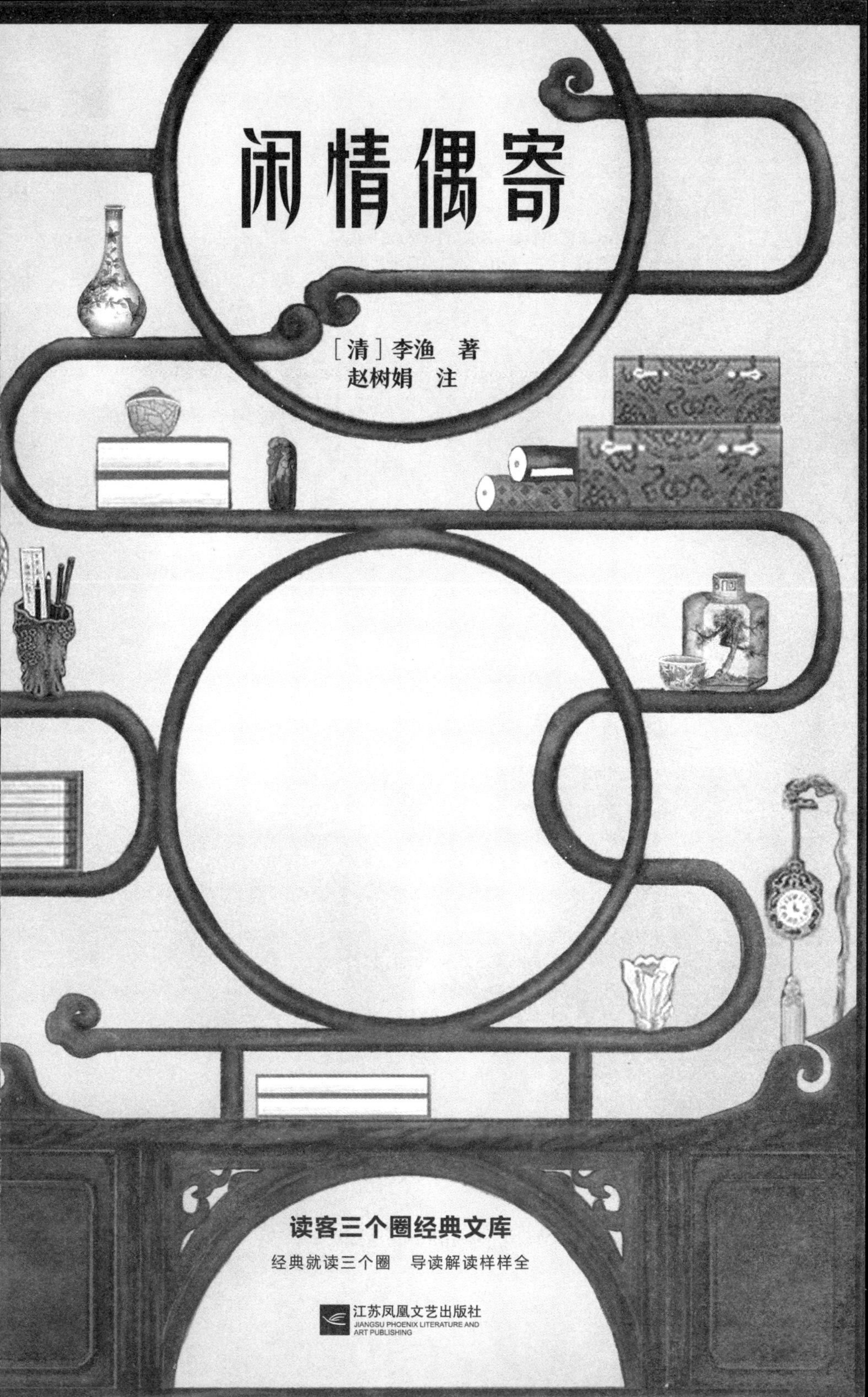

闲情偶寄

［清］李渔 著
赵树娟 注

读客三个圈经典文库

经典就读三个圈　导读解读样样全

江苏凤凰文艺出版社
JIANGSU PHOENIX LITERATURE AND ART PUBLISHING

图书在版编目（CIP）数据

闲情偶寄 /（清）李渔著；赵树娟注 . -- 南京：
江苏凤凰文艺出版社，2020.11（2022.2 重印）
ISBN 978-7-5594-4610-7

Ⅰ . ①闲… Ⅱ . ①李… ②赵… Ⅲ . ①杂文集 – 中国
– 清代 Ⅳ . ① I264.9

中国版本图书馆 CIP 数据核字 (2020) 第 033301 号

闲情偶寄

［清］李渔 著　　赵树娟 注

责任编辑　丁小卉
特约编辑　李颖荷
装帧设计　文　薇
责任印制　刘　巍
出版发行　江苏凤凰文艺出版社
　　　　　南京市中央路 165 号，邮编：210009
网　　址　http://www.jswenyi.com
印　　刷　河北鹏润印刷有限公司
开　　本　890 毫米 ×1270 毫米 1/32
印　　张　10.75
字　　数　221 千字
版　　次　2020 年 11 月第 1 版
印　　次　2022 年 2 月第 2 次印刷
标准书号　ISBN 978 – 7 – 5594 – 4610 – 7
定　　价　45.00 元

目录

跟着李渔学生活

声容部 001

选姿第一 003

修容第二 014

治服第三 024

习技第四 040

居室部 055

房舍第一 057

窗栏第二 066

墙壁第三 081

联匾第四 088

山石第五 095

器玩部 101

制度第一 103

位置第二 134

饮馔部 139

蔬菜第一 141

谷食第二 150

肉食第三 156

种植部 171

木本第一 173

藤本第二 192

草本第三 198

众卉第四 213

竹木第五 219

颐养部 227

行乐第一 229

止忧第二 256

调饮啜第三 259

节色欲第四 263

却病第五 268

疗病第六 271

独家文学手册 281

· 导读：你也可以这样活 283
· 帮闲文人李笠翁 293
· 初代读者的评价 303
· 玩出诗意生活 317

跟着李渔学生活

今以一次所傅之粉，分为二次傅之，先傅一次，俟其稍干，然后再傅第二次，则浓者淡而淡者浓，虽出无心，自能巧合，远观近视，无不宜矣。此法不但能匀，且能变换肌肤，使黑者渐白。

——《声容部·修容第二》

○○○

把一次要用的水粉分两次扑在脸上，先扑一次，等稍稍变干些再扑一次，这样一来相貌美艳的人会变得清丽，而长得寡淡的人也会变得浓艳。这种办法不但能把粉上均匀，还能自然地改变肤色，使肤色深的人变白。

人谓变俗为雅，犹之点铁成金，惟具山林经济者能此，乌可责之一切？予曰：垒雪成狮，伐竹为马，三尺童子皆优为之，岂童子亦抱经济乎？有耳目即有聪明，有心思即有智巧，但苦自画为愚，未尝竭思穷虑以试之耳。

——《器玩部·制度第一》

○ ○ ○

人们说把俗物变得雅致就像把铁变成金子，只有过隐居生活的人才有条件这样做，怎么能责备普通人做不到呢？我却认为像把雪堆成狮子、砍竹子当马骑这样的事小孩都能做好，难道说小孩有变雅为俗的外在条件吗？有感官和头脑就有经营生活的能力，怕的是自认为愚鲁就不努力尝试。

声音之道，丝不如竹，竹不如肉，为其渐近自然。吾谓饮食之道，脍不如肉，肉不如蔬，亦以其渐近自然也。草衣木食，上古之风，人能疏远肥腻，食蔬蕨而甘之，腹中菜园，不使羊来踏破，是犹作羲皇之民，鼓唐虞之腹，与崇尚古玩同一致也。

——《饮馔部·蔬菜第一》

○ ○ ○

音乐当中，弦乐的声音不如管乐，管乐的声音不如人声，是因为人的歌喉最接近自然。在我看来饮食之道也是相似的：精细烹饪的肉不如大块的肉，荤食不如蔬菜，也是因为蔬菜最接近自然。穿麻布衣服吃素食是上古之风，如果一个人能远离油腻的菜肴，吃素也乐在其中的话，一肚子蔬菜不受羊的侵扰，过的就是上古圣君治下的生活了！这和崇尚古玩是一样的呀。

草木之类，各有所长，有以花胜者，有以叶胜者。花胜则叶无足取，且若赘疣，如葵花、蕙草之属是也。叶胜则可以无花，非无花也，叶即花也，天以花之丰神色泽归并于叶而生之者也。

——《种植部·众卉第四》

○ ○ ○

植物各有各的长处，有种来看花的，有养来赏叶的。以花取胜的植物往往叶子就显得多余，比如葵花和蕙草之类。叶子好看的植物似乎完全不需要花，其实也不是它们没有花，而是叶子就是它们的花，上天把花的颜色姿态也给了叶子。

穷人行乐之方，无他秘巧，亦止有退一步法。我以为贫，更有贫于我者；我以为贱，更有贱于我者；我以妻子为累，尚有鳏寡孤独之民，求为妻子之累而不能者；我以胼胝为劳，尚有身系狱廷，荒芜田地，求安耕凿之生而不可得者。以此居心，则苦海尽成乐地。

——《颐养部·行乐第一》

○○○

穷人享乐没有什么秘诀，只有“退一步”这一个办法。我虽然穷，但还有比我更穷的人；我地位不高，但也有地位不如我的人；我觉得妻儿是负担，但还有想要妻儿这个负担却得不到的人呢！我觉得干活劳累，还有那么多人身在牢狱，想回家种地务工却回不来的人呢！这样一想，多困苦的境地都是乐土了。

声容部

我有美妻美妾而我好之，是还吾性中所有，圣人复起，亦得我心之同然，非失德也。

选姿第一

“食色，性也。[1]”“不知子都之姣者，无目者也。[2]”古之大贤择言而发，其所以不拂[3]人情，而数为是论者，以性所原有，不能强之使无耳。人有美妻美妾而我好之，是谓拂人之性；好之不惟损德，且以杀身。我有美妻美妾而我好之，是还吾性中所有，圣人复起，亦得我心之同然，非失德也。孔子云：“素富贵，行乎富贵。[4]”人处得为之地，不买一二姬妾自娱，是素富贵而行乎贫贱矣。王道本乎人情，焉用此矫清矫俭者为哉？但有狮吼[5]在堂，则应借此藏拙，不则好之实所以恶之，怜之适足以杀之，不得以红颜薄命借口，而为代天行罚之忍人也。予一介寒生，终身落魄，非止国色难亲，天香未遇，即强颜陋质之妇，能见几人，而敢谬

---

1 出自《孟子·告子上》，是告子的论点之一，即食欲与性欲都是人的本能与生存需要，食色还可以引申为喜爱美好的事物。

2 出自《孟子·告子上》，子都是春秋时郑国的公子，据说是当时的第一美男子，他的姣好容貌是有目共睹的。

3 拂：违背、逆。

4 出自《礼记·中庸》，意为处在富贵的地位，就做富贵人应该做的事；处在贫贱的地位，就做贫贱时应该做的事。

5 狮吼：河东狮子吼。比喻悍妻怒骂。

次[1]音容，侈谈歌舞，贻笑于眠花藉柳[2]之人哉！然而缘虽不偶，兴则颇佳，事虽未经，理实易谙，想当然之妙境，较身醉温柔乡者倍觉有情。如其不信，但以往事验之。楚襄王，人主也。六宫窈窕，充塞内庭，握雨携云[3]，何事不有？而千古以下，不闻传其实事，止有阳台[4]一梦，脍炙人口。阳台今落何处？神女家在何方？[5]朝为行云，暮为行雨，毕竟是何情状？岂有踪迹可考，实事可缕陈乎？皆幻境也。幻境之妙，十倍于真，故千古传之。能以十倍于真之事，谱而为法，未有不入闲情三昧者。凡读是书之人，欲考所学之从来，则请以楚国阳台之事对。

肌肤

妇人妩媚多端，毕竟以色[6]为主。《诗》不云乎“素以为绚兮”？素者，白也。妇人本质，惟白最难。常有眉目口齿，般般入画，而缺陷独在肌肤者。岂造物生人之巧，反不同于染匠，未施漂练之力，而遽[7]加文采之工乎？曰：非然。白难而色易也。曷言乎难？是物之生，皆视根本，根本何色，枝叶亦作何色。人之根本维何？精也，血也。精色带白，血则红而紫矣。多受父精而成胎者，其人之生也必白。父精母血交聚成胎，或血多而精少

---

1 次：次序、等第。这里的意思是评判。

2 眠花藉柳：指狎妓。

3 握雨携云：指男女欢合。

4 阳台：指男女欢会的场所。

5 楚襄王的故事出自战国楚宋玉《神女赋序》，楚襄王曾经夜梦与神女在巫山约会。后来成为咏帝王艳遇的典故。

6 色：这里指肤色。

7 遽（jù）：于是，就。

者，其人之生必在黑白之间。若其血色浅红，结而为胎，虽在黑白之间，及其生也，豢[1]以美食，处以曲房[2]，犹可日趋于淡，以脚地[3]未尽缁[4]也。有幼时不白，长而始白者，此类是也。至其血色深紫，结而成胎，则其根本已缁，全无脚地可漂，及其生也，即服以水晶云母，居以玉殿琼楼，亦难望其变深为浅，但能守旧不迁，不致愈老愈黑，亦云幸矣。有富贵之家，生而不白，至长至老，亦若是者，此类是也。知此，则知选材之法，当如染匠之受衣。有以白衣使漂者，受之，易为力也；有白衣稍垢而使漂者，亦受之，虽难为力，其力犹可施也；若以既染深色之衣，使之剥去他色，漂而为白，则虽什佰其工价，必辞之不受。以[5]人力虽巧，难拗[6]天工，不能强既有者而使之无也。妇人之白者易相，黑者亦易相，惟在黑白之间者，相之不易。有三法焉：面黑于身者易白，身黑于面者难白；肌肤之黑而嫩者易白，黑而粗者难白；皮肉之黑而宽者易白，黑而紧且实者难白。面黑于身者，以面在外而身在内，在外则有风吹日晒，其渐白也为难；身在衣中，较面稍白，则其由深而浅，业[7]有明征，使面亦同身，蔽之有物，其验亦若是矣，故易白。身黑于面者反此，故不易白。肌肤之黑而嫩者，如绫罗纱绢，其体光滑，故受色易，退色亦易，稍受风吹，略经日照，则深者浅而浓者淡矣。粗则如布如毯，其受色之

1 豢（huàn）：这里指喂养。
2 曲（qǔ）房：内室、密室。
3 脚地：方言。屋里或屋外空余的地方；建筑物内部的地面。这里指身体的部位。
4 缁（zī）：黑色。
5 以：因为。
6 拗：这里的意思是不服从，违反。
7 业：已经。

难，十倍于绫罗纱绢，至欲退之，其工又不止十倍，肌肤之理亦若是也，故知嫩者易白，而粗者难白。皮肉之黑而宽者，犹紬[1]缎之未经熨，靴与履之未经楦[2]者，因其皱而未直，故浅者似深，淡者似浓，一经熨楦之后，则纹理陡变，非复曩[3]时色相矣。肌肤之宽者，以其血肉未足，犹待长养，亦犹待楦之靴履，未经烫熨之绫罗纱绢，此际若此，则其血肉充满之后，必不若此，故知宽者易白，紧而实者难白。相肌之法，备乎此矣。若是，则白者、嫩者、宽者为人争取，其黑而粗、紧而实者，遂成弃物乎？曰：不然。薄命尽出红颜，厚福偏归陋质，此等非他，皆素封伉俪[4]之材，诰命夫人[5]之料也。

眉眼

面为一身之主，目又为一面之主。相人必先相面，人尽知之，相面必先相目，人亦尽知而未必尽穷其秘。吾谓相人之法，必先相心，心得而后观其形体。形体维何？眉发口齿，耳鼻手足之类是也。心在腹中，何由得见？曰：有目在，无忧也。察心之邪正，莫妙于观眸子，子舆[6]氏笔之于书，业开风鉴[7]之祖。予无

1 紬：同“绸”，指丝绸、绸缎。

2 楦（xuàn）：本义为做鞋用的模型，这里指拿东西把物体中空的部分填满，使物体鼓起来。

3 曩（nǎng）：以往；从前；过去的。

4 伉俪：夫妻。伉：对等、相称；俪：相并、对偶的意思。

5 诰命夫人：朝廷对高官的母亲或妻子加封的称号。这里指受有朝廷封号的贵妇人。

6 子舆：孔子弟子曾子，名参，字子舆。春秋时鲁国南武城（今山东费县）人，以孝著称。

7 风鉴：相面术，依据相貌来谈论人的性格与命运。

事赘陈其说，但言情性之刚柔，心思之愚慧。四者非他，即异日司花执爨[1]之分途，而狮吼堂与温柔乡接壤之地也。目细而长者，秉性必柔；目粗而大者，居心必悍；目善动而黑白分明者，必多聪慧；目常定而白多黑少，或白少黑多者，必近愚蒙。然初相之时，善转者亦未能遽转，不定者亦有时而定。何以试之？曰：有法在，无忧也。其法维何？一曰以静待动，一曰以卑瞩高。目随身转，未有动荡其身，而能胶住其目者；使之乍往乍来，多行数武[2]，而我回环其目以视之，则秋波[3]不转而自转，此一法也。妇人避羞，目必下视，我若居高临卑，则彼下而又下，永无见目之时矣。必当处之高位，或立台坡之上，或居楼阁之前，而我故降其躯以瞩之，则彼下无可下，势必环转其睛以避我。虽云善动者动，不善动者亦动，而勉强自然之中，即有贵贱妍媸[4]之别，此又一法也。至于耳之大小，鼻之高卑，眉发之淡浓，唇齿之红白，无目者犹能按之以手，岂有识者不能鉴之以形？无俟[5]哓哓[6]，徒滋繁渎[7]。

眉之秀与不秀，亦复关系情性，当与眼目同视。然眉眼二物，其势往往相因。眼细者眉必长，眉粗者眼必巨，此大较也，然亦有不尽相合者。如长短粗细之间，未能一一尽善，则当取长恕短，要当视其可施人力与否。张京兆工于画眉，则其夫人之双

1 执爨（cuàn）：爨：灶。这里指烧火做饭。
2 武：半步。这里指脚步。
3 秋波：比喻美女的眼睛。
4 媸：形容相貌丑陋，与“妍”相对。
5 俟：等待。
6 哓哓（xiāo）：争辩不止的声音。
7 渎：轻慢，对人不恭敬。

黛，必非浓淡得宜，无可润泽者。短者可长，则妙在用增；粗者可细，则妙在用减。但有必不可少之一字，而人多忽视之者，其名曰“曲”。必有天然之曲，而后人力可施其巧。“眉若远山[1]”“眉如新月”，皆言曲之至也。即不能酷肖远山，尽如新月，亦须稍带月形，略存山意，或弯其上而不弯其下，或细其外而不细其中，皆可自施人力。最忌平空一抹，有如太白[2]经天；又忌两笔斜冲，俨然倒书八字。变远山为近瀑，反新月为长虹，虽有善画之张郎，亦将畏难而却走。非选姿者居心太刻，以其为温柔乡择人，非为娘子军择将也。

手足

相女子者，有简便诀云：“上看头，下看脚。”似二语可概通身矣。予怪其最要一着，全未提起。两手十指，为一生巧拙之关，百岁荣枯所系，相女者首重在此，何以略而去之？且无论手嫩者必聪，指尖者多慧，臂丰而腕厚者，必享珠围翠绕之荣；即以现在所需而论之，手以挥弦，使其指节累累，几类弯弓之决拾[3]；手以品箫，如其臂形攘攘，几同伐竹之斧斤；抱枕携衾[4]，观之兴索，捧卮进酒[5]，受者眉攒[6]，亦大失开门见山之初着矣。故相手

1　眉若远山：眉毛弯曲如远远的山峰。形容眉毛长得很美。出自晋葛洪《西京杂记》：“司马相如的妻子文君，眉色看起来如同远山一样朦胧清秀，当时的人都效仿画远山眉。”

2　太白：星名，指金星。

3　决拾：扳指，多用骨头制成，套在右手拇指上，古代射箭时用来钩弦。

4　衾：被子。

5　捧卮进酒：卮：古代一种圆形盛酒器，容量四升。这里的意思是斟酒相请。

6　攒：凑集。这里的意思是眉毛拧皱起来。

一节，为观人要着，寻花问柳者不可不知，然此道亦难言之矣。选人选足，每多窄窄金莲；观手观人，绝少纤纤玉指。是最易者足，而最难者手，十百之中，不能一二觏[1]也。须知立法不可不严，至于行法，则不容不恕。但于或嫩或柔或尖或细之中，取其一得，即可宽恕其他矣。至于选足一事，如但求窄小，则可一目了然。倘欲由粗以及精，尽美而思善，使脚小而不受脚小之累，兼收脚小之用，则又比手更难，皆不可求而可遇者也。其累维何？因脚小而难行，动必扶墙靠壁，此累之在己者也；因脚小而致秽[2]，令人掩鼻攒眉，此累之在人者也。其用维何？瘦欲无形，越看越生怜惜，此用之在日者也；柔若无骨，愈亲愈耐抚摩，此用之在夜者也。昔有人谓予曰："宜兴周相国，以千金购一丽人，名为'抱小姐'，因其脚小之至，寸步难移，每行必须人抱，是以得名。"予曰："果若是，则一泥塑美人而已矣，数钱可买，奚事[3]千金？"造物生人以足，欲其行也。昔形容女子娉婷者，非曰"步步生金莲[4]"，即曰"行行如玉立"，皆谓其脚小能行，又复行而入画，是以可珍可宝，如其小而不行，则与刖[5]足者何异？此小脚之累之不可有也。予遍游四方，见足之最小而无累，与最小而得用者，莫过于秦之兰州、晋之大同。兰州女子之足，大者三寸，小者犹不及焉，又能步履如飞，男子有时追之不及，然去其

1　觏（gòu）：遇见。罕觏即不常见。

2　秽：肮脏；污浊。

3　事：侍奉；使用。这里的意思是花费。

4　步步生金莲：《南史·齐东昏侯纪》记载：东昏侯曾经凿金做成莲花布于地上，令他所宠爱的潘妃在上面行走，称"步步生莲花"。后来也用来形容女子走路姿态优美。

5　刖（yuè）：把脚砍掉。古代的一种酷刑。

凌波小袜[1]而抚摩之，犹觉刚柔相半；即有柔若无骨者，然偶见则易，频遇为难。至大同名妓，则强半皆若是也。与之同榻者，抚及金莲，令人不忍释手，觉倚翠偎红[2]之乐，未有过于此者[3]。向在都门[4]，以此语人，人多不信。一日席间拥二妓，一晋一燕[5]，皆无丽色，而足则甚小。予请不信者即面验之，果觉晋胜于燕，大有刚柔之别。座客无不翻然[6]，而罚不信者以金谷酒数[7]。此言小脚之用之不可无也。噫，岂其娶妻必齐之姜[8]？就地取材，但不失立言之大意而已矣。

验足之法无他，只在多行几步，观其难行易动，察其勉强自然，则思过半矣。直则易动，曲即难行；正则自然，歪即勉强。直而正者，非止美观便走，亦少秽气。大约秽气之生，皆强勉造作之所致也。

态度

古云："尤物足以移人。[9]"尤物维何？媚态是已。世人不知，

---

1 凌波小袜：美女的袜子。出自三国魏曹植《洛神赋》："凌波微步，罗袜生尘。"借指女子轻盈的脚步。

2 倚翠偎红：接近女性。形容同女子亲热。

3 李渔偏好的女子小脚，实际上是封建社会的裹脚陋习所致，这种癖好现今已经被舍弃。

4 都门：京都城门，借指京都。

5 晋：山西省的简称；燕：河北省的别称。这里指山西人与河北人。

6 翻然：很快而彻底地（改变）。

7 金谷酒数：金谷：园名，晋代石崇所建，在今河南省洛阳市西北。旧时泛指宴饮时罚酒的斗数，这里是罚酒三斗的隐语。

8 齐之姜：即齐姜，春秋时齐国人，齐桓公之宗女，晋文公重耳的夫人。重耳为公子时出逃至齐，桓公把齐姜嫁给了他。

9 出自春秋鲁左丘明《左传·昭公二十八年》："夫有尤物，足以移人。"尤：特异的，突出的。"尤物移人"意为绝色的女子能移易人的情志。

以为美色，乌[1]知颜色虽美，是一物也，乌足移人。加之以态，则物而尤矣。如云美色即是尤物，即可移人，则今时绢做之美女，画上之娇娥[2]，其颜色[3]较之生人，岂止十倍，何以不见移人，而使之害相思成郁病耶？是知“媚态”二字，必不可少。媚态之在人身，犹火之有焰，灯之有光，珠贝金银之有宝色，是无形之物，非有形之物也。惟其是物而非物，无形似有形，是以名为“尤物”。尤物者，怪物也，不可解说之事也。凡女子一见即令人思，思而不能自已，遂至舍命以图，与生为难者，皆怪物也，皆不可解说之事也。吾于“态”之一字，服天地生人之巧，鬼神体物[4]之工。使以我作天地鬼神，形体吾能赋之，知识我能予之，至于是物而非物，无形似有形之态度，我实不能变之化之，使其自无而有，复自有而无也。态之为物，不特能使美者愈美，艳者愈艳，且能使老者少而媸者妍，无情之事变为有情，使人暗受笼络而不觉者。女子一有媚态，三四分姿色，便可抵过六七分。试以六七分姿色而无媚态之妇人，与三四分姿色而有媚态之妇人同立一处，则人止爱三四分而不爱六七分，是态度之于颜色，犹不止于一倍当两倍也。试以二三分姿色而无媚态之妇人，与全无姿色而止有媚态之妇人同立一处，或与人各交数言，则人止为媚态所惑，而不为美色所惑，是态度之于颜色，犹不止于以少敌多，且能以无而敌有也。今之女子，每有状貌姿容一无可取，而能令人思之不倦，甚至舍命相从者，皆“态”之一字之为祟[5]也。是知选

1　乌：无，没有。
2　娇娥：美人；美貌的少女。
3　颜色：这里指女子的容颜姿色。
4　体物：生成万物。
5　祟：本义为鬼神制造的灾祸，这里的意思是媚态在起作用。

貌选姿，总不如选态一着之为要。态自天生，非可强造。强造之态，不能饰美，止能愈增其陋。同一颦[1]也，出于西施则可爱，出于东施则可憎者，天生、强造之别也。相面、相肌、相眉、相眼之法，皆可言传，独相态一事，则予心能知之，口实不能言之。口之所能言者，物也，非尤物也。噫，能使人知，而能使人欲言不得，其为物也何如！其为事也何如！岂非天地之间一大怪物，而从古及今，一件解说不来之事乎？

诘[2]予者曰：既为态度立言，又不指人以法，终觉首鼠，盍亦舍精言粗，略示相女者以意乎？予曰：不得已而为言，止有直书所见，聊[3]为榜样而已。向在维扬[4]，代一贵人相妾。靓妆而至者不一其人，始皆俯首而立，及命之抬头，一人不作羞容而竟抬；一人娇羞腼腆，强之数四而后抬；一人初不即抬，及强而后可，先以眼光一瞬，似于看人而实非看人，瞬毕复定而后抬，俟人看毕，复以眼光一瞬而后俯，此即“态”也。记曩时春游遇雨，避一亭中，见无数女子，妍媸不一，皆踉跄而至。中一缟衣[5]贫妇，年三十许，人皆趋入亭中，彼独徘徊檐下，以中无隙地故也；人皆抖擞衣衫，虑其太湿，彼独听其自然，以檐下雨侵，抖之无益，徒现丑态故也。及雨将止而告行，彼独迟疑稍后，去不数武而雨复作，仍趋入亭。彼则先立亭中，以逆料[6]必转，先踞胜地故

1　颦：皱眉。形容忧愁的样子。这里是东施效颦的典故，比喻不顾自身条件，盲目地仿效别人，结果恰得其反。

2　诘：追问，反问。

3　聊：姑且，勉强。

4　维扬：维：通“惟”。旧扬州及扬州府别称。

5　缟衣：白绢衣裳，服丧的素服。缟：未经染色的绢，白色。这里指白绢衣裳，或服丧的素服。

6　逆料：预料。

也。然億[1]虽偶中，绝无骄人之色。见后入者反立檐下，衣衫之湿，数倍于前，而此妇代为振衣，姿态百出，竟若天集众丑，以形一人之媚者。自观者视之，其初之不动，似以郑重而养态；其后之故动，似以徜徉而生态。然彼岂能必天复雨，先储其才以俟用乎？其养也，出之无心，其生也，亦非有意，皆天机之自起自伏耳。当其养态之时，先有一种娇羞无那之致现于身外，令人生爱生怜，不俟娉婷大露而后觉也。斯二者，皆妇人媚态之一斑，举之以见大较。噫，以年三十许之贫妇，止为姿态稍异，遂使二八佳人与曳珠顶翠者皆出其下[2]，然则态之为用，岂浅鲜哉！

人问：圣贤神化之事，皆可造诣[3]而成，岂妇人媚态，独不可学而至乎？予曰：学则可学，教则不能。人又问：既不能教，胡云可学？予曰：使无态之人与有态者同居，朝夕薰陶，或能为其所化；如蓬生麻中，不扶自直[4]，鹰变成鸠[5]，形为气感，是则可矣。若欲耳提而面命[6]之，则一部《廿一史》[7]，当从何处说起？还怕愈说愈增其木强[8]，奈何！

1 億：异体字，同“臆”。臆测；揣度。

2 皆出其下：出，超出。这里的意思是没有能超过她的，都不如她。

3 造诣：学问、艺术等所达到的程度。

4 蓬生麻中，不扶自直：蓬，一种容易倒伏的菊科植物，又叫飞蓬。出自《荀子·劝学》，“飞蓬长在麻中，不须扶持，它也能直立”。比喻环境对人的影响很大。

5 鸠：鸠鸽科的鸟的泛称。

6 耳提面命：出自《诗经·大雅·抑》：“匪面命之，言提其耳。”不仅是当面告诉他，而且是提着他的耳朵向他讲。形容长辈教导热心恳切。

7 《廿一史》：二十一史，明代于宋代所称的十七史之外，加《宋史》《辽史》《金史》《元史》，合称二十一史。

8 木强：质朴而倔强。这里可以理解为木讷、呆愣。

修容第二

妇人惟仙姿国色，无俟修容；稍去天工者，即不能免于人力矣。然予谓“修饰”二字，无论妍媸美恶，均不可少。俗云：“三分人材，七分妆饰。”此为中人以下者言之也。然则有七分人材者，可少三分妆饰乎？即有十分人材者，岂一分妆饰皆可不用乎？曰：不能也。若是，则修容之道不可不急讲矣。今世之讲修容者，非止穷工极巧，几能变鬼为神，我即欲勉竭心神，创为新说，其如人心至巧，我法难工，非但小巫见大巫[1]，且如小巫之徒，往教大巫之师，其不遭喷饭而唾面者鲜矣。然一时风气所趋，往往失之过当。非始初立法之不佳，一人求胜于一人，一日务新于一日，趋而过之，致失其真之弊也。“楚王好细腰，宫中皆饿死；楚王好高髻，宫中皆一尺；楚王好大袖，宫中皆全帛。”细腰非不可爱，高髻大袖非不美观，然至饿死，则人而鬼矣。髻至一尺，袖至全帛，非但不美观，直与魑魅魍魉[2]无别矣。此非好细

1　小巫见大巫：巫：旧时装神弄鬼替人祈祷为职业的人。原意是小巫见到大巫，法术无可施展。后来比喻相形之下，一个远远比不上另一个。

2　魑魅魍魉：原为古代传说中的鬼怪，现在指各种各样的坏人。

腰、好高髻大袖者之过，乃自为饿死，自为一尺，自为全帛者之过也。亦非自为饿死，自为一尺，自为全帛者之过，无一人痛惩其失，著为章程，谓止当如此，不可太过，不可不及，使有遵守者之过也。吾观今日之修容，大类楚宫之末俗，著为章程，非草野[1]得为之事。但不经人提破，使知不可爱而可憎，听其日趋日甚，则在生而为魑魅魍魉者，已去死人不远，矧[2]腰成一缕，有饿而必死之势哉！予为修容立说，实具此段婆心[3]，凡为西子者，自当曲体人情，万毋遽发娇嗔，罪其唐突。

盥栉[4]

盥面之法，无他奇巧，止是濯垢务尽。面上亦无他垢，所谓垢者，油而已矣。油有二种，有自生之油，有沾上之油。自生之油，从毛孔沁出，肥人多而瘦人少，似汗非汗者是也。沾上之油，从下而上者少，从上而下者多，以发与膏沐势不相离，发面交接之地，势难保其不侵。况以手按发，按毕之后，自上而下亦难保其不相挨擦，挨擦所至之处，即生油发亮之处也。生油发亮，于面似无大损，殊不知一日之美恶系焉，面之不白不匀，即从此始。从来上粉着色之地，最怕有油，有即不能上色。倘于浴面初毕，未经搽粉之时，但有指大一痕为油手所污，迨[5]加粉搽

1 草野：这里指民间。

2 矧（shěn）：况且。

3 婆心：指仁慈之心。

4 盥栉（guàn zhì）：盥：本义洗手，泛指洗涤；栉：梳子、篦子的总称。盥栉，这里是梳洗整理仪容的意思。

5 迨：等到，达到。

面之后，则满面皆白而此处独黑，又且黑而有光，此受病之在先者也。既经搽粉之后，而为油手所污，其黑而光也亦然，以粉上加油，但见油而不见粉也，此受病之在后者也。此二者之为患，虽似大而实小，以受病之处止在一隅，不及满面，闺人尽有知之者。尚有全体受伤之患，从古佳人暗受其害而不知者，予请攻而出之。从来拭面之巾帕，多不止于拭面，擦臂抹胸，随其所至；有腻即有油，则巾帕之不洁也久矣。即有好洁之人，止以拭面，不及其他，然能保其上不及发，将至额角而遂止乎？一沾膏沐[1]，即非无油少腻之物矣。以此拭面，非拭面也，犹打磨细物之人，故以油布擦光，使其不沾他物也。他物不沾，粉独沾乎？凡有面不受妆，越匀越黑；同一粉也，一人搽之而白，一人搽之而不白者，职[2]是故也。以拭面之巾有异同，非搽面之粉有善恶也。故善匀面者，必须先洁其巾。拭面之巾，止供拭面之用，又须用过即浣，勿使稍带油痕，此务本穷源之法也。

善栉不如善篦[3]。篦者，栉之兄也。发内无尘，始得丝丝现相，不则一片如毡[4]，求其界限而不得，是帽也，非髻也，是退光黑漆之器，非乌云[5]蟠绕之头也。故善蓄姬妾者，当以百钱买梳，千钱购篦。篦精则发精，稍俭其值，则发损头痛，篦不数下而止矣。篦之极净，始便用梳。而梳之为物，则越旧越精。“人惟求旧，物惟求

---

1 膏沐：古代妇女润发的油脂。《诗经 · 伯兮》有言：“自伯之东，首如飞蓬，岂无膏沐，谁适为容？”

2 职：由于。

3 篦（bì）：用竹片、牛骨或金属等制成的细齿梳子，用以除去发垢，或插在头上当发饰。这里的意思是用篦梳头。

4 毡：用兽毛或化学纤维制成的片状物，可做防寒用品和垫衬材料。

5 乌云：这里的意思是黑发。

新。”古语虽然，非为论梳而设。求其旧而不得，则富者用牙，贫者用角。新木之梳，即搜根剔齿者，非油浸十日，不可用也。

古人呼髻为“蟠龙”。蟠龙者，髻之本体，非由妆饰而成。随手绾成，皆作蟠龙之势，可见古人之妆，全用自然，毫无造作。然龙乃善变之物，发无一定之形，使其相传至今，物而不化，则龙非蟠龙，乃死龙矣；发非佳人之发，乃死人之发矣。无怪今人善变，变之诚是也。但其变之之形，只顾趋新，不求合理；只求变相，不顾失真。凡以彼物肖此物，必取其当然者肖之，必取其应有者肖之，又必取其形色相类者肖之，未有凭空捏造，任意为之而不顾者。古人呼发为“乌云”，呼髻为“蟠龙”者，以二物生于天上，宜乎在顶。发之缭绕似云，发之蟠曲似龙，而云之色有乌云，龙之色有乌龙。是色也，相也，情也，理也，事事相合，是以得名，非凭捏造，任意为之而不顾者也。窃怪今之所谓“牡丹头”“荷花头”“钵盂[1]头”，种种新式，非不穷新极异，令人改观，然于当然应有、形色相类之义，则一无取焉。人之一身，手可生花，江淹之彩笔是也；舌可生花，如来之广长是也[2]；头则未见其生花，生之自今日始。此言不当然而然也。发上虽有簪花之义，未有以头为花，而身为蒂者；钵盂乃盛饭之器，未有倒贮活人之首，而作覆盆之像者，此皆事所未闻，闻之自今日始。此言不应有而有也。群花之色，万紫千红，独不见其有黑。设立一妇人于此，有人呼之为“黑牡丹”“黑莲花”“黑钵盂”者，此妇必艴[3]然而怒，怒而继之以骂矣。以不喜呼名之怪

1 钵盂：古代和尚用的饭碗，底平，口略小，形稍扁。

2 广长舌：据说佛舌又宽又长，覆面能至发际。这里比喻能言善辩。

3 艴（fú）：生气，不悦的样子。后面常带词尾“然”。

物，居然自肖其形，岂非绝不可解之事乎？吾谓美人所梳之髻，不妨日异月新，但须筹为理之所有。理之所有者，其像多端，然总莫妙于云龙二物。仍用其名而变更其实，则古制新裁，并行而不悖矣。勿谓止此二物，变来有限，须知普天下之物，取其千态万状，越变而越不穷者，无有过此二物者矣。龙虽善变，犹不过飞龙、游龙、伏龙、潜龙、戏珠龙、出海龙之数种。至于云之为物，顷刻数迁其位，须臾[1]屡易其形，“千变万化”四字，犹为有定之称，其实云之变相，“千万”二字，犹不足以限量之也。若得聪明女子，日日仰观天象，既肖云而为髻，复肖髻而为云，即一日一更其式，犹不能尽其巧幻，毕其离奇，矧未必朝朝变相乎？若谓天高云远，视不分明，难于取法，则令画工绘出巧云数朵，以纸剪式，衬于发下，俟栉沐既成，而后去之，此简便易行之法也。云上尽可着色，或簪以时花，或饰以珠翠，幻作云端五彩，视之光怪陆离[2]。但须位置得宜，使与云体相合，若其中应有此物者，勿露时花珠翠之本形，则尽善矣。肖龙之法：如欲作飞龙、游龙，则先以己发梳一光头于下，后以假发制作龙形，盘旋缭绕，覆于其上。务使离发少许，勿使相粘相贴，始不失飞龙、游龙之义，相粘相贴则是潜龙、伏龙矣。悬空之法，不过用铁线一二条，衬于不见之处，其龙爪之向下者，以发作线，缝于光发之上，则不动矣。戏珠龙法，以发作小龙二条，缀于两旁，尾向后而首向前，前缀大珠一颗，近于龙嘴，名为“二龙戏珠”。出海龙亦照前式，但以假发作波浪纹，缀于龙身空隙之处，皆易为之。是数法者，皆以云龙二物分体为之，是云自云而龙自龙也。

1　须臾：顷刻，瞬间。

2　光怪陆离：光怪：光彩奇异；陆离：开卷参差。形容奇形怪状，五颜六色。

予又谓云龙二物势不宜分，“云从龙，风从虎[1]”，《周易》[2]业有成言，是当合而用之。同用一发，同一作假，何不幻作云龙二物，使龙勿露全身，云亦勿作全朵，忽而见龙，忽而见云，令人无可测识，是美人之头，尽有盘旋飞舞之势，朝为行云，暮为行雨，不几两擅其绝，而为阳台神女之现身哉？噫，笠翁[3]于此搜尽枯肠，为此髻者，不可不加尸祝[4]。天年以后，倘得为神，则将往来绣阁之中，验其所制，果有裨[5]于花容月貌否也。

薰陶

名花美女，气味相同，有国色者，必有天香。天香结自胞胎，非由薰染。佳人身上实实有此一种，非饰美之词也。此种香气，亦有姿貌不甚姣艳，而能偶擅其奇者。总之，一有此种，即是夭折摧残之兆，红颜薄命未有捷[6]于此者。有国色而有天香，与无国色而有天香，皆是千中遇一，其余则薰染之力不可少也。其力维何？富贵之家，则需花露。花露者，摘取花瓣入甑[7]，酝酿而成者也。蔷薇最上，群花次之。然用不须多，每于盥浴之后，挹[8]取

1　云从龙，风从虎：比喻事物之间的相互感应。

2《周易》：简称《易》，儒家基本经典之一。内容包括《易经》《易传》。通过八卦形式（象征天、地、雷、风、水、火、山、河流八种自然现象），推测自然和社会的变化。

3　笠翁：李渔，字笠鸿、笠翁、谪凡，常被称为“笠翁”，传奇有《奈何天》《比目鱼》《风筝误》等10种，合称《笠翁十种曲》。

4　尸祝：古代祭祀时对神主掌祝的人、主祭人。

5　裨：增添，补助。

6　捷：快、迅速；战胜。这里的意思是快速应验。

7　甑（zèng）：古代蒸饭的一种瓦器，底部有许多透蒸汽的孔格，放在鬲上蒸煮，如同现代的蒸锅。

8　挹（yì）：舀，把液体盛出来。

数匙入掌，拭体拍面而匀之。此香此味，妙在似花非花，是露非露，有其芬芳，而无其气息，是以为佳，不似他种香气，或速或沉，是兰是桂，一嗅即知者也。其次则用香皂浴身，香茶沁口，皆是闺中应有之事。皂之为物，亦有一种神奇，人身偶染秽[1]物，或偶沾秽气，用此一擦，则去尽无遗。由此推之，即以百和奇香拌入此中，未有不与垢秽并除，混入水中而不见者矣，乃独去秽而存香，似有攻邪不攻正之别。皂之佳者，一浴之后，香气经日不散，岂非天造地设，以供修容饰体之用者乎？香皂以江南六合县出者为第一，但价值稍昂，又恐远不能致，多则浴体，少则止以浴面，亦权宜丰俭之策也。至于香茶沁口，费亦不多，世人但知其贵，不知每日所需，不过指大一片，重止毫厘，裂成数块，每于饭后及临睡时以少许润舌，则满吻皆香，多则味苦，而反成药气矣。凡此所言，皆人所共知，予特申明其说，以见美人之香不可使之或无耳。别有一种，为值更廉，世人食而但甘其味，嗅而不辨其香者，请揭出言之：果中荔子，虽出人间，实与交梨火枣[2]无别，其色国色，其香天香，乃果中尤物也。予游闽粤[3]，幸得饱啖[4]而归，庶[5]不虚生此口，但恨造物有私，不令四方皆出。陈不如鲜，夫人而知之矣。殊不知荔之陈者，香气未尝尽没，乃与橄榄同功，其好处却在回味时耳。佳人就寝，止啖一枚，则口脂之香，可以竟夕，多则甜而腻矣。须择道地[6]者用之，枫亭是其选

1 秽：肮脏，污浊。秽气即难闻的气味、臭气。
2 交梨火枣：道教经书中所说的仙果。
3 闽粤：指福建、广东两省。
4 啖：吃。
5 庶：但愿，或许。这里是差不多的意思。
6 道地：指真正是有名产地出产的。

也。人问：沁口之香，为美人设乎？为伴美人者设乎？予曰：伴者居多。若论美人，则五官四体皆为人设，奚止口内之香。

点染

“却嫌脂粉污颜色，淡扫蛾眉朝至尊。”此唐人妙句也。今世讳言脂粉，动称污人之物，有满面是粉而云粉不上面，遍唇皆脂而曰脂不沾唇者，皆信唐诗太过，而欲以虢国夫人[1]自居者也。噫，脂粉焉能污人，人自污耳。人谓脂粉二物，原为中材而设，美色可以不需。予曰：不然。惟美色可施脂粉，其余似可不设。何也？二物颇带世情，大有趋炎附势之态，美者用之愈增其美，陋者加之更益其陋。使以绝代佳人而微施粉泽，略染腥红[2]，有不增娇益媚者乎？使以嫫颜陋妇而丹铅[3]其面，粉藻其姿，有不惊人骇众者乎？询其所以然之故，则以白者可使再白，黑者难使遽白；黑上加之以白，是欲故显其黑，而以白物相形之也。试以一墨一粉，先分二处，后合一处而观之，其分处之时，黑自黑而白自白，虽云各别其性，未甚相仇也；迨其合处，遂觉黑不自安，而白欲求去。相形相碍，难以一朝居者，以天下之物，相类者可使同居，即不相类而相似者，亦可使之同居，至于非但不相类、不相似，而且相反之物，则断断勿使同居，同居必为难矣。此言

1　虢国夫人：唐杨贵妃的姐姐。排行第三，嫁给裴氏，天宝七载受宠遇，被封为虢国夫人。唐杜甫有《虢国夫人》诗：“却嫌脂粉涴颜色，淡扫娥眉朝至尊。”天宝十五载安禄山攻陷长安，她在随玄宗、贵妃西行途中被陈仓令薛景仙杀害。

2　腥红：猩红。

3　丹铅：旧时点校书籍用的丹砂和铅粉（朱笔书写，铅粉涂抹）。这里的意思是用脂粉化妆。

粉之不可混施也。脂则不然，面白者可用，面黑者亦可用。但脂粉二物，其势相依，面上有粉而唇上涂脂，则其色灿然可爱，倘面无粉泽而止丹其唇，非但红色不显，且能使面上之黑色变而为紫，以紫之为色，非系天生，乃红黑二色合而成之者也。黑一见红，若逢故物，不求合而自合，精光相射，不觉紫气东来，使乘老子青牛[1]，竟有五色灿然之瑞矣。若是，则脂粉二物，竟与若辈无缘，终身可不用矣，何以世间女子人人不舍，刻刻相需，而人亦未尝以脂粉多施，摈而不纳者？曰：不然。予所论者，乃面色最黑之人，所谓不相类、不相似，而且相反者也。若介在黑白之间，则相类而相似矣，既相类而相似，有何不可同居？但须施之有法，使浓淡得宜，则二物争效其灵矣。从来傅粉之面，止耐远观，难于近视，以其不能匀也。画士着色，用胶始匀，无胶则研杀[2]不合。人面非同纸绢，万无用胶之理，此其所以不匀也。有法焉：请以一次分为二次，自淡而浓，由薄而厚，则可保无是患矣。请以他事喻之。砖匠以石灰粉壁，必先上粗灰一次，后上细灰一次；先上不到之处，后上者补之；后上偶遗之处，又有先上者衬之，是以厚薄相均，泯然无迹。使以二次所上之灰，并为一次，则非特拙匠难匀，巧者亦不能遍及矣。粉壁且然，况粉面乎？今以一次所傅之粉，分为二次傅之，先傅一次，俟其稍干，然后再傅第二次，则浓者淡而淡者浓，虽出无心，自能巧合，远观近视，无不宜矣。此法不但能匀，且能变换肌肤，使黑者渐

1　汉刘向《列仙传》描写老子事迹称："后周德衰，乃乘青牛车去，入大秦。"唐司马贞《史记索隐》引《列仙传》："老子西游，关令尹喜望见有紫气浮关，而老子果乘青牛而过也。"后来"青牛"被认为是神仙道士之坐骑。

2　研杀：谓研成细末。杀：用在研后，表示极甚。

白。何也？染匠之于布帛，无不由浅而深，其在深浅之间者，则非浅非深，另有一色，即如文字之有过文[1]也。如欲染紫，必先使白变为红，再使红变为紫，红即白紫之过文，未有由白竟紫者也。如欲染青，必使白变为蓝，再使蓝变为青，蓝即白青之过文，未有由白竟青者也。如妇人面容稍黑，欲使竟变为白，其势实难。今以薄粉先匀一次，是其面上之色已在黑白之间，非若曩时之纯黑矣；再上一次，是使淡白变为深白，非使纯黑变为全白也，难易之势，不大相径庭[2]哉？由此推之，则二次可广为三，深黑可同于浅，人间世上，无不可用粉匀面之妇人矣。此理不待验而始明，凡读是编者，批阅至此，即知湖上笠翁原非蠢物，不止为风雅功臣，亦可谓红裙知己。初论面容黑白，未免立说过严。非过严也，使知受病实深，而后知德医人，果有起死回生之力也。舍此更有二说，皆浅乎此者，然亦不可不知；匀面必须匀项，否则前白后黑，有如戏场之鬼脸。匀面必记掠眉，否则霜花覆眼，几类春生之社婆[3]。至于点唇之法，又与匀面相反，一点即成，始类樱桃之体；若陆续增添，二三其手，即有长短宽窄之痕，是为成串樱桃，非一粒也。

1 过文：过渡文字，借指过渡形式。

2 大相径庭：径为小路，庭指院子，径庭表示悬殊，偏激。这里的意思是相差很远，大不相同。

3 社婆：古时天生眉发全白的人，男的被称为社公，女的被称为社婆。

治服第三

古云："三世长者知被服，五世长者知饮食。"俗云："三代为宦[1]，着衣吃饭。"古语今词，不谋而合，可见衣食二事之难也。饮食载于他卷，兹不具论，请言被服一事。寒贱之家，自羞褴褛[2]，动以无钱置服为词，谓一朝发迹，男可翩翩裘马[3]，妇则楚楚衣裳。孰知衣衫之附于人身，亦犹人身之附于其地。人与地习，久始相安，以极奢极美之服，而骤加俭朴之躯，则衣衫亦类生人，常有不服水土之患。宽者似窄，短者疑长，手欲出而袖使之藏，项宜伸而领为之曲，物不随人指使，遂如桎梏[4]其身。"沐猴而冠[5]"为人指笑者，非沐猴不可着冠，以其着之不惯，头与冠不相称也。此犹粗浅之论，未及精微。"衣以章身"，请晰其解。章者，著也，非文采彰明之谓也。身非形体之身，乃智愚贤不肖之实备于

1 宦：官，做官。

2 褴褛：指（衣服）破烂。

3 裘马：轻裘肥马，穿着轻暖的皮衣，乘着健硕的肥马。形容生活豪华。

4 桎梏：脚镣和手铐。比喻束缚人或事物的东西。

5 沐猴而冠：沐猴：猕猴；冠：戴帽子。猴子穿衣戴帽，究竟不是真人。比喻虚有其表，形同傀儡，常用来讽刺投靠恶势力窃据权位的人。

躬，犹“富润屋，德润身”之身也。同一衣也，富者服之章其富，贫者服之益章其贫；贵者服之章其贵，贱者服之益章其贱。有德有行之贤者，与无品无才之不肖者，其为章身也亦然。设有一大富长者于此，衣百结[1]之衣，履踵决[2]之履，一种丰腴气象，自能跃出衣履之外，不问而知为长者。是敝服垢衣，亦能章人之富，况罗绮而文绣者乎？丐夫菜佣窃得美服而被焉，往往因之得祸，以服能章贫，不必定为短褐[3]，有时亦在长裾耳。“富润屋，德润身”之解，亦复如是。富人所处之屋，不必尽为画栋雕梁，即居茅舍数椽，而过其门、入其室者，常见荜门圭窦[4]之间，自有一种旺气，所谓“润”也。公卿将相之后，子孙式微[5]，所居门第未尝稍改，而经其地者，觉有冷气侵入，此家门枯槁之过，润之无其人也。从来读《大学》[6]者，未得其解，释以雕镂粉藻之义。果如其言，则富人舍其旧居，另觅新居而加以雕镂粉藻；则有德之人亦将弃其旧身，另易新身而后谓之心广体胖[7]乎？甚矣，读书之难，而章句训诂[8]之学非易事也。予尝以此论见之说部，今复叙入闲情。噫，此等诠解，岂好闲情、作小说者所能道哉？偶寄云尔。

1　百结衣：补缀很多的衣服。

2　踵决：鞋跟破裂。形容贫困。

3　短褐：古时穷苦人所穿的粗布袄。

4　荜门圭窦：筚门：荆竹编成的门，又称柴门；圭窦：形状如圭的墙洞。喻指微贱之家的门户或贫户居室。

5　式微：指国家或世族的衰落（原为《诗经·邶风》篇名。式：文言语助词）。

6《大学》：儒家基本经典之一，原为《礼记》中的一篇，全面总结了先秦儒家关于道德修养、道德作用及其与治国平天下的关系。南宋朱熹把它与《论语》《孟子》《中庸》合称四书。

7　心广体胖（pán）：广：宽广，坦率；胖：安泰舒适。出自《礼记·大学》：“富润屋，德润身，心广体胖。”原指人心胸开阔，外貌就安详，后用来指心情愉快，无所牵挂，因而人也发胖。

8　章句训诂：指古书的章节和句读以及对古书字句的解释。

首饰

珠翠宝玉，妇人饰发之具也，然增娇益媚者以此，损娇掩媚者亦以此。所谓增娇益媚者，或是面容欠白，或是发色带黄，有此等奇珍异宝覆于其上，则光芒四射，能令肌发改观，与玉蕴于山而山灵，珠藏于泽而泽媚同一理也。若使肌白发黑之佳人满头翡翠，环鬓金珠，但见金而不见人，犹之花藏叶底，月在云中，是尽可出头露面之人，而故作藏头盖面之事。巨眼者[1]见之，犹能略迹求真，谓其美丽当不止此，使去粉饰而全露天真，还不知如何妩媚；使遇皮相之流，止谈妆饰之离奇，不及姿容窈窕，是以人饰珠翠宝玉，非以珠翠宝玉饰人也。故女子一生，戴珠顶翠之事，止可一月，万勿多时。所谓一月者，自作新妇于归[2]之日始，至满月卸妆之日止。只此一月，亦是无可奈何。父母置办一场，翁姑婚娶一次，非此艳妆盛饰，不足以慰其心。过此以往，则当去桎梏而谢羁囚，终身不修苦行矣。一簪一珥，便可相伴一生。此二物者，则不可不求精善。富贵之家，无妨多设金玉犀贝之属，各存其制，屡变其形，或数日一更，或一日一更，皆未尝不可。贫贱之家，力不能办金玉者，宁用骨角，勿用铜锡。骨角耐观，制之佳者，与犀贝无异，铜锡非止不雅，且能损发。簪珥之外，所当饰鬓者，莫妙于时花数朵，较之珠翠宝玉，非止雅俗判然，且亦生死迥别。《清平调》[3]之首句云："名花倾国两相欢。"欢者，喜也；相欢者，彼既喜我，我亦喜彼之谓也。国色乃人中

1 巨眼者：指见识多，善于鉴别的人。

2 于归：出嫁。

3《清平调》：唐大曲名，后用作词牌。

之花，名花乃花中之人，二物可称同调，正当晨夕与共者也。汉武云："若得阿娇，贮之金屋。[1]"吾谓金屋可以不设，药栏花榭则断断应有，不可或无。富贵之家如得丽人，则当遍访名花，植于阃[2]内，使之旦夕相亲，珠围翠绕之荣不足道也。晨起簪花，听其自择。喜红则红，爱紫则紫，随心插戴，自然合宜，所谓两相欢也。寒素之家，如得美妇，屋旁稍有隙地，亦当种树栽花，以备点缀云鬟[3]之用。他事可俭，此事独不可俭。妇人青春有几，男子遇色为难。尽有公侯将相、富室大家，或苦缘分之悭[4]，或病中宫之妒，欲亲美色而毕世不能。我何人斯，而擅有此乐，不得一二事娱悦其心，不得一二物妆点其貌，是为暴殄天物[5]，犹倾精米洁饭于粪壤之中也。即使赤贫之家，卓锥无地[6]，欲艺时花而不能者，亦当乞诸名园，购之檐上。即使日费几文钱，不过少饮一杯酒，既悦妇人之心，复娱男子之目，便宜不亦多乎？更有俭于此者，近日吴门所制像生花，穷精极巧，与树头摘下者无异，纯用通草，每朵不过数文，可备月余之用。绒绢所制者，价常倍之，反不若此物之精雅，又能肖真。而时人所好，偏在彼而不在此，岂物不论美恶，止论贵贱乎？噫，相士用人者，亦复如此，奚止于物。

吴门所制之花，花像生而叶不像生，户户皆然，殊不可解。

---

1 若得阿娇，贮之金屋：阿娇：指汉武帝刘彻的姑母（长公主刘嫖）的女儿。汉武帝幼时曾对姑母长公主说："若得阿娇作妇，当以金屋贮之。"原指汉武帝刘彻要用金屋接纳阿娇为妇。这里阿娇泛指美丽高贵的女子。

2 阃（kǔn）：门槛、门限。这里指内室。

3 云鬟：女子高耸的环形发髻。

4 悭（qiān）：小气、吝啬。这里指缺欠。

5 暴殄天物：暴：损害，糟蹋；殄：灭绝；天物：指自然生物。出自《尚书·武成》，原指残害灭绝天生万物，后指任意糟蹋东西，不知爱惜。

6 卓锥无地：上无片瓦，下无立锥之地。形容一无所有，贫困到了极点。

若去其假叶而以真者缀之，则因叶真而花益真矣。亦是一法。

时花之色，白为上，黄次之，淡红次之，最忌大红，尤忌木红。玫瑰，花之最香者也，而色太艳，止宜压在髻下，暗受其香，勿使花形全露，全露则类村妆，以村妇非红不爱也。

花中之茉莉，舍插鬓之外，一无所用。可见天之生此，原为助妆而设，妆可少乎？珠兰亦然。珠兰之妙，十倍茉莉，但不能处处皆有，是一恨事。

予前论髻，欲人革去“牡丹头”“荷花头”“钵盂头”等怪形，而以假发作云龙等式。客有过之者，谓：吾侪[1]立法，当使天下去赝存真，奈何教人为伪？余曰：生今之世，行古之道，立言则善，谁其从之？不若因势利导，使之渐近自然。妇人之首，不能无饰，自昔为然矣，与其饰以珠翠宝玉，不若饰之以发。发虽云假，原是妇人头上之物，以此为饰，可谓还其固有，又无穷奢极靡之滥[2]费，与崇尚时花，鄙黜[3]珠玉，同一理也。予岂不能为高世之论哉？虑其无裨人情耳。

簪之为色，宜浅不宜深，欲形其发之黑也。玉为上，犀之近黄者、蜜蜡之近白者次之，金银又次之，玛瑙琥珀皆所不取。簪头取象于物，如龙头、凤头、如意头、兰花头之类是也。但宜结实自然，不宜玲珑雕斫[4]；宜于发相依附，不得昂首而作跳跃之形。盖簪头所以压发，服贴[5]为佳，悬空则谬矣。

饰耳之环，愈小愈佳，或珠一粒，或金银一点，此家常佩戴

1 侪（chái）：同类的人。吾侪就是我们这些人。

2 滥：过度，超过限度；漫无准则。

3 黜：这里是废除、摒弃的意思。

4 雕斫：雕琢，镂刻。引申为矫饰，这里比喻精心培育。

5 服贴：服帖。

之物，俗名“丁香”，肖其形也。若配盛妆艳服，不得不略大其形，但勿过丁香之一倍二倍。既当约小其形，复宜精雅其制，切忌为古时络索[1]之样，时非元夕，何须耳上悬灯？若再饰以珠翠，则为福建之珠灯、丹阳[2]之料丝灯[3]矣。其为灯也犹可厌，况为耳上之环乎？

衣衫

妇人之衣，不贵精而贵洁，不贵丽而贵雅，不贵与家相称，而贵与貌相宜。绮罗文绣之服，被垢蒙尘，反不若布服之鲜美，所谓贵洁不贵精也。红紫深艳之色，违时失尚，反不若浅淡之合宜，所谓贵雅不贵丽也。贵人之妇，宜披文采[4]，寒俭之家，当衣缟素，所谓与家相称也。然人有生成之面，面有相配之衣，衣有相称之色，皆一定而不可移者。今试取鲜衣一袭，令少妇数人先后服之，定有一二中看、一二不中看者，以其面色与衣色有相称、不相称之别，非衣有公私向背于其间也。使贵人之妇之面色，不宜文采而宜缟素，必欲去缟素而就文采，不几与面为仇乎？故曰不贵与家相称，而贵与面相宜。大约面色之最白最嫩，与体态之最轻盈者，斯无往而不宜。色之浅者显其淡，色之深者愈显其淡；衣之精者形其娇，衣之粗者愈形其娇。此等即非国色，亦去夷光[5]、王嫱不远矣，然当世有几人哉？稍近中材者，即当相体裁衣，不得混施色相矣。相体

1　络索：落索，链子，成串的链条。
2　丹阳：佛教所谓超脱尘世的境界。
3　料丝灯：以玛瑙、紫石英等为主要原料，煮浆抽丝制成的灯。
4　文采：这里指华丽的色彩。
5　夷光：又称西施，春秋越国美女。

裁衣之法，变化多端，不应胶柱[1]而论，然不得已而强言其略，则在务从其近而已。面颜近白者，衣色可深可浅；其近黑者，则不宜浅而独宜深，浅则愈彰其黑矣。肌肤近腻者，衣服可精可粗；其近糙者，则不宜精而独宜粗，精则愈形其糙矣。然而贫贱之家，求为精与深而不能，富贵之家欲为粗与浅而不可，则奈何？曰：不难。布苎[2]有精粗深浅之别，绮罗文采亦有精粗深浅之别，非谓布苎必粗而罗绮必精，锦绣必深而缟素必浅也。紬与缎之体质不光、花纹突起者，即是精中之粗、深中之浅；布与苎之纱线紧密、漂染精工者，即是粗中之精、浅中之深。凡予所言，皆贵贱咸宜之事，既不详绣户[3]而略衡门[4]，亦不私贫家而遗富室。盖美女未尝择地而生，佳人不能选夫而嫁，务使得是编者，人人有裨[5]，则怜香惜玉之念，有同雨露之均施矣。

迩来[6]衣服之好尚，有大胜古昔，可为一定不移之法者，又有大背情理，可为人心世道之忧者，请并言之。其大胜古昔，可为一定不移之法者，大家富室，衣色皆尚青是已。（青非青也，元也。因避讳，故易之。）记予儿时所见，女子之少者，尚银红桃红，稍长者尚月白，未几而银红桃红皆变大红，月白变蓝，再变则大红变紫，蓝变石青。迨鼎革[7]以后，则石青与紫皆罕见，无论少长男妇，皆衣青矣，可谓“齐变至鲁，鲁变至道”，变

1 胶柱：胶住瑟上的弦柱，以致不能调节音的高低。这里是指固执拘泥，不知变通。
2 苎：苎麻，多年生草本植物，茎皮含纤维质很多，是纺织工业的重要原料。
3 绣户：雕绘华美的门户，多指妇女居室。这里是指富贵人家。
4 衡门：用横木当门，指简陋的屋舍。也指隐士的居处。
5 裨：本义为古代祭祀大夫所穿的一种次等礼服，后来泛指衣服。
6 迩来：迩：近。这里是近来的意思。
7 鼎革：鼎新革故，采取新的，去掉旧的，旧时多指改朝换代。

之至善而无可复加者矣。其递变至此也，并非有意而然，不过人情好胜，一家浓似一家，一日深于一日，不知不觉，遂趋到尽头处耳。然青之为色，其妙多端，不能悉数。但就妇人所宜者而论，面白者衣之，其面愈白，面黑者衣之，其面亦不觉其黑，此其宜于貌者也。年少者衣之，其年愈少，年老者衣之，其年亦不觉甚老，此其宜于岁者也。贫贱者衣之，是为贫贱之本等，富贵者衣之，又觉脱去繁华之习，但存雅素之风，亦未尝失其富贵之本来，此其宜于分者也。他色之衣，极不耐污，略沾茶酒之色，稍侵油腻之痕，非染不能复着，染之即成旧衣。此色不然，惟其极浓也，凡淡乎此者，皆受其侵而不觉；惟其极深也，凡浅乎此者，皆纳其污而不辞，此又其宜于体而适于用者也。贫家止此一衣，无他美服相衬，亦未尝尽现底里，以覆其外者色原不艳，即使中衣敝垢，未甚相形也；如用他色于外，则一缕欠精，即彰其丑矣。富贵之家，凡有锦衣绣裳，皆可服之于内，风飘袂[1]起，五色灿然，使一衣胜似一衣，非止不掩中藏，且莫能穷其底蕴。诗云“衣锦尚絅[2]”，恶其文之著也。此独不然，止因外色最深，使里衣之文越著，有复古之美名，无泥古之实害。二八佳人，如欲华美其制，则青上洒线，青上堆花，较之他色更显。反复求之，衣色之妙，未有过于此者。后来即有所变，亦皆举一废百，不能事事咸宜，此予所谓大胜古昔，可为一定不移之法者也。至于大背情理，可为人心世道之忧者，则零拼碎补之服，俗名呼为“水田衣”者是已。衣之有缝，古人非好为之，不得已也。人有肥瘠

1　袂：衣袖，袖口。

2　衣锦尚絅（jiǒng）：絅：禅衣；单层的衣服。即锦衣外面再加上麻纱单罩衣，以掩盖衣服的华丽。比喻不炫耀于人。

长短之不同，不能像体而织，是必制为全帛，剪碎而后成之，即此一条两条之缝，亦是人身赘瘤，万万不能去之，故强存其迹。赞神仙之美者，必曰“天衣无缝”，明言人间世上，多此一物故也。而今且以一条两条、广为数十百条，非止不似天衣，且不使类人间世上，然则愈趋愈下，将肖何物而后已乎？推原其始，亦非有意为之，盖由缝衣之奸匠，明为裁剪，暗作穿窬[1]，逐段窃取而藏之，无由出脱，创为此制，以售其奸。不料人情厌常喜怪，不惟不攻其弊，且群然则而效之。毁成片者为零星小块，全帛何罪，使受寸磔[2]之刑？缝碎裂者为百衲[3]僧衣，女子何辜，忽现出家之相？风俗好尚之迁移，常有关于气数，此制不昉[4]于今，而昉于崇祯末年[5]。予见而诧之，尝谓人曰：“衣衫无故易形，殆有若或使之者，六合以内，得无有土崩瓦解[6]之事乎？”未几而闯氛四起，割裂中原，人谓予言不幸而中。方今圣人御世，万国来归，车书一统之朝，此等制度，自应潜革。倘遇同心，谓刍荛之言[7]，不甚訾[8]谬，交相劝谕，勿效前颦，则予为是言也，亦犹鸡鸣犬吠之声，不为无补于盛治耳。

1　穿窬（yú）：窬，通“觎”。穿窬本指钻洞和爬墙，这里意为非分的希望、企图。

2　磔（zhé）：古代一种酷刑，分裂牲体以祭神。这里意为把肢体分裂。

3　百衲：亦作“百纳”。衲是补缀的意思，百指很多。本义是僧衣，后来指用多种材料集成完整物品的方式。

4　昉（fǎng）：天刚明，引申为起始。

5　崇祯末年：崇祯明思宗（朱由检）年号，指1628—1644年末段。

6　土崩瓦解：瓦解：制瓦时先把陶土制成圆筒形，分解为四块就做成了整瓦。这里比喻事物的分裂，像土崩塌，瓦破碎一样，不可收拾，彻底垮台。

7　刍荛（chú ráo）之言：割草称“刍”，打柴称“荛”，刍荛指割草打柴的人。这里指普遍百姓的浅陋言辞，也用作谦辞。

8　訾（zī）：古同“咨”，嗟叹声。

云肩[1]以护衣领，不使沾油，制之最善者也。但须与衣同色，近观则有，远视若无，斯为得体。即使难于一色，亦须不甚相悬。若衣色极深，而云肩极浅，或衣色极浅，而云肩极深，则是身首判然，虽曰相连，实同异处，此最不相宜之事也。予又谓云肩之色，不惟与衣相同，更须里外合一，如外色是青，则夹里之色亦当用青，外色是蓝，则夹里之色亦当用蓝。何也？此物在肩，不能时时服贴，稍遇风飘，则夹里向外，有如飓吹残叶、风卷败荷，美人之身不能不现历乱萧条之象矣。若使里外一色，则任其整齐颠倒，总无是患。然家常则已，出外见人，必须暗定以线，勿使与服相离，盖动而色纯，总不如不动之为愈也。

妇人之妆，随家丰俭，独有价廉功倍之二物，必不可无。一曰半臂，俗呼“背褡[2]”者是也；一曰束腰之带，欲呼“鸾绦[3]”者是也。妇人之体，宜窄不宜宽，一着背褡，则宽者窄，而窄者愈显其窄矣。妇人之腰，宜细不宜粗，一束以带，则粗者细，而细者倍觉其细矣。背褡宜着于外，人皆知之；鸾绦宜束于内，人多未谙。带藏衣内，则虽有若无，似腰肢本细，非有物缩之使细也。

裙制之精粗，惟视折纹之多寡。折多则行走自如，无缠身碍足之患，折少则往来局促，有拘挛[4]桎梏之形；折多则湘纹易动，无风亦似飘飖，折少则胶柱难移，有态亦同木强。故衣服之料，他或可省，裙幅必不可省。古云：“裙拖八幅湘江水。”幅既有八，则折纹之不少可知。予谓八幅之裙，宜于家常；人前美观，

---

1 云肩：妇女披在肩上的装饰物。

2 背褡：背心，马甲。

3 鸾绦：束腰的丝带。

4 拘挛：肌肉收缩，不能伸展自如。

尚须十幅。盖裙幅之增，所费无几，况增其幅，必减其丝。惟细縠[1]轻绡可以八幅十幅，厚重则为滞物，与幅减而折少者同矣。即使稍增其值，亦与他费不同。妇人之异于男子，全在下体。男子生而愿为之有室，其所以为室者，只在几希[2]之间耳。掩藏秘器，爱护家珍，全在罗裙几幅，可不丰其料而美其制，以贻采葑采菲[3]者诮乎？近日吴门所尚"百裥[4]裙"，可谓尽美。予谓此裙宜配盛服，又不宜于家常，惜物力也。较旧制稍增，较新制略减，人前十幅，家居八幅，则得丰俭之宜矣。吴门新式，又有所谓"月华裙"者，一裥之中，五色俱备，犹皎月之观光华也，予独怪而不取。人工物料，十倍常裙，暴殄天物，不待言矣，而又不甚美观。盖下体之服，宜淡不宜浓，宜纯不宜杂。予尝读旧诗，见"飘飏[5]血色裙拖地""红裙妒杀石榴花"等句，颇笑前人之笨。若果如是，则亦艳妆村妇而已矣，乌[6]足动雅人韵士之心哉？惟近制"弹墨裙"，颇饶别致，然犹未获我心，嗣[7]当别出新裁，以正同调。思而未制，不敢轻以误人也。

鞋袜

男子所着之履，俗名为鞋，女子亦名为鞋。男子饰足之衣，

1 縠（hú）：皱纱，用细纱织成的皱状丝织物。
2 几希：相差甚微；极少。
3 采葑采菲：葑即蔓青，叶和根、茎都可以食用，但根茎味苦。出自《诗经·谷风》："采葑采菲，无以下体。"比喻不因为短处而舍弃它的长处。
4 裥（jiǎn）：指衣服上的褶子或衣斜缝。
5 飏：同"扬"，飞扬，飘扬。
6 乌：文言疑问词，哪，何。
7 嗣：继承，接续。

俗名为袜，女子独易其名曰“褶[1]”，其实褶即袜也。古云“凌波小袜”，其名最雅，不识后人何故易之？袜色尚白，尚浅红；鞋色尚深红，今复尚青，可谓制之尽美者矣。鞋用高底，使小者愈小，瘦者越瘦，可谓制之尽美而又尽善者矣。然足之大者，往往以此藏拙。埋没作者一段初心，是止供丑妇效颦，非为佳人助力。近有矫其弊者，窄小金莲，皆用平底，使与伪造者有别。殊不知此制一设，则人人向高底乞灵，高底之为物也，遂成百世不祧之祀[2]，有之则大者亦小，无之则小者亦大。尝有三寸无底之足，与四五寸有底之鞋同立一处，反觉四五寸之小，而三寸之大者，以有底则指尖向下，而秃者疑尖，无底则玉笋朝天，而尖者似秃故也。吾谓高底不宜尽去，只在减损其料而已。足之大者，利于厚而不利于薄，薄则本体现矣；利于大而不利于小，小则痛而不能行矣。我以极薄极小者形之，则似鹤立鸡群，不求异而自异。世岂有高底如钱，不扭捏而能行之大脚乎？

古人取义命名，纤毫不爽[3]，如前所云，以“蟠龙”名髻、“乌云”名发之类是也。独于妇人之足，取义命名，皆与实事相反。何也？足者，形之最小者也；莲者，花之最大者也；而名妇人之足者，必曰“金莲”，名最小之足者，则曰“三寸金莲”。使妇人之足，果如莲瓣之为形，则其阔而大也，尚可言乎？极小极窄之莲瓣，岂止三寸而已乎？此“金莲”之义之不可解也。从来名妇人之鞋者，必曰“凤头”。世人顾名思义，遂以金银制凤，

1 褶（xí）：旧时女子的膝袜。

2 不祧（tiāo）之祀（sì）：祧：指古代帝王远祖的祠堂。不迁入祧庙的祖先。比喻创立某种事业而受到尊崇的人。

3 爽：差错，失误。

缀于鞋尖以实之。试思凤之为物，止能小于大鹏；方之众鸟，不几洋洋乎大观也哉？以之名鞋，虽曰赞美之词，实类讥讽之迹。如曰“凤头”二字，但肖其形，凤之头锐而身大，是以得名；然则众鸟之头，尽有锐于凤者，何故不以命名，而独有取于凤？且凤较他鸟，其首独昂，妇人趾尖，妙在低而能伏，使如凤凰之昂首，其形尚可观乎？此“凤头”之义之不可解者也。若是，则古人之命名取义，果何所见而云然？岂终不可解乎？曰：有说焉。妇人裹足之制，非由前古，盖后来添设之事也。其命名之初，妇人之足亦犹男子之足，使其果如莲瓣之稍尖、凤头之稍锐，亦可谓古之小脚。无其制而能约小其形，较之今人，殆有过焉者矣。吾谓“凤头”“金莲”等字相传已久，其名未可遽易，然止可呼其名，万勿肖其实；如肖其实，则极不美观，而为前人所误矣。不宁惟是，凤为羽虫[1]之长，与龙比肩，乃帝王饰衣饰器之物也，以之饰足，无乃大亵[2]名器乎？尝见妇人绣袜，每作龙凤之形，皆昧理僭[3]分之大者，不可不为拈破。近日女子鞋头，不缀凤而缀珠，可称善变。珠出水底，宜在凌波袜下，且似粟之珠，价不甚昂，缀一粒于鞋尖，满足俱呈宝色。使登歌舞之氍毹[4]，则为走盘之珠；使作阳台之云雨，则为掌上之珠。然作始者见不及此，亦犹衣色之变青，不知其然而然，所谓暗合道妙者也。予友余子澹心，向作《鞋袜辨》一篇，考缠足之从来，覈妇履之原制，精而且确，足与此说相发明，附载于后。

1　羽虫：鸟类与虫，古代动物的总称。

2　亵：轻慢，亲近而不庄重。

3　僭：僭越，超过本分。

4　氍毹（qú shū）：毛织的地毯，旧时演戏多用来铺在地上，因此过去常用“氍毹”或“红氍毹”代表舞台。

妇人鞋袜辨

古妇人之足，与男子无异。《周礼》[1]有屦人[2]，掌王及后之服屦，为赤舄[3]、黑舄、赤繶[4]、黄繶、青勾素履、葛履，辨外内命夫命妇之功屦、命屦、散屦。可见男女之履，同一形制，非如后世女子之弓弯细纤、以小为贵也。考之缠足，起于南唐李后主[5]。后主有宫嫔窅[6]娘，纤丽善舞，乃命作金莲，高六尺，饰以珍宝，网带缨络，中作品色瑞莲，令窅娘以帛缠足，屈上作新月状，着素袜，行舞莲中，回旋有凌云之态。由是人多效之，此缠足所自始也。唐以前未开此风，故词客诗人，歌咏美人好女，容态之殊丽，颜色之夭姣，以至面妆首饰、衣褶裙裾之华靡，鬓发、眉眼、唇齿、腰肢、手腕之婀娜秀洁，无不津津乎其言之，而无一语及足之纤小者。即如古乐府[7]之《双行缠》云："新罗绣白胫，足趺如春妍。"曹子建云："践远游之文履。"李太白诗云："一双金齿屐，两足白如霜。"韩致光诗云："六寸肤圆光致致。"杜牧之诗云："钿尺裁量减四分。"汉《杂事秘辛》云："足长八寸，胫

1 《周礼》：儒家经典之一，也称《周官》或《周官经》，汇集周王室官制和战国时代各国制度，添附儒家政治理想，增减排比而成的汇编。

2 屦（jù）人：周礼官名，掌管王与后的衣服鞋履。屦：古代用麻葛制成的一种鞋。

3 舄（xì）：鞋的通称。

4 繶（yì）：圆丝带。古代用来装饰鞋子。

5 李后主：李煜（937—978），字重光，初名从嘉，号钟隐，五代时南唐国主，世称李后主。精通书画、音律，尤其擅长作词。公元961年至975年在位，其间生活奢华，不理国事。宋兵攻破金陵后，李煜投降称臣，被封为违命侯，后来被宋太宗毒死。

6 窅（yǎo）：眼睛深陷的样子。

7 乐府：诗体名。本指乐府官署所采集、创作的乐歌，后世将魏晋至唐代可以入乐的诗歌以及后人仿效乐府古题所作的不合乐律的作品统称为乐府。宋、元以后的词、散曲和剧曲，因为配合音乐，可以歌唱，有时也称乐府。

跗[1]丰妍。”夫六寸八寸，素白丰妍，可见唐以前妇人之足，无屈上作新月状者也。即东昏[2]潘妃，作金莲花帖地，令妃行其上，曰“此步步生金莲花”非谓足为金莲也。崔豹《古今注》：“东晋有凤头重台之履。”不专言妇人也。宋元丰以前，缠足者尚少，自元至今，将四百年，矫揉造作亦泰甚矣。古妇人皆着袜。杨太真死之日，马嵬媪[3]得锦袎袜一只，过客一玩百钱。李太白诗云：“溪上足如霜，不着鸦头袜[4]。”袜一名“膝裤”。宋高宗闻秦桧死，喜曰：“今后免膝裤中插匕首矣。”则袜也，膝裤也，乃男女之通称，原无分别。但古有底，今无底耳。古有底之袜，不必着鞋，皆可行地；今无底之袜，非着鞋，则寸步不能行矣。张平子云：“罗袜凌蹑足容与。”曹子建云：“凌波微步，罗袜生尘。”李后主词云：“划袜下香阶，手提金缕鞋。”古今鞋袜之制，其不同如此。至于高底之制，前古未闻，于今独绝。吴下妇人，有以异香为底，围以精绫者；有凿花玲珑，囊以香麝[5]，行步霏霏，印香在地者。此则服妖[6]，宋元以来，诗人所未及，故表而出之，以告世之赋“香奁[7]”、咏“玉台[8]”者。

袜色与鞋色相反，袜宜极浅，鞋宜极深，欲其相形而始露也。今之女子，袜皆尚白，鞋用深红深青，可谓尽制。然家家若是，亦

1 跗（fū）：脚背。

2 东昏：指南朝齐萧宝卷，齐明帝的次子。即位后荒淫残暴，后来被萧衍所杀。和帝继位后，追废他为东昏侯。

3 媪：对老年妇女的敬称，如媪妪。

4 鸦头袜：拇趾与其他四趾分开的袜子。

5 麝（shè）：“麝香”的简称。这里泛指香气。

6 服妖：服饰怪异。古人以为奇装异服会预示天下之变，所以称为妖服。

7 奁（lián）：放梳妆用品的器具。

8 玉台：玉饰的镜台。这里是镜台的美称。

忌雷同。予欲更翻置色，深其袜而浅其鞋，则脚之小者更露。盖鞋之为色，不当与地色相同。地色者，泥土砖石之色是也。泥土砖石其为色也多深，浅者宜于其上，则界限分明，不为地色所掩。如地青而鞋亦青，地绿而鞋亦绿，则无所见其短长矣。脚之大者则应反此，宜视地色以为色，则藏拙之法，不独使高底居功矣。鄙见若此，请以质[1]之金屋主人，转询阿娇，定其是否。

1 质：问明，辨别。

习技第四

“女子无才便是德。”言虽近理，却非无故而云然。因聪明女子失节者多，不若无才之为贵。盖前人愤激之词，与男子因官而得祸，遂以读书作宦[1]为畏途，遗言戒子孙，使之勿读书、勿作宦者等也。此皆见噎废食[2]之说，究竟书可竟弃，仕可尽废乎？吾谓才德二字，原不相妨。有才之女，未必人人败行；贪淫之妇，何尝历历知书？但须为之夫者，既有怜才之心，兼有驭才之术耳。至于姬妾婢媵，又与正室不同。娶妻如买田庄，非五谷不殖，非桑麻不树，稍涉游观之物，即拔而去之，以其为衣食所出，地力有限，不能旁及其他也。买姬妾如治园圃，结子之花亦种，不结子之花亦种；成阴之树亦栽，不成阴之树亦栽，以其原为娱情而设，所重在耳目，则口腹有时而轻，不能顾名兼顾实也。使姬妾满堂，皆是蠢然一物，我欲言而彼默，我思静而彼喧，所答非所问，所应非所求，是何异于入狐狸之穴，舍宣淫而外，一无事事者乎？故习技之道，不可不与修容、治服并讲也。

1 宦：做官。

2 见噎废食：比喻遇到偶然挫折就停止应该做的事。

技艺以翰墨为上，丝竹次之，歌舞又次之，女工则其分内事，不必道也。然尽有专攻男技，不屑女红，鄙织纴[1]为贱役，视针线如仇雠，甚至三寸弓鞋不屑自制，亦倩老妪贫女为捉刀人者，亦何借巧藏拙，而失造物生人之初意哉！予谓妇人职业，毕竟以缝纫为主，缝纫既熟，徐及其他。予谈习技而不及女工者，以描鸾刺凤[2]之事，闺阁中人人皆晓，无俟予为越俎[3]之谈。其不及女工，而仍郑重其事，不敢竟遗者，虑开后世逐末之门，置纺绩蚕缫于不讲也。虽说闲情，无伤大道，是为立言之初意尔。

文艺

学技必先学文。非曰先难后易，正欲先易而后难也。天下万事万物，尽有开门之锁钥。锁钥维何？文理二字是也。寻常锁钥，一钥止开一锁，一锁止管一门；而文理二字之为锁钥，其所管者不止千门万户。盖合天上地下，万国九州，其大至于无外，其小至于无内，一切当行当学之事，无不握其枢纽，而司其出入者也。此论之发，不独为妇人女子，通天下之士农工贾[4]，三教九流[5]，百工技艺，皆当作如是观。以许大世界，摄入文理二字之中，可谓约矣，不知二字之中，又分宾主。凡学文者，非为学文，但欲明此理也。此理既明，则文字又属敲门之砖，可以废而不用

---

1 纴：织布帛的丝缕。这里指纺织。

2 描鸾刺凤：描画并刺绣鸾鸟与凤凰。这里形容女子擅长刺绣。

3 越俎：越：跨过；俎：古代祭祀时摆祭品的礼器。这里表示超出自己业务范围去处理别人所管的事。

4 贾：做买卖的人，商人。

5 三教九流：旧指宗教或学术上的各种流派。也指社会上各行各业的人。

矣。天下技艺无穷，其源头止出一理。明理之人学技，与不明理之人学技，其难易判若天渊。然不读书不识字，何由明理？故学技必先学文。然女子所学之文，无事求全责备，识得一字，有一字之用，多多益善，少亦未尝不善；事事能精，一事自可愈精。予尝谓土木匠工，但有能识字记帐[1]者，其所造之房屋器皿，定与拙匠不同，且有事半功倍之益。人初不信，后择数人验之，果如予言。粗技若此，精者可知。甚矣，字之不可不识，理之不可不明也。

妇人读书习字，所难只在入门。入门之后，其聪明必过于男子，以男子念纷，而妇人心一故也。导之入门，贵在情窦[2]未开之际，开则志念稍分，不似从前之专一。然买姬置妾，多在三五、二八之年，娶而不御，使作蒙童求我者，宁有几人？如必俟情窦未开，是终身无可授之人矣。惟在循循善诱，勿阻其机，“扑作教刑[3]”一语，非为女徒而设也。先令识字，字识而后教之以书。识字不贵多，每日仅可数字，取其笔画最少，眼前易见者训之。由易而难，由少而多，日积月累，则一年半载以后，不令读书而自解寻章觅句矣。乘其爱看之时，急觅传奇之有情节、小说之无破绽者，听其翻阅，则书非书也，不怒不威而引人登堂入室[4]之明师也。其故维何？以传奇、小说所载之言，尽是常谈俗语，妇人阅之，若逢故物。譬如一句之中，共有十字，此女已识者七，

1　记帐：记账。

2　情窦：指情意的发生或男女爱悦之情的萌动。

3　扑作教刑：扑：戒尺；教刑：上古刑法的一种。原意指用戒尺责打不遵守教令的人。这里用来戏称责打。

4　登堂入室：古代宫室，前面是堂，后面是室。意为登上厅堂，进入内室。比喻学问或技能从浅到深，达到很高的水平。

未识者三，顺口念去，自然不差。是因已识之七字，可悟未识之三字，则此三字也者，非我教之，传奇、小说教之也。由此而机锋相触，自能曲喻旁通。再得男子善为开导，使之由浅而深，则共枕论文，较之登坛讲艺，其为时雨之化，难易奚止十倍哉？十人之中，拔其一二最聪慧者，日与谈诗，使之渐通声律，但有说话铿锵[1]，无重复聱牙[2]之字者，即作诗能文之料也。苏夫人说："春夜月胜于秋夜月，秋夜月令人惨凄，春夜月令人和悦。"此非作诗，随口所说之话也。东坡因其出口合律，许以能诗，传为佳话。此即说话铿锵，无重复聱牙，可以作诗之明验也。其余女子，未必人人若是，但能书义稍通，则在学诸般技艺，皆是锁钥到手，不忧阻隔之人矣。

妇人读书习字，无论学成之后受益无穷，即其初学之时，先有裨于观者：只须案[3]摊书本，手捏柔毫[4]，坐于绿窗翠箔[5]之下，便是一幅画图。班姬[6]续史之容，谢庭咏雪[7]之态，不过如是，何必睹其题咏，较其工拙，而后有闺秀同房之乐哉？噫，此等画图，人间不少，无奈身处其地者，皆作寻常事物观，殊可惜耳。

欲令女子学诗，必先使之多读，多读而能口不离诗，以之作

1　铿锵：形容有节奏而响亮的声音。

2　聱（áo）牙：乖忤，抵触。形容文辞艰涩难读。

3　案：长形的桌子或架起来代替桌子用的长木板。

4　柔毫：也作"柔豪"，指毛笔。

5　翠箔：绿色的帘幕。

6　班姬：班昭，又名姬，字惠班。东汉扶风安陵人。班彪的女儿，班固的妹妹，博学高才。班固著《汉书》没有完成就去世了，和帝诏班昭续修成书。

7　谢庭咏雪：谢道韫，东晋陈郡阳夏人。谢奕的女儿，王凝之的妻子，一向聪慧，以才女著称。下雪时，叔叔谢安问雪像什么，子朗说："撒盐空中差可拟。"道韫则说："未若柳絮因风起。"谢安表示赞赏。

话，则其诗意诗情，自能随机触露，而为天籁[1]自鸣矣。至其聪明之所发，思路之由开，则全在所读之诗之工拙，选诗与读者，务在善迎其机。然则选者维何？曰：在“平易尖颖”四字。平易者，使之易明且易学；尖颖者，妇人之聪明，大约在纤巧一路，读尖颖之诗，如逢故我，则喜而愿学，所谓迎其机也。所选之诗，莫妙于晚唐及宋人，初中盛三唐，皆所不取；至汉魏晋之诗，皆秘勿与见，见即阻塞机锋[2]，终身不敢学矣。此予边见，高明者阅之，势必哑然一笑。然予才浅识隘，仅足为女子之师，至高峻词坛，则生平未到，无怪乎立论之卑也。

女子之善歌者，若通文义，皆可教作诗余。盖长短句法，日日见于词曲之中，入者既多，出者自易，较作诗之功为尤捷也。曲[3]体最长，每一套必须数曲，非力赡者不能。诗余[4]短而易竟，如《长相思》《浣溪纱》《如梦令》《蝶恋花》之类，每首不过一二十字，作之可逗灵机。但观诗余选本，多闺秀女郎之作，为其词理易明，口吻易肖故也。然诗余既熟，即可由短而长，扩为词曲，其势亦易。果能如是，听其自制自歌，则是名士佳人合而为一，千古来韵事韵人，未有出于此者。吾恐上界神仙，自鄙其乐，咸[5]欲谪向人寰[6]而就之矣。此论前人未道，实实创自笠翁，有由此而得妙境者，切忽忘其所本。

---

1 天籁：籁：从洞孔发出的声音。这里指自然界的风声、水声、鸟声等音响。

2 机锋：佛教禅宗用语。指对答中迅捷锐利、不落迹象、含意深刻的语句。这里的意思是写作的灵感，机敏的才思。

3 曲：这里指由若干乐曲或乐章组合成的套曲。

4 诗余：指词。词由诗发展而来，所以称为诗余。

5 咸：全，都。

6 谪向人寰：谪在封建时代特指官吏降职，调往边远的地方。这里的意思是神仙下凡至人世间。

以闺秀自命者，书、画、琴、棋四艺，均不可少。然学之须分缓急，必不可已者先之，其余资性能兼，不妨次第并举，不则一技擅长，才女之名著矣。琴列丝竹，别有分门，书则前说已备。善教由人，善习由己，其工拙浅深，不可强也。画乃闺中末技，学不学听之。至手谈一节，则断不容已，教之使学，其利于人己者，非止一端。妇人无事，必生他想，得此遣日，则妄念不生，一也；女子群居，争端易酿，以手代舌，是喧者寂之，二也；男女对坐，静必思淫，鼓瑟鼓琴之暇，焚香啜茗之余，不设一番功课，则静极思动，其两不相下之势，不在几案之前，即居床笫之上矣。一涉手谈，则诸想皆落度外，缓兵降火之法，莫善于此。但与妇人对垒，无事角[1]胜争雄，宁饶数子而输彼一筹，则有喜无嗔，笑容可掬；若有心使败，非止当下难堪，且阻后来弈兴矣。

纤指拈棋，踌躇不下，静观此态，尽勾消魂。必欲胜之，恐天地间无此忍人也。

双陆投壶[2]诸技，皆在可缓。骨牌[3]赌胜，亦可消闲，且易知易学，似不可已。

---

1 角：较量，竞争。

2 双陆投壶：双陆也称“双鹿”，古代的一种博戏。投壶：中国古代投掷游戏，由礼射演化而成，是士大夫宴饮间的娱乐活动。规则是用酒壶做靶，参加者在离壶5~9尺外，轮流向壶口或壶耳投射一定数目的无镞箭，按投中的箭数或中箭之格局分别给以一定的“数”，“数”多者为胜，输者罚酒。

3 骨牌：赌博的一种用具。相传为宋宣和年间创制，通称“宣和牌”。因为用骨头制成而得名。也有用象牙制成的，被称为“牙牌”。一具共32张，227点，象征星辰布列的方法。它的点与骰子同，自1至6，每张两数，三张合成一牌，如同骰子六面，因此可能源于骰子。玩法多样，也有用于游戏和占卜的。

丝竹

丝竹之音，推琴为首。古乐相传至今，其已变而未尽变者，独此一种，余皆末世之音也。妇人学此，可以变化性情，欲置温柔乡，不可无此陶熔之具。然此种声音，学之最难，听之亦最不易。凡令姬妾学此者，当先自问其能弹与否。主人知音，始可令琴瑟在御，不则弹者铿然，听者茫然，强束官骸[1]以俟其阕[2]，是非悦耳之音，乃苦人之具也，习之何为？凡人买姬置妾，总为自娱。己所悦者，导之使习；己所不悦，戒令勿为，是真能自娱者也。尝见富贵之人，听惯弋阳[3]、四平[4]等腔，极嫌昆调之冷，然因世人雅重昆调，强令歌童习之，每听一曲，攒眉许久，座客亦代为苦难，此皆不善自娱者也。予谓人之性情，各有所嗜，亦各有所厌，即使嗜之不当、厌之不宜，亦不妨自攻其谬。自攻其谬，则不谬矣。予生平有三癖，皆世人共好而我独不好者：一为果中之橄榄，一为馔中之海参，一为衣中之茧绹。此三物者，人以食我，我亦食之；人以衣我，我亦衣之；然未尝自沽而食、自购而衣，因不知其精美之所在也。谚云："村人吃橄榄，不知回味。"予真海内之村人也。因论习琴，而谬谈至此，诚为饶舌。

1　官骸：指身躯、形体。

2　阕：量词，歌曲或词，一首为一阕；一首词的一段也称一阕，前一段称"上阕"，后一段称"下阕"。这里是停止、终了的意思。

3　弋阳：弋阳腔是中国历史上"四大声腔"之一，起源于宋元时期的南戏，产生于江西省弋阳县，形成于元末明初。入清以后，南戏四大声腔中，余姚、海盐两腔已成绝响，而弋阳、昆山两腔竞响剧坛。尤其是其高腔体系一直保持着不可动摇的地位和鲜明的艺术特征。

4　四平：四平腔由弋阳腔流传到徽州一带演变而成。后来主要流行于安徽、江苏、浙江等省区。唱腔的特点是字多声少、一泄而尽、速度较快，后来渐趋衰亡。

人问：主人善琴，始可令姬妾学琴，然则教歌舞者，亦必主人善歌善舞而后教乎？须眉丈夫之工此者，有几人乎？曰：不然。歌舞难精而易晓，闻其声音之婉转，睹其体态之轻盈，不必知音，始能领略，座中席上，主客皆然，所谓雅俗共赏者是也。琴音易响而难明，非身习者不知，惟善弹者能听。伯牙不遇子期[1]，相如不得文君[2]，尽日挥弦，总成虚鼓。吾观今世之为琴，善弹者多，能听者少；延明师、教美妾者尽多，果能以此行乐，不愧文君、相如之名者绝少。务实不务名，此予立言之意也。若使主人善操，则当舍诸技而专务丝桐[3]。“妻子好合，如鼓瑟琴。”“窈窕淑女，琴瑟友之。”琴瑟非他，胶漆男女，而使之合一；联络情意，而使之不分者也。花前月下，美景良辰，值水阁之生凉，遇绣窗之无事，或夫唱而妻和，或女操而男听，或两声齐发，韵不参差，无论身当其境者，俨若神仙，即画成一幅合操图，亦足令观者消魂，而知音男妇之生妒也。

丝音自焦桐[4]而外，女子宜学者，又有琵琶、弦索、提琴之三种。琵琶极妙，惜今时不尚，善弹者少，然弦索之音，实足以代之。弦索之形较琵琶为瘦小，与女郎之纤体最宜。近日教习家，

1　伯牙：春秋时代人，擅长鼓琴，流传下的琴曲有《水仙操》《高山流水》等。他与钟子期交好，认为子期能领会他所奏的意趣，所以后来子期死了，伯牙沉痛地认为世上再无知音，从此不再奏琴了。

2　文君：西汉临邛（今四川邛崃）人，大工商业主卓王孙的女儿，善鼓琴，丧夫后居住在娘家。卓王孙宴客，司马相如赴宴鼓琴，她心中爱慕相如，于是与相如一同私奔逃往成都，不久又同返临邛，亲自在街头卖酒。她父亲觉得羞耻，经人劝说后分给他们童仆百人、钱百万，卓文君和相如于是回成都，购买田宅成为富人。

3　丝桐：指琴。古人削桐制琴，练丝制弦，所以称琴为丝桐。

4　焦桐：琴名。东汉蔡邕曾用烧焦的桐木造琴，后来沿用而称琴为焦桐。

其于声音之道，能不大谬于宫商[1]者，首推弦索，时曲次之，戏曲又次之。予向有场内无文、场上无曲之说，非过论也。止为初学之时，便以取舍得失为心，虑其调高和寡，止求为“下里巴人[2]”，不愿作“阳春白雪[3]”，故造到五七分即止耳。提琴较之弦索，形愈小而声愈清，度清曲者必不可少。提琴之音，即绝少美人之音也。春容柔媚，婉转断续，无一不肖。即使清曲不度，止令善歌二人，一吹洞箫，一搊提琴，暗谱悠扬之曲，使隔花间柳者听之，俨然一绝代佳人，不觉动怜香惜玉之思也。

丝音之最易学者，莫过于提琴，事半功倍，悦耳娱神。吾不能不德创始之人，令若辈尸而祝之[4]也。

竹音之宜于闺阁者，惟洞箫一种。笛可暂而不可常。至笙、管二物，则与诸乐并陈，不得已而偶然一弄，非绣窗所应有也。盖妇人奏技，与男子不同，男子所重在声，妇人所重在容。吹笙搦管[5]之时，声则可听，而容不耐看，以其气塞而腮胀也，花容月貌为之改观，是以不应使习。妇人吹箫，非止容颜不改，且能愈增娇媚。何也？按风作调，玉笋为之愈尖；簇口为声，朱唇因而越小。画美人者，常作吹箫图，以其易于见好也。或箫或笛，如使二女并吹，其为声也倍清，其为态也更显，焚香啜茗而领略之，皆能使身不在人间世也。

---

1 宫商：五音中的宫音与商音。泛指音乐、乐曲、音律。

2 下里巴人：原指战国时代楚国民间流行的一种歌曲，后来比喻通俗的文学艺术。

3 阳春白雪：原指战国时代楚国一种较高雅的歌曲，后来比喻高深的、不通俗的文学艺术。

4 尸而祝之：尸祝：指古代祭祀时对神主掌祝的人。这里是祭祀、崇拜之意。

5 搦管：吹奏管乐。

吹箫品笛之人，臂上不可无钏[1]。钏又勿使太宽，宽则藏于袖中，不得见矣。

歌舞

演习部中已载者，一语不赘，彼系泛论优伶[2]，此则单言女乐，然教习声乐者，不论男女，二册皆当细阅。

昔人教女子以歌舞，非教歌舞，习声容也。欲其声音婉转，则必使之学歌；学歌既成，则随口发声，皆有燕语莺啼之致，不必歌而歌在其中矣。欲其体态轻盈，则必使之学舞；学舞既熟，则回身举步，悉带柳翻花笑之容，不必舞而舞在其中矣。古人立法，常有事在此而意在彼者。如良弓之子先学为箕，良冶之子先学为裘。妇人之学歌舞，即弓冶[3]之学箕裘[4]也。后人不知，尽以声容二字属之歌舞，是歌外不复有声，而征容必须试舞，凡为女子者，即有飞燕[5]之轻盈、夷光之妩媚，舍作乐无所见长。然则一日之中，其为清歌妙舞者有几时哉？若使声容二事，单为歌舞而设，则其教习声容，犹在可疏可密之间。若知歌舞二事，原为声容而设，则其讲究歌舞，有不可苟且塞责者矣。但观歌舞不精，

1　钏：用珠子或玉石等穿起来做成的镯子。

2　优伶：优：俳优；伶：乐工。后来通称戏曲演员为优伶。

3　弓冶：《礼记·学记》："良冶之子，必学为裘；良弓之子，必学为箕。"后来"弓冶"用来指父子相传的事业。

4　箕裘：出自《礼记·学记》："善于冶金、造弓的人家，子弟由于耳濡目染，往往继承父兄的产业，延续相关技艺。"后来用"箕裘"比喻祖上的事业。

5　飞燕：赵飞燕，西汉人。原本是阳阿公主家的歌舞伎，舞艺高超，舞姿轻盈，由此得名"飞燕"。成帝时被选入宫做婕妤，后来被立为皇后。平帝即位后，她被废为庶人，后来自尽。

则其贴近主人之身，而为殢雨尤云[1]之事者，其无娇音媚态可知也。

“丝不如竹，竹不如肉。[2]”此声乐中三昧[3]语，谓其渐近自然也。予又谓男音之为肉，造到极精处，止可与丝竹比肩，犹是肉中之丝、肉中之竹也。何以知之？但观人赞男音之美者，非曰“其细如丝”，则曰“其清如竹”，是可概见。至若妇人之音，则纯乎其为肉矣。语云：“词出佳人口。”予曰：不必佳人，凡女子之善歌者，无论妍媸美恶，其声音皆迥别男人。貌不扬而声扬者有之，未有面目可观而声音不足听者也。但须教之有方、导之有术，因材而施，无拂其天然之性而已矣。歌舞二字，不止谓登场演剧，然登场演剧一事，为今世所极尚，请先言其同好者。

一曰取材。取材维何？优人所谓“配脚色”是已。喉音清越而气长者，正生、小生之料也；喉音娇婉而气足者，正旦、贴旦之料也，稍次则充老旦；喉音清亮而稍带质朴者，外末之料也；喉音悲壮而略近噍杀[4]者，大净之料也。至于丑与副净，则不论喉音，止取性情之活泼、口齿之便捷而已。然此等脚色，似易实难。男优之不易得者二旦，女优之不易得者净丑。不善配脚色者，每以下选充之，殊不知妇人体态不难于庄重妖娆，而难于魁奇洒脱，苟得其人，即使面貌娉婷、喉音清婉，可居生旦之位者，亦当屈抑而为之。盖女优之净丑，不比男优仅有花面之名，

1　殢（tì）雨尤云：比喻男女之间的缠绵欢爱。

2　出自陶渊明的《晋故征西大将军长史孟府君传》，丝弦乐器不如吹管乐器，吹管乐器又不如歌喉，意思是说歌唱用歌喉演唱是最接近自然的。

3　三昧：佛教用语，指止息杂念，使心专注于一种境界。道家以为，昏昏默默神之昧，杳杳冥冥气之昧，恍恍忽忽精之昧，合称三昧，这三昧能生真火。这里用来指某种技艺的诀窍。

4　噍（jiào）杀：噍：吃东西，嚼。这里指声音急促，不舒缓。

而无抹粉涂烟之实，虽涉诙谐谑浪，犹之名士风流。若使梅香之面貌胜于小姐，奴仆之词曲过于官人，则观者听者倍加怜惜，必不以其所处之位卑，而遂卑其才与貌也。

二曰正音。正音维何？察其所生之地，禁为乡土之言，使归《中原音韵》[1]之正者是已。乡音一转而即合昆调者，惟姑苏[2]一郡。一郡之中，又止取长、吴二邑，余皆稍逊，以其与他郡接壤，即带他郡之音故也。即如梁溪境内之民，去吴门不过数十里，使之学歌，有终身不能改变之字，如呼酒钟[3]为"酒宗"之类是也。近地且然，况愈远而愈别者乎？然不知远者易改，近者难改；词语判然、声音迥别者易改，词语声音大同小异者难改。譬如楚人往粤、越人来吴，两地声音判如霄壤[4]，或此呼而彼不应，或彼说而此不言，势必大费精神，改唇易舌，求为同声相应而后已。止因自任为难，故转觉其易也。至入附近之地，彼所言者，我亦能言，不过出口收音之稍别，改与不改，无甚关系，往往因仍苟且，以度一生。止因自视为易，故转觉其难也。正音之道，无论异同远近，总当视易为难。选女乐者，必自吴门是已。然尤物之生，未尝择地，燕姬赵女、越妇秦娥见于载籍者，不一而足[5]。"惟楚有材，惟晋用之。"此言晋人善用，非曰惟楚为能生材也。予游遍域中，觉四方声音，凡在二八上下之年者，无不可

1 《中原音韵》：元代周德清撰，是元代戏曲（北曲）曲韵专著，我国最早一部北曲曲韵和北曲音乐论著。
2 姑苏：可代指姑胥山、姑苏台。这里是苏州的别称。
3 酒钟：酒杯。
4 判如霄壤：霄壤：天地。这里形容差距极大。
5 不一而足：足：充足。指同类的事物不止一个而是很多，无法列举齐全。

改，惟八闽[1]、江右[2]二省，新安、武林二郡，较他处为稍难耳。正音有法，当择其一韵之中，字字皆别，而所别之韵，又字字相同者，取其吃紧一二字，出全副精神以正之。正得一二字转，则破竹之势已成，凡属此一韵中相同之字，皆不正而自转矣。请言一二以概之。九州以内，择其乡音最劲、舌本最强者而言，则莫过于秦晋二地。不知秦晋之音，皆有一定不移之成格。秦音无东钟，晋音无真文；秦音呼东钟为真文，晋音呼真文为东钟。此予身入其地，习处其人，细细体认而得之者。秦人呼中庸之中为肫[3]，通达之通为吞，东南西北之东为敦，青红紫绿之红为魂，凡属东钟一韵者，字字皆然，无一合于本韵，无一不涉真文。岂非秦音无东钟，秦音呼东钟为真文之实据乎？我能取此韵中一二字，朝训夕诂[4]，导之改易，一字能变，则字字皆变矣。晋音较秦音稍杂，不能处处相同，然凡属真文一韵之字，其音皆仿佛东钟，如呼子孙之孙为松，昆腔之昆为空之类是也。即有不尽然者，亦在依稀仿佛之间。正之亦如前法，则用力少而成功多。是使无东钟而有东钟，无真文而有真文，两韵之音，各归其本位矣。秦晋且然，况其他乎？大约北音多平而少入，多阴而少阳。吴音[5]之便于学歌者，止以阴阳平仄不甚谬耳。然学歌之家，尽有度曲一生，不知

1　八闽：福建省的别称。福建古时是闽地，宋代时开始分为八个府、州、军，元代分为福州、兴化、建宁、延平、汀州、邵武、泉州、漳州八路，明代改八路为八府，清代仍然这样，因此有八闽之称。

2　江右：指长江下游以西的地区。东晋以后，称西晋和北朝魏、齐、周统治下的地区为江右。与“江左”相对。

3　肫（zhūn）：禽类的胃；也有诚恳、真挚的意思。

4　朝训夕诂：指经常用通俗的话来解释古书中的字词。

5　吴音：吴方言区的语音。

阴阳平仄为何物者，是与蠹鱼[1]日在书中，未尝识字者等也。予谓教人学歌，当从此始。平仄阴阳既谙，使之学曲，可省大半工夫。正音改字之论，不止为学歌而设，凡有生于一方，而不屑为一方之士者，皆当用此法以掉其舌。至于身在青云[2]，有率吏临民之责者，更宜洗涤方音，讲求韵学，务使开口出言，人人可晓。常有官说话而吏不知，民辩冤而官不解，以致误施鞭扑[3]、倒用劝惩者。声音之能误人，岂浅鲜哉！

正音改字，切忌务多。聪明者每日不过十余字，资质钝者渐减。每正一字，必令于寻常说话之中，尽皆变易，不定在读曲念白时。若止在曲中正字，他处听其自然，则但于眼下依从，非久复成故物，盖借词曲以变声音，非假声音以善词曲也。

三曰习态。态自天生，非关学力，前论声容，已备悉其事矣。而此复言习态，抑何自相矛盾乎？曰：不然。彼说闺中，此言场上。闺中之态，全出自然。场上之态，不得不由勉强，虽由勉强，却又类乎自然，此演习之功之不可少也。生有生态，旦有旦态，外末有外末之态，净丑有净丑之态，此理人人皆晓；又与男优相同，可置弗论，但论女优之态而已。男优妆旦，势必加以扭捏，不扭捏不足以肖妇人；女优妆旦，妙在自然，切忌造作，一经造作，反类男优矣。人谓妇人扮妇人，焉有造作之理，此语属赘。不知妇人登场，定有一种矜持之态；自视为矜持，人视则为造作矣。须令于演剧之际，只作家内想，勿作场上观，始能免于矜持造作之病。此言旦脚之态也。然女态之难，不难于旦，而

1　蠹（dù）鱼：衣鱼，木制物中生的虫子。
2　青云：比喻很高的官位。
3　鞭扑：亦作“鞭朴”。用作刑具的鞭子和棍棒，也指用鞭子或棍棒抽打。

难于生；不难于生，而难于外末净丑；又不难于外末净丑之坐卧欢娱，而难于外末净丑之行走哭泣。总因脚小而不能跨大步，面娇而不肯妆瘁容故也。然妆龙像龙，妆虎像虎，妆此一物，而使人笑其不似，是求荣得辱，反不若设身处地，酷肖神情，使人赞美之为愈矣。至于美妇扮生，较女妆更为绰约。潘安[1]、卫玠[2]，不能复见其生时，借此辈权为小像，无论场上生姿，曲中耀目，即于花前月下偶作此形，与之坐谈对弈[3]，啜茗焚香，虽歌舞场之余文，实温柔乡之异趣也。

1　潘安：晋裴启《语林》记载：潘安仁（潘岳）非常俊秀，每次在街上行走，妇人女子都纷纷将果子投掷进他车里，经常能够满载而归，后来就用“潘安貌”来称誉美男子。

2　卫玠：西晋河东安邑人，字叔宝，卫恒的儿子。姿容极美，见到他的人都称誉他为“玉人”。京城中慕名前来观看他的人把道路都堵塞了。卫玠本来就多病体弱，后来因为劳累病死，当时人们说卫玠是被人看杀的。

3　对弈：下棋。

居室部

人之不能无屋，犹体之不能无衣。衣贵夏凉冬燠，房舍亦然。

房舍第一

人之不能无屋，犹体之不能无衣。衣贵夏凉冬燠[1]，房舍亦然。堂高数仞，榱[2]题数尺，壮则壮矣，然宜于夏而不宜于冬。登贵人之堂，令人不寒而栗，虽势使之然，亦廖廓[3]有以致之；我有重裘[4]，而彼难挟纩[5]故也。及肩之墙，容膝之屋，俭则俭矣，然适于主而不适于宾。造寒士之庐，使人无忧而叹，虽气感之乎，亦境地有以迫之；此耐萧疏，而彼憎岑寂故也。吾愿显者之居，勿太高广。夫房舍与人，欲其相称。画山水者有诀云："丈山尺树，寸马豆人。"使一丈之山，缀以二尺三尺之树；一寸之马，跨以似米似粟之人，称乎？不称乎？使显者之躯，能如汤文[6]之九尺十尺，则高数仞为宜，不则堂愈高而人愈觉其矮，地愈宽而体愈形其瘠，何

1 燠（yù）：暖，热。

2 榱（cuī）：房屋的椽子。

3 廖廓：同"寥廓"，高远空旷。

4 重裘：厚毛皮衣，指质量极差、分量很重的皮衣（与"轻裘"相对）。

5 挟纩（jiā kuàng）：把丝绵装入衣衾内，制成绵袍、绵被；披着绵衣。也比喻受人抚慰而感到温暖。

6 汤文：汤即成汤，商王朝开国之君。文即周文王，姓姬，名昌，商代周族领袖。

如略小其堂，而宽大其身之为得乎？处士之庐，难免卑隘，然卑者不能耸之使高，隘者不能扩之使广，而污秽者、充塞者则能去之使净，净则卑者高而隘者广矣。吾贫贱一生，播迁流离，不一其处，虽债而食，赁而居，总未尝稍污其座。性嗜花竹，而购之无资，则必令妻孥[1]忍饥数日，或耐寒一冬，省口体之奉[2]，以娱耳目。人则笑之，而我怡然自得也。性又不喜雷同，好为矫异，常谓人之葺居治宅，与读书作文同一致也。譬如治举业者，高则自出手眼，创为新异之篇；其极卑者，亦将读熟之文移头换尾，损益字句而后出之，从未有抄写全篇，而自名善用者也。乃至兴造一事，则必肖人之堂以为堂，窥人之户以立户，稍有不合，不以为得，而反以为耻。常见通侯贵戚，掷盈千累万之资以治园圃，必先谕大匠曰：亭则法某人之制，榭则遵谁氏之规，勿使稍异。而操运斤之权者，至大厦告成，必骄语居功，谓其立户开窗，安廊置阁，事事皆仿名园，纤毫不谬。噫，陋矣！以构造园亭之胜事，上之不能自出手眼，如标新创异之文人；下之至不能换尾移头，学套腐为新之庸笔，尚嚣嚣[3]以鸣得意，何其自处之卑哉！予尝谓人曰：生平有两绝技，自不能用，而人亦不能用之，殊可惜也。人问：绝技维何？予曰：一则辨审音乐，一则置造园亭。性嗜填词，每多撰著，海内共见之矣。设处得为之地，自选优伶，使歌自撰之词曲，口授而躬试之，无论新裁之曲，可使迥异时腔，即旧日传奇[4]，一概删其腐习而益以新格，

1 妻孥（nú）：指妻子和儿女。

2 口体之奉：奉：奉养。指衣食方面的奉养。

3 嚣嚣（áo）：虚空、虚伪的状态，或指喧哗的样子。

4 传奇：唐代短篇小说的称谓，明清时以演唱南曲为主的戏曲形式。由宋元南戏发展而来，也吸收了元杂剧的优点，但情节处理更为紧凑，人物刻画更为细腻，角色分工更为细致，兼唱北曲或南北合套，明中叶到清中叶最为盛行。

为往时作者别开生面，此一技也。一则创造园亭，因地制宜，不拘成见，一榱一桷，必令出自己裁，使经其地、入其室者，如读湖上笠翁之书，虽乏高才，颇饶别致，岂非圣明之世，文物之邦，一点缀太平之具哉？噫，吾老矣，不足用也。请以崖略[1]付之简篇，供嗜痂[2]者采择。收其一得，如对笠翁，则斯编实为神交[3]之助尔。

土木之事，最忌奢靡。匪特[4]庶民之家当崇俭朴，即王公大人亦当以此为尚。盖居室之制，贵精不贵丽，贵新奇大雅，不贵纤巧烂漫。凡人止好富丽者，非好富丽，因其不能创异标新，舍富丽无所见长，只得以此塞责[5]。譬如人有新衣二件，试令两人服之，一则雅素而新奇，一则辉煌而平易，观者之目，注在平易乎？在新奇乎？锦绣绮罗，谁不知贵，亦谁不见之？缟衣素裳，其制略新，则为众目所射，以其未尝睹也。凡予所言，皆属价廉工省之事，即有所费，亦不及雕镂粉藻之百一。且古语云：“耕当问奴，织当访婢。”予贫士也，仅识寒酸之事。欲示富贵，而以绮丽胜人，则有从前之旧制在。

新制人所未见，即缕缕言之，亦难尽晓，势必绘图作样。然有图所能绘，有不能绘者。不能绘者十之九，能绘者不过十之一。因其有而会其无，是在解人善悟耳。

1　崖略：大概，轮廓。

2　嗜痂：据《宋书·刘穆之传》记载，刘邕特别喜欢吃疮痂，说味道像鲍鱼那样鲜美，一次，刘邕到孟灵休家，孟灵休先前患灸疮，有一个疮痂脱落在床上，刘邕拿起来吃了。灵休大为惊讶。后来人们称怪癖为“嗜痂”。这里做谦辞。

3　神交：精神交往，指不见面而相投合仰慕。

4　匪特：不仅，不但。

5　塞责：马虎潦草地做，应付职责。

向背

屋以面南为正向。然不可必得，则面北者宜虚其后，以受南薰；面东者虚右，面西者虚左，亦犹是也。如东、西、北皆无余地，则开窗借天以补之。牖[1]之大者，可抵小门二扇；穴之高者，可敌低窗二扇，不可不知也。

途径

径莫便于捷，而又莫妙于迂。凡有故作迂途，以取别致者，必另开耳门一扇，以便家人之奔走，急则开之，缓则闭之，斯雅俗俱利，而理致兼收矣。

高下

房舍忌似平原，须有高下之势，不独园圃[2]为然，居宅亦应如是。前卑后高，理之常也。然地不如是，而强欲如是，亦病其拘。总有因地制宜之法：高者造屋，卑者建楼，一法也；卑处叠石为山，高处浚[3]水为池，二法也。又有因其高而愈高之，竖阁磊峰于峻坡之上；因其卑而愈卑之，穿塘凿井于下湿之区。总无一定之法，神而明之，存乎其人[4]，此非可以遥授方略者矣。

---

1 牖（yǒu）：窗户。

2 园圃：种植果木菜蔬的园地。

3 浚：疏通，深挖。

4 神而明之，存乎其人：出自《周易》，本来指玄妙高深的道理只有圣智之人才能明白，后来指人不但要懂得事物的道理，还要能掌握运用其中的道理。

出檐深浅

居宅无论精粗，总以能避风雨为贵。常有画栋雕梁[1]、琼楼玉槛，而止可娱晴，不堪坐雨者，非失之太敞，则病于过峻。故柱不宜长，长为招雨之媒；窗不宜多，多为匿风之薮[2]；务使虚实相半，长短得宜。又有贫士之家，房舍宽而余地少，欲作深檐以障风雨，则苦于暗；欲置长牖以受光明，则虑在阴。剂其两难，则有添置活檐一法。何为活檐？法于瓦檐之下，另设板棚一扇，置转轴于两头，可撑可下。晴则反撑，使正面向下，以当檐外顶格；雨则正撑，使正面向上，以承檐溜。是我能用天，而天不能窘我矣。[3]

置顶格

精室不见椽瓦，或以板覆，或用纸糊，以掩屋上之丑态，名为“顶格”，天下皆然。予独怪其法制未善。何也？常因屋高檐矮，意欲取平，遂抑高者就下，顶格一概齐檐，使高敞有用之区，委之不见不闻，以为鼠窟，良可慨也。亦有不忍弃此，竟以顶板贴椽，仍作屋形，高其中而卑其前后者，又不美观，而病其呆笨。予为新制，以顶格为斗笠之形，可方可圆，四面皆下，而独高其中。且无多费，仍是平格之板料，但令工匠画定尺寸，镟而去之。如作圆形，则中间镟下一段是弃物矣，即用弃物作顶，

1 画栋雕梁：形容有彩绘装饰的十分华丽的房屋。

2 薮：人或物聚集的地方。

3 李渔设计的这种活檐，一檐三用，晴天反撑，雨天正撑，还考虑到阴天可以收起挡板，使房屋向阳采光。这种设计在理念上十分灵活，又兼具实用美观性。

升之于上，止增周围一段竖板，长仅尺许，少者一层，多则二层，随人所好，方者亦然。造成之后，若糊以纸，又可于竖板之上，裱贴字画，圆者类手卷，方者类册叶，简而文，新而妥，以质高明，必当取其有裨。方者可用竖板作门，时开时闭，则当壁橱四张，纳无限器物于中，而不之觉也。

甃[1]地

古人茅茨土阶，虽崇俭朴，亦以法制未尽备也。惟幕天者可以席地，梁栋既设，即有阶除[2]，与戴冠者不可跣足[3]，同一理也。且土不覆砖，尝苦其湿，又易生尘。有用板作地者，又病其步履有声，喧而不寂。以三和土[4]甃地，筑之极坚，使完好如石，最为丰俭得宜。而又有不便于人者：若和灰和土不用盐卤，则燥而易裂；用之发潮，又不利于天阴。且砖可挪移，而甃成之土不可挪移，日后改迁，遂成弃物，是又不宜用也。不若仍用砖铺，止在磨与不磨之间，别其丰俭，有力者磨之使光，无力者听其自糙。予谓极糙之砖，犹愈于极光之土。但能自运机杼[5]，使小者间大，方者合圆，别成文理[6]，或作冰裂，或肖龟纹，收牛溲马渤[7]入药笼，

1 甃（zhòu）：砖砌的井壁。甃地就是用砖、石等砌地。

2 阶除：台阶。

3 跣（xiǎn）足：光着脚，不穿鞋袜。

4 三和土：三合土，由石灰、黏土和细砂所组成的一种建筑材料。

5 自运机杼：机杼本指织布机上的箱，织布时每条经线都要从箱齿间穿过，后来比喻心思、心意。这里指写文章能创造出新的风格和体裁。

6 文理：花纹，纹理。

7 牛溲马渤：牛溲：牛尿，又指车前草，可以利小便；马渤：马勃，一种真菌，可以入药。比喻一般人认为无用的东西，在懂得其性能的人手里可以成为有用的物品。

用之得宜，其价值反在参苓[1]之上。此种调度，言之易而行之甚难，仅存其说而已。

洒扫

精美之房，宜勤洒扫。然洒扫中亦具大段学问，非僮仆所能知也。欲去浮尘，先用水洒，此古人传示之法，今世行之者，十中不得一二。盖因童子性懒，虑有汲水[2]之烦，止扫不洒，是以两事并为一事，惜其力也。久之习为固然，非特童子忘之，并主人亦不知扫地之先，更有一事矣。彼但知两者并一是省事法，殊不知因其懒也。遂以一事化为数十事。服役者既以为苦，而指使者亦觉其繁，然总不知此数十事者，皆从一事苟简而生之者也。精舍之内，自明窗净几[3]而外，尚有图书翰墨[4]、骨董器玩之种种，无一不忌浮尘。不洒而扫，是以红尘掺物，物物皆受其蒙，并栋梁之上、榱桷之间亦生障翳[5]，势必逐件擦磨，始现本来面目，手不停挥者，半日才能竣事，不亦劳乎？若能先洒后扫，则扫过之后，只须麈尾[6]一拂，一日清晨之事毕矣，何指使服役之纷纷哉？此洒水之不容已也。然勤扫不如勤洒，人则知之；多洒不如轻扫，人则未知之也。饶其善洒，不能处处皆遍，究竟干地居多，服役者

1 参苓：中药名，人参与茯苓。有滋补健身的功用。
2 汲水：从井里取水，泛指打水。
3 明窗净几：形容室内明亮、整洁。
4 翰墨：笔和墨，借指文章书画等。
5 障翳：用羽毛做的华盖。这里指物体表面蒙上的灰尘等物。
6 麈（zhǔ）尾：麈：古书上指鹿一类的动物，它的尾可以做拂尘。这里指古人闲谈时拿来驱虫、掸尘的一种工具。

不知，以其既经洒湿，则任意挥扫无妨。扬尘舞蹈之际，障翳之生也更多，故运帚切记勿重；匪特勿重，每于歇手之际，必使帚尾着地，勿令悬空，如扫一帚起一帚，则与挥扇无异，是扬灰使起，非抑尘使伏也。此是一法。又有闭门扫地之诀，不可不知。如人先扫房舍，后及阶除[1]，则将房舍之门紧闭，俟扫完阶除后，略停片刻，然后开门，始无灰尘入户之患。臧获[2]不知，以为房舍扫完，其事毕矣，此后渐及门外，与内绝不相蒙，岂知有顾此失彼之患哉！顺风扬灰，一帚可当十帚，较之未扫更甚。此皆世人所忽，故拈出告之，然未免饶舌。

洒扫二事，势必相因，缺一不可，然亦有时以孤行为妙，是又不可不知。先洒后扫，言其常也，若旦旦如是，则土胶于水，积而不去，日厚一日，砖板受其虚名，而有土阶之实矣。故洒过数日，必留一日勿洒，止令童子轻轻用帚，不致扬尘，是数日所积者一朝去之，则水土交相为用，而不交相为害矣。

藏垢纳污

欲营精洁之房，先设藏垢纳污[3]之地。何也？爱精喜洁之士，一物不整齐，即如目中生刺，势必去之而后已。然一人之身，百工之所为备，能保物物皆精乎？且如文人之手，刻不停批；绣女之躬，时难罢刺。唾绒[4]满地，金屋为之不光；残稿盈庭，精舍因

1 阶除：台阶。
2 臧获：古代对奴婢的贱称。
3 藏垢纳污：垢、污：肮脏的东西。这里指包藏容纳肮脏的东西。
4 唾绒：古代妇女刺绣，每当停针换线、咬断绣线时，把嘴里沾留的线绒随口吐出，俗称唾绒。

而欠好。是极韵之物，尚能使人不韵，况其他乎？故必于精舍左右，另设小屋一间，有如复道，俗名“套房”是也。凡有败笺弃纸、垢砚秃毫[1]之类，卒急不能料理者，姑置其间，以俟暇时检点。妇人之闺阁亦然，残脂剩粉无日无之，净之将不胜其净也。此房无论大小，但期必备。如贫家不能办此，则以箱笼代之，案旁榻后皆可置。先有容拙之地，而后能施其巧，此藏垢之不容已也。至于纳污之区，更不可少。凡人有饮即有溺[2]，有食即有便。如厕之时尚少，可于溷厕[3]之外，不必另筹去路。至于溺之为数，一日不知凡几，若不择地而遗，则净土皆成粪壤，如或避洁就污，则往来仆仆[4]，是率天下而路也。此为寻常好洁者言之。若夫文人运腕，每至得意疾书之际，机锋一阻，则断不可续。然而寝食可废，便溺不可废也。“官急不如私急”，俗不云乎？常有得句将书而阻于溺，及溺后觅之杳不可得者，予往往验之，故营此最急。当于书室之旁，穴墙为孔，嵌以小竹，使遗在内而流于外，秽气罔[5]闻，有若未尝溺者，无论阴晴寒暑，可以不出户庭。此予自为计者，而亦举以示人，其无隐讳可知也。

1 秃毫：脱毛的笔。

2 溺：同“尿”，排泄小便。

3 溷（hùn）厕：厕所。

4 仆仆：烦琐、屡屡的意思。这里是奔走劳顿的样子。

5 罔：没有。

窗栏第二

吾观今世之人，能变古法为今制者，其惟窗栏二事乎！窗栏之制，日异月新，皆从成法中变出。“腐草为萤[1]”，实具至理，如此则造物生人，不枉付心胸一片。但造房建宅与置立窗轩，同是一理，明于此而暗于彼，何其有聪明而不善扩乎？予往往自制窗栏之格，口授工匠使为之，以为极新极异矣，而偶至一处，见其已设者，先得我心之同然，因自笑为辽东白豕[2]。独房舍之制不然，求为同心甚少。门窗二物，新制既多，予不复赘，恐其又蹈白豕辙也。惟约略言之，以补时人之偶缺。

制体宜坚

窗棂以明透为先，栏杆以玲珑为主，然此皆属第二义；其首

1 腐草为萤：古人认为腐烂的草可以生出萤火虫，其实萤火虫是产卵在水边的草根，大部分潜伏在土中，第二年草蛹化为成虫，变成萤火虫的。

2 辽东白豕：据汉朱浮《与彭宠书》记载，辽东有头猪生了一只白头小猪，主人认为十分奇异，便拿去进献，走到河东，看见很多猪全身都是白的，便羞惭地回去了。后来就用“辽东白豕”表示少见多怪，或者因为见识浅薄而羞惭。常作谦辞。

重者，止在一字之坚，坚而后论工拙。尝有穷工极巧以求尽善，乃不逾时而失头堕趾，反类画虎未成[1]者，计其新而不计其旧也。总其大纲，则有二语：宜简不宜繁，宜自然不宜雕斫。凡事物之理，简斯可继，繁则难久，顺其性者必坚，戕[2]其体者易坏。木之为器，凡合笋[3]使就者，皆顺其性以为之者也；雕刻使成者，皆戕其体而为之者也；一涉雕镂，则腐朽可立待矣。故窗棂栏杆之制，务使头头有笋，眼眼着撒。然头眼过密，笋撒太多，又与雕镂无异，仍是戕其体也，故又宜简不宜繁。根数愈少愈佳，少则可坚；眼数愈密愈贵，密则纸不易碎。然既少矣，又安能密？曰：此在制度之善，非可以笔舌争也。窗栏之体，不出纵横、欹斜、屈曲三项，请以萧斋[4]制就者，各图一则以例之。

纵横格

是格也，根数不多，而眼亦未尝不密，是所谓头头有笋，眼眼着撒者，雅莫雅于此，坚亦莫坚于此矣。是从陈腐中变出。由此推之，则旧式可化为新者，不知凡几。但取其简者、坚者、自然者变之，

纵横格

1 画虎未成：画虎不成反类犬，比喻模仿不到家，反而不伦不类。

2 戕：杀害。这里的意思是破坏。

3 笋：同“榫”，竹、木等器物或构件利用凹凸的方式相接在一起，连接凸出的部分称为笋。

4 萧斋：唐张怀瓘《书断》记载：武帝建造寺庙，命令云飞白书写一大字“萧”。后人沿用这个字，称寺庙、书斋为“萧斋”。

事事以雕镂为戒，则人工渐去，而天巧自呈矣。

欹[1]斜格（系栏）

此格甚佳，为人意想所不到，因其平而有笋者，可以着实，尖而无笋者，没处生根故也。然赖有躲闪法，能令外似悬空，内偏着实，止须善藏其拙耳。当于尖木之后，另设坚固薄板一条，托于其后，上下投笋，而以尖木钉于其上，前看则无，后观则有。其能幻有为无者，全在油漆时善于着色。如栏杆之本体用朱，则所托之板另用他色。他色亦不得泛用，当以屋内墙壁之色为色。如墙系白粉，此板亦作粉色；壁系青砖，此板亦肖砖色。自外观之，止见朱色之纹，而与墙壁相同者，混然一色，无所辨矣。至栏杆之内向者，又必另为一色，勿与外同，或青或蓝，无所不可，而薄板向内之色，则当与之相合。自内观之，又别成一种文理，较外尤可观也。

欹斜格

屈曲体（系栏）

此格最坚，而又省费，名“桃花浪”，又名“浪里梅”。曲木另造，花另造，俟曲木入柱投笋后，始以花塞空处，上下着钉，借此联络，虽有大力者挠之，不能动矣。花之内外，宜作两

1 欹（qī）：同“敧”，倾斜不正。

种，一作桃，一作梅，所云“桃花浪”“浪里梅”是也。浪色亦忌雷同，或蓝或绿，否则同是一色，而以深浅别之，使人一转足之间，景色判然[1]。是以一物幻为二物，又未尝于本等材料之外，另费一钱。凡予所为，强半皆若是也。

屈曲体

取景在借

开窗莫妙于借景，而借景之法，予能得其三昧。向犹私之，乃今嗜痂者众，将来必多依样葫芦，不若公之海内[2]，使物物尽效其灵，人人均有其乐。但期于得意酣歌之顷，高叫笠翁数声，使梦魂得以相傍，是人乐而我亦与焉，为愿足矣。向居西子湖滨，欲购湖舫[3]一只，事事犹人，不求稍异，止以窗格异之。人询其法，予曰：四面皆实，独虚其中，而为“便面[4]”之形。实者用板，蒙以灰布，勿露一隙之光；虚者用木作框，上下皆曲而直其两旁，所谓便面是也。纯露空明，勿使有纤毫障翳。是船之左右，止有二便面，便面之外，无他物矣。坐于其中，则两岸之湖光山色、

1 判然：显然、分明。

2 海内：古人认为我国疆土四面环海，因此称国境以内为海内。

3 舫：泛指小船。

4 便面：古代用来遮面的扇状物。后来也称团扇、折扇为便面。

寺观浮屠[1]、云烟竹树，以及往来之樵人牧竖[2]、醉翁游女，连人带马尽入便面之中，作我天然图画。且又时时变幻，不为一定之形。非特舟行之际，摇一橹[3]，变一象，撑一篙，换一景，即系缆时，风摇水动，亦刻刻异形。是一日之内，现出百千万幅佳山佳水，总以便面收之。而便面之制，又绝无多费，不过曲木两条、直木两条而已。世有掷尽金钱，求为新异者，其能新异若此乎？此窗不但娱己，兼可娱人。不特以舟外无穷之景色摄入舟中，兼可以舟中所有之人物，并一切几席杯盘射出窗外，以备来往游人之玩赏。何也？以内视外，固是一幅便面山水；而以外视内，亦是一幅扇头人物。譬如拉妓邀僧，呼朋聚友，与之弹棋观画，分韵拈毫，或饮或歌，任眠任起，自外观之，无一不同绘事。同一物也，同一事也，此窗未设以前，仅作事物观；一有此窗，则不烦指点，人人俱作画图观矣。夫扇面非异物也，肖扇面为窗，又非难事也。世人取象乎物，而为门为窗者，不知凡几，独留此眼前共见之物，弃而弗取，以待笠翁，讵[4]非咄咄[5]怪事乎？所恨有心无力，不能办此一舟，竟成欠事[6]。兹且移居白门，为西子湖之薄倖人矣。此愿茫茫，其何能遂？不得已而小用其机，置此窗于楼头，以窥钟山气色，然非创始之心，仅存其制而已。予又尝作观山虚牖，名“尺幅窗”，又名“无心画”，姑妄言之。浮白轩中，后

1　浮屠：佛陀；也指塔，如七级浮屠。

2　牧竖：放牧的儿童。

3　橹：拨水使船前进的工具，比桨长。安在船边，用于摇动。

4　讵：岂，怎，用于表示反问。

5　咄咄：表示惊诧或感叹。

6　欠事：指遗憾的事。

有小山一座，高不逾丈，宽止及寻[1]，而其中则有丹崖碧水，茂林修竹，鸣禽响瀑，茅屋板桥，凡山居所有之物，无一不备。盖因善塑者肖予一像，神气宛然，又因予号笠翁，顾名思义，而为把钓之形。予思既执纶竿[2]，必当坐之矶[3]上，有石不可无水，有水不可无山，有山有水，不可无笠翁息钓归休之地，遂营此窟以居之。是此山原为像设，初无意于为窗也。后见其物小而蕴大，有“须弥芥子[4]”之义，尽日坐观，不忍阖[5]牖，乃瞿然[6]曰：“是山也，而可以作画；是画也，而可以为窗；不过损予一日杖头钱[7]，为装潢[8]之具耳。”遂命童子裁纸数幅，以为画之头尾，及左右镶边。头尾贴于窗之上下，镶边贴于两旁，俨然堂画一幅，而但虚其中。非虚其中，欲以屋后之山代之也。坐而观之，则窗非窗也，画也；山非屋后之山，即画上之山也。不觉狂笑失声，妻孥群至，又复笑予所笑，而“无心画”“尺幅窗”之制，从此始矣。予又尝取枯木数茎，置作天然之牖，名曰“梅窗”。生平制作之佳，当以此为第一。己酉[9]之夏，骤涨滔天，久而不涸，斋头淹死榴、橙各一株，伐而为薪，因其坚也，刀斧难入，卧于阶除者累日。

1　寻：古代的长度单位，一寻等于八尺。

2　纶竿（lún gān）：钓竿。

3　矶：江边突出的岩石或小石山。

4　须弥芥子：意思是将偌大一个须弥山塞进一粒小小的菜籽之中刚好合适。形容佛法无边，神通广大。后来也形容诗文波诡变幻，才思出众。

5　阖：关闭。

6　瞿（qú）然：惊骇或惊喜的样子。

7　杖头钱：买酒钱，泛指少量的钱。

8　装潢：装裱。古代书画作品一般用潢纸，即黄檗汁染的纸装裱，因而得名。

9　己酉：天干（甲、乙、丙、丁、戊、己、庚、辛、壬、癸）与地支（子、丑、寅、卯、辰、巳、午、未、申、酉、戌、亥）相配，用以纪年、月、日。中国传统农历的干支纪年中一个循环的第46年称“己酉年”。

予见其枝柯盘曲，有似古梅，而老干又具盘错之势，似可取而为器者，因筹所以用之。是时楼云谷中幽而不明，正思辟牖，乃幡然曰：“道在是矣！”遂语工师，取老干之近直者，顺其本来，不加斧凿，为窗之上下两旁，是窗之外廓具矣。再取枝柯之一面盘曲、一面稍平者，分作梅树两株，一从上生而倒垂，一从下生而仰接，其稍平之一面则略施斧斤，去其皮节而向外，以便糊纸；其盘曲之一面，则匪特尽全其天，不稍戕斫[1]，并疏枝细梗而留之。既成之后，剪彩作花，分红梅、绿萼二种，缀于疏枝细梗之上，俨然活梅之初着花者。同人见之，无不叫绝。予之心思，讫[2]于此矣。后有所作，当亦不过是矣。

便面不得于舟，而用于房舍，是屈事矣。然有移天换日之法在，亦可变昨为今，化板成活，俾耳目之前，刻刻似有生机飞舞，是亦未尝不妙，止费我一番筹度耳。予性最癖，不喜盆内之花、笼中之鸟、缸内之鱼，及案上有座之石，以其局促不舒，令人作囚鸾絷[3]凤之想。故盆花自幽兰、水仙而外，未尝寓目。鸟中之画眉，性酷嗜之，然必另出己意而为笼，不同旧制，务使不见拘囚之迹而后已。[4]自设便面以后，则生平所弃之物，尽在所取。从来作便面者，凡山水人物、竹石花鸟以及昆虫，无一不在所绘之内，故设此窗于屋内，必先于墙外置板，以备承物之用。一切盆花笼鸟、蟠松怪石，皆可更换置之。如盆兰吐花，移之窗外，即是一幅便面幽兰；盎菊舒英，纳之牖中，即是一幅扇头佳菊。或

1　戕斫（zhuó）：戕：杀害，毁坏；斫：大锄。这里引申为用刀、斧等砍。

2　讫：完结，终了。

3　絷（zhí）：马缰绳，这里是拘禁、束缚的意思。

4　李渔的设计是从心所欲的，既追求内心不拘与自由，又遵从物性，讲求顺应之道，恰使得物尽其美。

数日一更，或一日一更；即一日数更，亦未尝不可。但须遮蔽下段，勿露盆盎[1]之形。而遮蔽之物，则莫妙于零星碎石，是此窗家家可用，人人可办，讵非耳目之前第一乐事？得意酣歌之顷，可忘作始之李笠翁乎？

湖舫式

此湖舫式也。不独西湖，凡居名胜之地，皆可用之。但便面止可观山临水，不能障雨蔽风，是又宜筹退步，以补前说之不逮[2]。退步云何？外设推板，可开可阖，此易为之事也。但纯用推板，则幽而不明；纯用明窗，又与扇面之制不合，须以板内嵌窗之法处之。其法维何？曰：即仿梅窗之制，以制窗棂。亦备其式于左。

便面窗外推板装花式

四围用板者，既取其坚，又省制棂装花人工之半也。中作花树者，不失扇头图画之本色也。用直棂间于其中者，无此则花树无所倚靠，即勉强为之，亦浮脆而难久也。棂不取直，而作欹斜之势，又使上宽下窄者，欲肖扇面之折纹；且小者可以独扇，大则必分双扇，其中间合缝处，糊纱糊纸，无直木以界之，则纱与纸无所依附故也。若是，则棂与花树纵横相杂，不几泾渭[3]难分，而求工反拙乎？[4]曰：不然。有两法盖藏，勿虑也。花树粗

1　盆盎：盆和盎，泛指较大的盛器。这里比喻凡庸粗俗的器物。

2　逮：到，及。

3　泾渭：指泾水和渭水。古人认为泾水浑浊，而渭水清澈（实际相反），所以常用"泾渭"比喻人品的优劣清浊，事物的真伪是非。

4　李渔在设计之前，考虑得十分周全。首先列出诸多问题，可能会是人们实施过程中的难题，然后通过详细的实践过程一一攻破来解答，消除人们的顾虑。

湖舫式1

湖舫式2

便面窗外推板装花式

细不一，其势莫妙于参差，棂则极匀，而又贵乎极细，须以极坚之木为之，一法也；油漆并着色之时，棂用白粉，与糊窗之纱纸同色，而花树则绘五彩，俨然活树生花，又一法也。若是泾渭自分，而便面与花，判然有别矣。梅花止备一种，此外或花或鸟，但取简便者为之，勿拘一格。惟山水人物，必不可用。板与花棂俱另制，制就花棂，而后以板镶之。即花与棂，亦难合造，须使花自花而棂自棂，先分后合。其连接处，各损少许以就之，或以钉钉，或以胶粘，务期可久。

便面窗花卉虫鸟式

诸式止备其概，余可类推。然此皆为窗外无景，求天然者不得，故以人力补之；若远近风物尽有可观，则焉用此碌碌为哉？昔人云："会心处正不在远。"若能实具一段闲情、一双慧眼，则过目之物尽是画图，入耳之声无非诗料。譬如我坐窗内，人行

便面窗花卉虫鸟式

窗外，无论见少年女子是一幅美人图，即见老妪白叟[1]扶杖而来，亦是名人画幅中必不可无之物；见婴儿群戏是一幅百子图，即见牛羊并牧、鸡犬交哗，亦是词客文情内未尝偶缺之资。“牛溲马渤，尽入药笼。”予所制便面窗，即雅人韵士之药笼也。[2]

此窗若另制纱窗一扇，绘以灯色花鸟，至夜篝灯[3]于内，自外视之，又是一盏扇面灯。即日间自内视之，光彩相照，亦与观灯无异也。

山水图窗

凡置此窗之屋，进步宜深，使座客观山之地去窗稍远，则窗之外廓为画，画之内廓为山，山与画连，无分彼此，见者不问而知为天然之画矣。浅促[4]之屋，坐在窗边，势必倚窗为栏，身之大半出于窗外，但见山而不见画，则作者深心有时埋没，非尽善之制也。

山水窗图

1 白叟：白发老人。

2 境由心生，正如李渔的感言，具备一种闲情，便可收获一份逸致。居室设计只是一个展视窗口，透过它，可以领会到李渔诗画般的内心世界。世人具备如此慧眼，也能够达到“所见皆可入画，耳闻皆能成诗”的境界。

3 篝灯：把灯放在笼中。

4 浅促：狭窄，不宽敞。

尺幅窗图式

尺幅窗图式，最难摹写。写来非似真画，即似真山，非画上之山与山中之画也。前式虽工，虑观者终难了悟，兹再绘一纸，以作副墨。且此窗虽多开少闭，然亦间有闭时；闭用他槅[1]他棂，则与画意不合，丑态出矣。必须照式大小，作木槅一扇，以名画一幅裱之，嵌入窗中，又是一幅真画，并非"无心画"与"尺幅窗"矣。但观后式，自能了然。[2]

裱槅如裱回屏[3]，托以麻布及厚纸，薄则明而有光，不成画矣。

尺幅图窗

1 槅（gé）：房屋或器物的隔断板。

2 李渔设计的窗格并非仅供观赏，还兼具实用性，尺幅窗开闭两用，设计也并非一蹴而就，而是瞻前顾后，开合正反都不会突兀，而能自成一派景观。

3 回屏：围屏。一种可以折叠的屏风。

梅窗

制此之法，总论已备之矣，其略而不详者，止有取老干作外廓一事。外廓者，窗之四面，即上下两旁是也。若以整木为之，则向内者古朴可爱，而向外一面屈曲不平，以之着墙，势难贴伏。必取整木一段，分中锯开，以有锯路者着墙，天然未斫者向内，则天巧人工，俱有所用之矣。

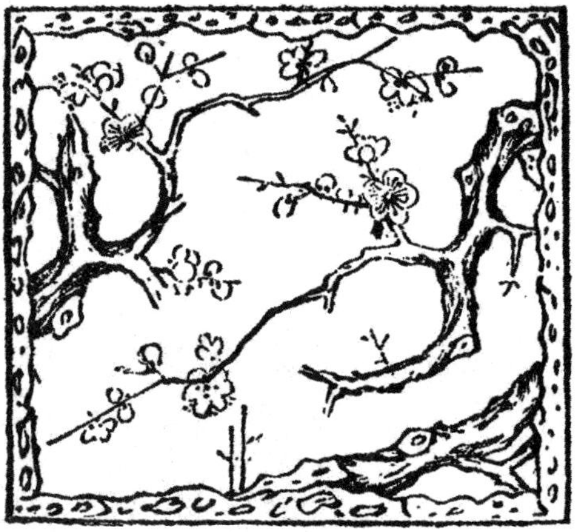

梅窗

墙壁第三

“峻宇雕墙[1]”“家徒壁立[2]”，昔人贫富，皆于墙壁间辨之。故富人润屋，贫士结庐[3]，皆自墙壁始。墙壁者，内外攸分而人我相半者也。俗云：“一家筑墙，两家好看。”居室器物之有公道者，惟墙壁一种，其余一切皆为我之学也。然国之宜固者城池，城池固而国始固；家之宜坚者墙壁，墙壁坚而家始坚。其实为人即是为己，人能以治墙壁之一念治其身心，则无往而不利矣。人笑予止务闲情，不喜谈禅讲学，故偶为是说以解嘲，未审有当于理学名贤及善知识[4]否也。

1　峻宇雕墙：高大的屋宇和彩绘的墙壁。形容居住的地方豪华奢侈。

2　家徒壁立：徒：只，仅仅。家里只有四面墙壁。形容十分贫困。

3　结庐：构筑房舍。

4　善知识：梵语意译的佛教用语，闻名为“知”，见形为“识”。这里是善士、善亲友、好伴侣的意思，后来也泛指高僧。

界墙

界墙者，人我公私之畛域[1]，家之外廓是也。莫妙于乱石垒成，不限大小方圆之定格，垒之者人工，而石则造物生成之本质也。其次则为石子。石子亦系生成，而次于乱石者，以其有圆无方，似执一见，虽属天工，而近于人力故耳。然论二物之坚固，亦复有差；若云美观入画，则彼此兼擅其长矣。此惟傍山邻水之处得以有之，陆地平原，知其美而不能致也。予见一老僧建寺，就石工斧凿之余，收取零星碎石几及千担，垒成一壁，高广皆过十仞，嶙峋崭绝[2]，光怪陆离，大有峭壁悬崖之致。此僧诚韵人[3]也。迄今三十余年，此壁犹时时入梦，其系人思念可知。砖砌之墙，乃八方公器，其理其法，是人皆知，可以置而弗道。至于泥墙土壁，贫富皆宜，极有萧疏雅淡之致，惟怪其跟脚过肥，收顶太窄，有似尖山，又且或进或出，不能如砖墙一截而齐，此皆主人监督之不善也。若以砌砖墙挂线之法，先定高低出入之痕，以他物建标于外，然后以筑板因[4]之，则有旃墙粉堵[5]之风，而无败壁颓垣[6]之象矣。

1 畛（zhěn）域：境域，区域。这里指划分界限。

2 崭绝：形容险峻陡峭。

3 韵人：指雅人。

4 因：依，顺着。这里是依靠、凭借的意思。

5 旃（zhān）墙粉堵：旃：同“毡”，毡墙即毡帐的墙壁；粉堵即粉刷的墙壁。这里合指经过装饰的墙壁。

6 败壁颓垣：颓垣：倒了的矮墙。坍塌的墙壁，残毁的矮墙。形容残败的景象。

女墙

《古今注》云："女墙[1]者，城上小墙。一名睥睨[2]，言于城上窥人也。"予以私意释之，此名甚美，似不必定指城垣，凡户以内之及肩小墙，皆可以此名之。盖女者，妇人未嫁之称，不过言其纤小，若定指城上小墙，则登城御敌，岂妇人女子之事哉？至于墙上嵌花或露孔，使内外得以相视，如近时园圃所筑者，益可名为女墙，盖仿睥睨之制而成者也。其法穷奇极巧，如《园冶》所载诸式，殆无遗义矣。但须择其至稳极固者为之，不则一砖偶动，则全壁皆倾，往来负荷者，保无一时误触之患乎？坏墙不足惜，伤人实可虑也。予谓自顶及脚皆砌花纹，不惟极险，亦且大费人工。其所以洞彻内外者，不过使代琉璃屏，欲人窥见室家之好耳。止于人眼所瞩之处，空二三尺，使作奇巧花纹，其高乎此及卑乎此者，仍照常实砌，则为费不多，而又永无误触致崩之患。此丰俭得宜，有利无害之法也。

厅壁

厅壁不宜太素，亦忌太华。名人尺幅[3]自不可少，但须浓淡得宜，错综有致。予谓裱轴[4]不如实贴。轴虑风起动摇，损伤名迹，实贴则无是患，且觉大小咸宜也。实贴又不如实画，"何年顾虎

---

1 女墙：城墙上呈凹凸形的矮墙。

2 睥睨：这里指城墙上锯齿形的短墙。也有斜视、窥视的意思。

3 尺幅：指小幅的纸或绢。这里泛称文章、画卷。

4 裱轴：书画裱褙时要装置卷轴并加以装饰。这里指裱成的卷轴。

头，满壁画沧州”。自是高人韵事。予斋头偶仿此制，而又变幻其形，良朋至止，无不耳目一新，低回留之不能去者。因予性嗜禽鸟，而又最恶樊笼[1]，二事难全，终年搜索枯肠[2]，一悟遂成良法。乃于厅旁四壁，倩[3]四名手，尽写着色花树，而绕以云烟，即以所爱禽鸟，蓄于虬枝老干之上。画止空迹，鸟有实形，如何可蓄？曰：不难，蓄之须自鹦鹉始。从来蓄鹦鹉者必用铜架，即以铜架去其三面，止存立脚之一条，并饮水啄粟之二管。先于所画松枝之上，穴一小小壁孔，后以架鹦鹉者插入其中，务使极固，庶往来跳跃，不致动摇。松为着色之松，鸟亦有色之鸟，互相映发，有如一笔写成。良朋至止，仰观壁画，忽见枝头鸟动，叶底翎[4]张，无不色变神飞，诧为仙笔；乃惊疑未定，又复载飞载鸣，似欲翱翔而下矣。谛观[5]熟视，方知个里[6]情形，有不抵掌[7]叫绝，而称巧夺天工者乎？若四壁尽蓄鹦鹉，又忌雷同，势必间以他鸟。鸟之善鸣者，推画眉第一。然鹦鹉之笼可去，画眉之笼不可去也，将奈之何？予又有一法：取树枝之拳曲似笼者，截取一段，密者听其自如，疏者网以铁线，不使太疏，亦不使太密，总以不致飞脱为主。蓄画眉于中，插之亦如前法。此声方歇，彼喙[8]复开；翠羽初收，丹睛复转。因禽鸟之善鸣善啄，觉花树之亦动亦摇；流

1 樊笼：关鸟兽的笼子，也比喻受束缚而不自由的境地。
2 搜索枯肠：搜索：搜查；枯肠：比喻才思苦窘。这里形容写作时苦思冥想。
3 倩：请，央求。
4 翎：鸟翅和尾上的长而硬的羽毛。
5 谛观：审视，仔细看。
6 个里：个中，其中。
7 抵掌：击掌，鼓掌。形容欢畅无拘束。
8 喙：特指鸟兽的嘴。

水不鸣而似鸣，高山是寂而非寂。座客别去者，皆作殷浩书空[1]，谓咄咄怪事，无有过此者矣。

书房壁

书房之壁，最宜潇洒。欲其潇洒，切忌油漆。油漆二物，俗物也，前人不得已而用之，非好为是沾沾[2]者。门户窗棂之必须油漆，蔽风雨也；厅柱榱楹[3]之必须油漆，防点污也。若夫书室之内，人迹罕至，阴雨弗浸，无此二患而亦蹈此辙，是无刻不在桐腥漆气之中，何不并漆其身而为厉乎？石灰垩壁[4]，磨使极光，上着也；其次则用纸糊。纸糊可使屋柱窗楹共为一色，即壁用灰垩，柱上亦须纸糊，纸色与灰相去不远耳。壁间书画自不可少，然粘贴太繁，不留余地，亦是文人俗态。天下万物，以少为贵。步幛[5]非不佳，所贵在偶尔一见，若王恺之四十里、石崇之五十里[6]，则是一日中哄市，锦绣罗列之肆廛[7]而已矣。看到繁缛处，有不生厌倦者哉？昔僧元览往荆州陟屺寺，张璪画古松于斋壁，符载[8]赞之，卫象诗之，亦一时三绝，览悉加垩焉。人问其故，览曰："无事疥

1　殷浩书空：南朝宋刘义庆《世说新语·黜免》记载：殷浩被废为平民，流放到信安，他整天对着空中写"咄咄怪事"四个字。后来借指事情令人惊奇诧异。

2　沾沾：执着，拘执。这里是自得的样子。

3　楹：堂屋前部的柱子。

4　垩（è）壁：白土，泛指可用来涂饰的土。这里的意思是用白土涂饰。

5　幛：上面题有词句的整幅绸布，用作庆贺或吊唁的礼物。

6　出自典故"石崇斗奢"，南朝宋刘义庆《世说新语·汰侈》记载：王恺用紫丝巾做四十里步障，石崇就用锦做五十里步障来与他匹敌。形容互相攀比，极其奢侈浪费。

7　肆廛（chán）：肆：店铺；廛同"缠"，古代平民的房子。这里指街市。

8　符载：唐蜀人，字厚之，擅长作诗。最初隐居庐山，后来开始做官。

吾壁[1]也。”诚高僧之言，然未免太甚。若近时斋壁，长笺短幅尽贴无遗，似冲繁道上之旅肆，往来过客无不留题，所少者只有一笔。一笔维何？“某年月日某人同某在此一乐”是也。此真疥壁，吾请以玄览之药药之。

糊壁用纸，到处皆然，不过满房一色白而已矣。予怪其物而不化，窃欲新之。新之不已，又以薄蹄变为陶冶，幽斋化为窑器，虽居室内，如在壶中，又一新人观听之事也。先以酱色纸一层，糊壁作底，后用豆绿云母笺，随手裂作零星小块，或方或扁，或短或长，或三角或四五角，但勿使圆，随手贴于酱色纸上，每缝一条，必露出酱色纸一线，务令大小错杂，斜正参差，则贴成之后，满房皆冰裂碎纹，有如哥窑[2]美器。其块之大者，亦可题诗作画，置于零星小块之间，有如铭钟勒卣[3]，盘上作铭，无一不成韵事。问予所费几何，不过于寻常纸价之外，多一二剪合之工而已。同一费钱，而有庸腐新奇之别，止在稍用其心。“心之官则思。[4]”如其不思，则焉用此心为哉？

糊纸之壁，切忌用板。板干则裂，板裂而纸碎矣。用木条纵横作槅，如围屏之骨子然。前人制物备用，皆经屡试而后得之，屏不用板而用木槅，即是故也。即如糊刷用棕，不用他物，其法亦经屡试，舍此而另换一物，则纸与糊两不相能，非厚薄之不

1　疥壁：疥：一种传染性皮肤病，由疥虫寄生引起，非常刺痒。这里指壁上所题书画像疥癣一样，令人厌恶。

2　哥窑：宋代的瓷窑名。北宋处州龙泉县旧有龙泉窑，南宋章生一、生二兄弟在那里制瓷，各管理一窑。生一所制的瓷叫哥窑，生二所制的叫弟窑。哥窑瓷以胎细质白著称，窑址在浙江龙泉县南七十里华琉山下。

3　卣（yǒu）：古代一种盛酒的器具，口小腹大，有盖和提梁。

4　心之官则思：心：古人以为心是思维器官，所以把思想的器官、感情等都称作心；官：官能，作用。这里的意思是心的作用就是思维。

均，即刚柔之太过，是天生此物以备此用，非人不能取而予之。人知巧莫巧于古人，孰知古人于此亦大费辛勤，皆学而知之，非生而知之者也。

壁间留隙地，可以代橱。此仿伏生[1]藏书于壁之义，大有古风，但所用有不合于古者。此地可置他物，独不可藏书，以砖土性湿，容易发潮，潮则生蠹，且防朽烂故也。然则古人藏书于壁，殆虚语乎？曰：不然。东南西北，地气不同，此法止宜于西北，不宜于东南。西北地高而风烈，有穴地数丈而始得泉者，湿从水出，水既不得，湿从何来？即使有极潮之地，而加以极烈之风，未有不返湿为燥者。故壁间藏书，惟燕赵秦晋则可，此外皆应避之。即藏他物，亦宜时开时阖，使受风吹；久闭不开，亦有霾湿生虫之患。莫妙于空洞其中，止设托板，不立门扇，仿佛书架之形，有其用而不侵吾地，且有磐石之固，莫能摇动。此妙制善算，居家必不可无者。予又有壁内藏灯之法，可以养目，可以省膏，可以一物而备两室之用，取以公世，亦贫士利人之一端也。我辈长夜读书，灯光射目，最耗元神。有用瓦灯贮火，留一隙之光，仅照书本，余皆闭藏于内而不用者。予怪以有用之光置无用之地，犹之暴殄天物，因效匡衡凿壁[2]之义，于墙上穴一小孔，置灯彼屋而光射此房，彼行彼事，我读我书，是一灯也，而备全家之用，又使目力不竭于焚膏[3]，较之瓦灯，其利奚止十倍？以赠贫士，可当分财。使予得拥厚资，其不吝亦如是也。

---

1 伏生：汉时济南人，名胜，字子贱。秦始皇焚书时，伏生把书藏在墙壁中。

2 匡衡，字稚圭，东海（今山东省郯城县）人，西汉经学家。自幼勤学，因为家贫买不起蜡烛，凿通邻家墙壁，引光读书。后来被作为刻苦读书的典型。

3 膏：膏油，供照明使用的燃料。焚膏是指夜间挑灯工作或学习。

联匾第四

堂联斋匾[1]，非有成规。不过前人赠人以言，多则书于卷轴，少则挥诸扇头；若止一二字、三四字，以及偶语一联，因其太少也，便面难书，方策[2]不满，不得已而大书于木。彼受之者，因其坚巨难藏，不便纳之笥[3]中，欲举以示人，又不便出诸怀袖，亦不得已而悬之中堂，使人共见。此当日作始者偶然为之，非有成格定制，画一而不可移也。讵料一人为之，千人万人效之，自昔徂[4]今，莫知稍变。夫礼乐制自圣人，后世莫敢窜易，而殷因夏礼，周因殷礼，尚有损益于其间，矧器玩竹木之微乎？予亦不必大肆更张，但效前人之损益可耳。锢[5]习繁多，不能尽革，姑取斋头已设者，略陈数则，以例其余。非欲举世则而效之，但望同调者各出新裁，其聪明什佰于我。投砖引玉，正不知导出几许神奇耳。

1 匾：题字的横牌，挂在门或墙的上部。

2 方策：同“方册”。这里指各种图书典籍。

3 笥（sì）：盛饭或衣物的方形竹器。

4 徂（cú）：开始。

5 锢：同“痼”，原指把金属熔化以浇灌堵塞空隙，这里是经久难治愈或长期养成的习惯不易克服的意思。

有诘予者曰：观子联匾之制，佳则佳矣，其如挂一漏万何？由子所为者而类推之，则《博古图》中，如樽罍[1]、琴瑟、几杖、盘盂之属，无一不可肖像而为之，胡仅以寥寥数则为也？予曰：不然。凡予所为者，不徒取异标新，要皆有所取义。凡人操觚[2]握管，必先择地而后书之，如古人种蕉代纸，刻竹留题，册上挥毫，卷头染翰，剪桐[3]作诏，选石题诗，是之数者，皆书家固有之物，不过取而予之，非有蛇足[4]于其间也。若不计可否而混用之，则将来牛鬼蛇神无一不备，予其作俑[5]之人乎！图中所载诸名笔，系绘图者勉强肖之，非出其人之手。缩巨为细，自失原神，观者但会其意可也。

蕉叶联

蕉叶题诗，韵事也；状蕉叶为联，其事更韵。但可置于平坦贴服之处，壁间门上皆可用之，以之悬柱则不宜，阔大难掩故也。其法先画蕉叶一张于纸上，授木工以板为之，一样二扇，一正一反，即不雷同。后付漆工，令其满灰密布，以防碎裂。漆成后，始书联句，并画筋纹。蕉色宜绿，筋色宜黑，字则宜填石

---

1 罍（léi）：古代一种盛酒的容器。小口，宽肩，深腹，圈足，有盖，多用青铜或陶制成。

2 操觚（gū）：操：拿；觚：木简，古人用以书写的笔。意思是提笔写作。

3 剪桐：《吕氏春秋·重言》记载：一天，周成王和叔虞做游戏，成王把一片桐树叶削成圭状送给叔虞，说：“用这个分封你。”史官于是请求择吉日对叔虞实施分封。周成王说：“我是和他开玩笑的！”史官说：“君王没有戏言。只要说了，史官就应如实记载下来，按礼节实施，奏乐章歌咏它。”于是周成王把唐封给叔虞。后来用“剪桐”指分封。

4 蛇足：据《战国策·齐策二》记载，几个人约在一起饮酒，规定在地上画蛇，先画成的人可以饮酒，一个人的蛇本来先画成了，却因为给蛇添足而输给他人，失去饮酒的机会。后就用“蛇足”比喻多余无用的事物。

5 作俑：本义是制作用于殉葬的偶像，后来称创始、首开先例为“作俑”。多用于贬义。

黄，始觉陆离可爱，他色皆不称也。用石黄乳金更妙，全用金字则太俗矣。此匾悬之粉壁，其色更显，可称“雪里芭蕉”。

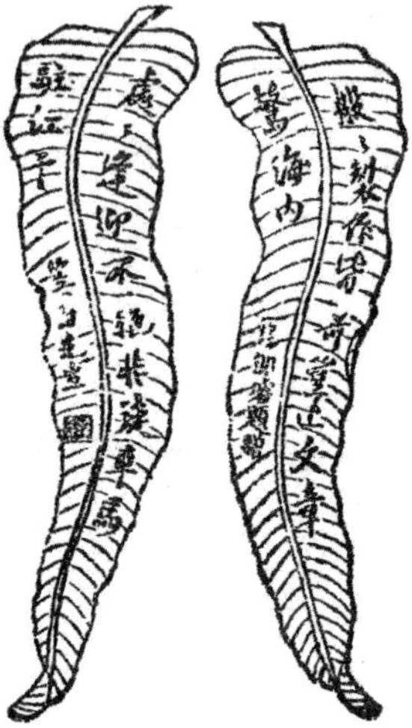

蕉叶联

此君联

“宁可食无肉，不可居无竹。[1]”竹可须臾离乎？竹之可为器也，自楼阁几榻之大，以至笥奁杯箸[2]之微，无一不经采取，独至为联为匾诸韵事弃而弗录[3]，岂此君之幸乎？用之请自予始。截竹一筒，剖而为二，外去其青，内铲其节，磨之极光，务使如镜，然后书以联句，令名手镌之，掺以石青或石绿，即墨字亦可。以

1 出自苏轼的《于潜僧绿筠轩》：“可使食无肉，不可居无竹。无肉令人瘦，无竹令人俗。”讲竹子对居室环境的重要意义。

2 笥奁杯箸：笥：古时一种用竹、苇编制成的盛衣物（食物）用的箱子；奁，女子梳妆用的镜匣，泛指精巧的小匣子；杯：盛酒、水、茶等的器皿；箸：筷子。这里泛指一系列规格较小的家常器物。

3 录：记载，抄写。这里是采取、使用的意思。

云乎雅，则未有雅于此者；以云乎俭，亦未有俭于此者。不宁惟是，从来柱上加联，非板不可，柱圆板方，柱窄板阔，彼此抵牾[1]，势难贴服，何如以圆合圆，纤毫不谬，有天机凑泊[2]之妙乎？此联不用铜钩挂柱，用则多此一物，是为赘瘤。止用铜钉上下二枚，穿眼实钉，勿使动移。其穿眼处，反择有字处穿之，钉钉后，仍用掺字之色补于钉上，混然一色，不见钉形尤妙。钉蕉叶联亦然。

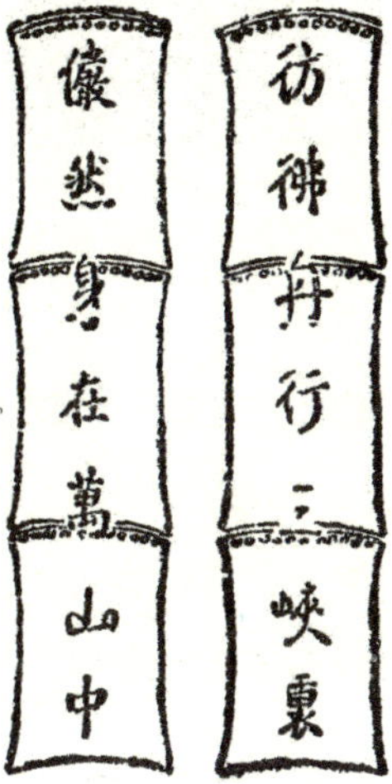

此君联

碑文额

额身用板，地用白粉，字用石青石绿，或用炭灰代墨，无一不可。与寻常匾式无异，止增圆木二条，缀于额之两旁，若轴心然。左画锦纹，以像装潢之色；右则不宜太工[3]，但像托画之纸色而

1 抵牾（dǐ wǔ）：矛盾、冲突。

2 凑泊：凝合，聚合。

3 工：细致，精巧。

已。天然图卷，绝无穿凿之痕，制度[1]之善，庸有过于此者乎？眼前景，手头物，千古无人计及，殊可怪也。

碑文额

册页匾

用方板四块，尺寸相同，其后以木绾[2]之。断而使续，势取乎曲，然勿太曲。边画锦纹，亦像装潢之色。止用笔画，勿用刀镌[3]，镌者粗略，反不似笔墨精工；且和油入漆，着色为难，不若画色之可深可浅，随取随得也。字则必用剞劂[4]。各有所宜，混施不可。

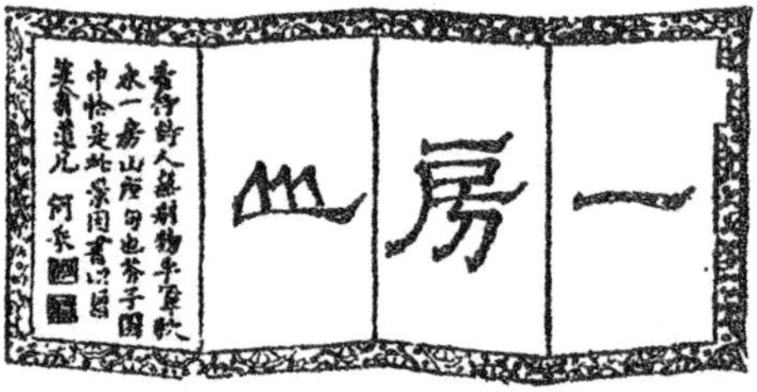

册页匾

1 制度：制作规模，样式。这里是指制作方法。

2 绾：控制。

3 镌：雕刻，凿。

4 剞劂（jī jué）：刻镂用的刀具。这里指刻镂、雕刻。

虚白匾

“虚室生白[1]”，古语也。且无事不妙于虚，实则板矣。用薄板之坚者，贴字于上，镂而空之，若制糖食果馅之木印。务使二面相通，纤毫无障。其无字处，坚以灰布，漆以退光。俟既成后，贴洁白绵纸一层于字后。木则黑而无泽，字则白而有光，既取玲珑，又类墨刻，有匾之名，去其迹矣。但此匾不宜混用，择房舍之内暗外明者置之。若屋后有光，则先穴通其屋，以之向外，不则置于入门之处，使正面向内。从来屋高门矮，必增横板一块于门之上。以此代板，谁曰不佳？

虚白匾

石光匾

即“虚白”一种，同实而异名。用于磊石成山之地，择山石偶断处，以此续之。亦用薄板一块，镂字既成，用漆涂染，与山同色，勿使稍异。其字旁凡有隙地，即以小石补之，黏以生漆，勿使见板。至板之四围，亦用石补，与山石合成一片，无使有襞褀[2]之痕，竟似石上留题，为后人凿穿以存其迹者。字后若无障

1　虚室生白：虚：使空虚；室：指心；白：这里指道。意思是人心中没有任何杂念，就会悟出“道”来，生出智慧。也常用来形容清澈明朗的境界。

2　襞褀（bì jī）：衣服上的褶皱。比喻皱纹。

碍，则使通天，不则亦贴绵纸，取光明而塞障碍。

秋叶匾

御沟题红[1]，千古佳事；取以制匾，亦觉有情。但制红叶与制绿蕉有异：蕉叶可大，红叶宜小；匾取其横，联妙在直。是亦不可不知也。

秋叶匾

1 御沟题红：御沟指流经宫苑的河道。相传唐宣宗时，中书舍人卢渥偶然到御沟，见到水中一枚红叶，叶上题了一首诗说："水流何太急，深宫尽日闲。殷勤谢红叶，好去到人间。"

山石第五

幽斋磊石，原非得已[1]。不能致身岩下，与木石居，故以一卷代山、一勺代水，所谓无聊之极思也。然能变城市为山林，招飞来峰[2]使居平地，自是神仙妙术，假手于人以示奇者也，不得以小技目之。且磊石成山，另是一种学问，别是一番智巧。尽有丘壑[3]填胸、烟云绕笔之韵士，命之画水题山，顷刻千岩万壑，及倩磊斋头片石，其技立穷，似向盲人问道者。故从来叠山名手，俱非能诗善绘之人。见其随举一石，颠倒置之，无不苍古成文，纡回入画，此正造物之巧于示奇也。譬之扶乩[4]召仙，所题之诗与所判之字，随手便成法帖，落笔尽是佳词，询之召仙术士，尚有不明其义者。若出自工书善咏之手，焉知不自人心捏造？妙在不善咏者使咏，不工书者命书，然后知运动机关，全由神力。其叠山磊石，不用文人韵士，而偏令此辈擅长者，

1　得已：指出于自己的意愿。

2　飞来峰：山峰名。也称灵鹫峰。在浙江省杭州市西湖西北，与灵隐寺隔溪相对。高二百多米，峭壁岩洞中有五代至元代的造像三百多尊。

3　丘壑：山和溪谷。泛指山水美丽的地方。

4　扶乩（jī）：同“扶箕”。一种祈神的迷信活动，在架子上吊一根子，作法的两人扶着架子活动，棍子在沙盘上画出的字句就称是神的指示。

其理亦若是也。然造物鬼神之技，亦有工拙雅俗之分，以主人之去取为去取。主人雅而喜工，则工且雅者至矣；主人俗而容拙，则拙而俗者来矣。有费累万金钱，而使山不成山、石不成石者，亦是造物鬼神作祟，为之摹神写像，以肖其为人也。一花一石，位置得宜，主人神情已见乎此矣，奚俟察言观貌，而后识别其人哉？

大山

山之小者易工，大者难好。予遨游一生，遍览名园，从未见有盈亩累丈之山，能无补缀穿凿之痕，遥望与真山无异者。犹之文章一道，结构全体难，敷陈零段易。唐宋八大家之文，全以气魄胜人，不必句栉字篦，一望而知为名作。以其先有成局，而后修饰词华，故粗览细观同一致也。若夫间架未立，才自笔生，由前幅而生中幅，由中幅而生后幅，是谓以文作文，亦是水到渠成之妙境。然但可近视，不耐远观，远观则襞襀缝纫之痕出矣。书画之理亦然。名流墨迹，悬在中堂，隔寻丈而观之，不知何者为山，何者为水，何处是亭台树木，即字之笔画杳不能辨，而只览全幅规模，便足令人称许。何也？气魄胜人，而全体章法之不谬也。至于累石成山之法，大半皆无成局，犹之以文作文，逐段滋生者耳。名手亦然，矧庸匠乎？然则欲累巨石者，将如何而可？必俟唐宋诸大家复出，以八斗才人，变为五丁[1]力士，而后可使运斤[2]乎？抑分一座大山为数

1　五丁：神话传说中的五个力士。汉扬雄《蜀王本纪》记载：上天为蜀王派来五丁力士，传说力气大到可以把山举起来。秦惠王献美女给蜀王，蜀王派五力士迎接美女。途中他们看见一条大蛇爬进山穴中，五丁就一起引蛇出来，最后山崩塌了，五位美女都在山上化为了石头。

2　运斤：挥动斧头砍削。比喻技艺高超。

十座小山，穷年俯视，以藏其拙乎？曰：不难。用以土代石之法，既减人工，又省物力，且有天然委曲之妙。混假山于真山之中，使人不能辨者，其法莫妙于此。累高广之山，全用碎石，则如百衲僧衣，求一无缝处而不得，此其所以不耐观也。以土间之，则可泯然无迹，且便于种树。树根盘固，与石比坚，且树大叶繁，混然一色，不辨其为谁石谁土。列于真山左右，有能辨为积累而成者乎？此法不论石多石少，亦不必定求土石相半，土多则是土山带石，石多则是石山带土。土石二物原不相离，石山离土，则草木不生，是童山[1]矣。

小山

小山亦不可无土，但以石作主，而土附之。土之不可胜石者，以石可壁立，而土则易崩，必仗石为藩篱[2]故也。外石内土，此从来不易之法。

言山石之美者，俱在透、漏、瘦三字。此通于彼，彼通于此，若有道路可行，所谓透也；石上有眼，四面玲珑，所谓漏也；壁立当空，孤峙[3]无倚，所谓瘦也。然透、瘦二字在在宜然，漏则不应太甚。若处处有眼，则似窑内烧成之瓦器，有尺寸限在其中，一隙不容偶闭者矣。塞极而通，偶然一见，始与石性相符。

瘦小之山，全要顶宽麓[4]窄，根脚一大，虽有美状，不足观

1 童山：无草木的山。
2 藩篱：篱笆。这里指门户或屏障。
3 孤峙：孤立高耸。
4 麓：山脚。

矣。石眼忌圆，即有生成之圆者，亦粘碎石于旁，使有棱角，以避混全之体。

石纹石色取其相同，如粗纹与粗纹当并一处，细纹与细纹宜在一方，紫碧青红，各以类聚是也。然分别太甚，至其相悬接壤处，反觉异同，不若随取随得，变化从心之为便。至于石性，则不可不依。拂其性而用之，非止不耐观，且难持久。石性维何？斜正纵横之理路是也。

石壁

假山之好，人有同心；独不知为峭壁，是可谓叶公之好龙[1]矣。山之为地，非宽不可；壁则挺然直上，有如劲竹孤桐，斋头但有隙地，皆可为之。且山形曲折，取势为难，手笔稍庸，便贻大方之诮[2]。壁则无他奇巧，其势有若累墙，但稍稍纡回出入之，其体嶙峋，仰观如削，便与穷崖绝壑无异。且山之与壁，其势相因，又可并行而不悖者。凡累石之家，正面为山，背面皆可作壁。匪特前斜后直，物理皆然，如椅榻舟车之类，即山之本性亦复如是。逶迤[3]其前者，未有不崭绝其后，故峭壁之设，诚不可已。但壁后忌作平原，令人一览而尽。须有一物焉蔽之，使座客仰观不能穷其颠末，斯有万丈悬崖之势，而绝壁之名为不虚矣。

1 叶公好龙：叶公：春秋时楚国贵族，名子高。意思是像叶公一样口头上说爱好某事物，实际上并不是真的爱好。

2 贻大方之诮：贻：遗留，留下；大方：泛指见识广博的学者专家；诮：责备。这里指受到名士大家的责备。

3 逶迤：曲折绵延。

蔽之者维何？曰：非亭即屋。或负[1]墙而立，但使目与檐齐，不见石丈人之脱巾露顶，则尽致矣。

石壁不定在山后，或左或右，无一不可，但取其地势相宜。或原有亭屋，而以此壁代照墙，亦甚便也。

石洞

假山无论大小，其中皆可作洞。洞亦不必求宽，宽则藉[2]以坐人。如其太小，不能容膝，则以他屋联之，屋中亦置小石数块，与此洞若断若连，是使屋与洞混而为一。虽居屋中，与坐洞中无异矣。洞中宜空少许，贮水其中而故作漏隙，使涓滴[3]之声从上而下，旦夕皆然。置身其中者，有不六月寒生，而谓真居幽谷者，吾不信也。

零星小石

贫士之家，有好石之心而无其力者，不必定作假山。一卷特立，安置有情，时时坐卧其旁，即可慰泉石膏肓之癖。若谓如拳之石亦须钱买，则此物亦能效用于人，岂徒为观瞻而设？使其平而可坐，则与椅榻同功；使其斜而可倚，则与栏杆并力；使其肩背稍平，可置香炉茗具，则又可代几案。花前月下，有此待人，又不妨于露处，则省他物运动之劳，使得久而不坏。名虽石也，

1 负：仗恃，依靠。
2 藉：衬垫，可以坐或躺在上面。
3 涓滴：极少量的水。比喻极少量的钱或物。

而实则器矣。且捣衣之砧[1]，同一石也，需之不惜其费；石虽无用，独不可作捣衣之砧乎？王子猷[2]劝人种竹，予复劝人立石，有此君不可无此丈。同一不急之务[3]，而好为是谆谆者，以人之一生，他病可有，俗不可有。得此二物，便可当医，与施药饵济人，同一婆心之自发也。

1　砧：捶、砸或切东西的时候，垫在底下的器具。

2　王子猷：王徽之，字子猷，王羲之之子。性格放荡不羁，做大司马桓温参军时，蓬头散衣，不管理府中事务，累升至黄门侍郎。后来弃官回乡，死在家中。

3　务：事情。

器玩部

人无贵贱，家无贫富，饮食器皿，皆所必需。

制度第一

人无贵贱，家无贫富，饮食器皿，皆所必需。“一人之身，百工之所为备。”子舆[1]氏尝言之矣。至于玩好之物，惟富贵者需之，贫贱之家，其制可以不问。然而粗用之物，制度果精，入于王侯之家，亦可同乎玩好；宝玉之器，磨砻[2]不善，传于子孙之手，货之不值一钱。知精粗一理，即知富贵贫贱同一致也。予生也贱，又罹[3]奇穷，珍物宝玩虽云未尝入手，然经寓目[4]者颇多。每登荣膴[5]之堂，见其辉煌错落者星布棋列，此心未尝不动，亦未尝随见随动，因其材美，而取材以制用者，未尽善也。至入寒俭之家，睹彼以柴为扉，以瓮作牖，大有黄虞三代之风，而又怪其纯用自然，不加区画。如瓮可为牖也，取瓮之碎裂者联之，使大小

1　子舆：孟子（约前372—前289），姓孟，名轲，字子舆。战国时邹（今山东邹县东南）人。历游齐、宋、滕、魏等国，曾经任职为齐宣王客卿。因其主张不被使用，隐退并与弟子万章等著书立说。阐述儒家思想，被认为是孔子学说的继承人，后世封建统治者称他为“亚圣”。

2　磨砻（lóng）：磨治、磨炼、切磋。

3　罹：忧患，苦难。这里指遭受苦难或不幸。

4　寓目：过目，观看。

5　荣膴（wǔ）：膴：肥沃；盛，多。这里是富贵荣华的意思。

相错，则同一瓮也，而有哥窑冰裂之纹矣。柴可为扉也，取柴之入画者为之，使疏密中窾[1]，则同一扉也，而有农户儒门之别矣。人谓变俗为雅，犹之点铁成金，惟具山林经济者能此，乌可责之一切？予曰：垒雪成狮，伐竹为马，三尺童子皆优为之，岂童子亦抱经济乎？有耳目即有聪明，有心思即有智巧，但苦自画为愚，未尝竭思穷虑以试之耳。[2]

几案

予初观《燕几图》，服其人之聪明什佰于我，因自置无力，遍求置此者，讯其果能适用与否，卒之未得其人。夫我竭此大段心思，不可不谓经营惨淡[3]，而人莫之则效者，其故何居？以其太涉繁琐，而且无此极大之屋，尽列其间，以观全势故也。凡人制物，务使人人可备，家家可用，始为布帛菽粟[4]之才，不则售冕旒[5]而沽玉食，难乎其为购者矣。故予所言，务舍高远而求卑近。几案之设，予以庀材[6]无资，尚未经营及此。但思欲置几案，其中有

1 窾（kuǎn）：缝隙。这一句讲的是同样是制作柴扉，疏密排列的不同可以把文人的柴扉和农家柴扉区分开来。

2 李渔认为人的雅俗与经济无关，如果认为自己耳目心思都很愚笨，那就是画地为牢，每个人都能够生发出智慧和巧妙的构思，只需要多次尝试就能够成功地驾驭雅致的生活方式。

3 经营惨淡：经营：筹划；惨淡：苦费心思。费尽心思辛辛苦苦地经营筹划。意思是在困难的境况中艰苦地从事某种事业。

4 布帛菽粟（bù bó shū sù）：帛：丝织品；菽：豆类；粟：小米，泛指粮食。这里指生活必需品。比喻极平常而又不可缺少的东西。

5 冕旒：古代大夫以上的礼冠。顶上有延，前面有旒，所以得名。天子的冕有十二旒，诸侯有九旒，上大夫七旒，下大夫五旒。

6 庀（pǐ）材：庀：具备。这里指备齐材料。

三小物必不可少。一曰抽替。此世所原有者也，然多忽略其事，而有设有不设。不知此一物也，有之斯逸，无此则劳，且可藉为容懒藏拙之地。文人所需，如简牍[1]刀锥、丹铅胶糊之属，无一可少，虽曰司[2]之有人，藏之别有其处，究竟不能随取随得，役之如左右手也。予性卞[3]急，往往呼童不至，即自任其劳。书室之地，无论远近迂捷，总以举足为烦，若抽替[4]一设，则凡卒急所需之物尽纳其中，非特取之如寄，且若有神物俟乎其中，以听主人之命者。至于废稿残牍，有如落叶飞尘，随扫随有，除之不尽，颇为明窗净几之累，亦可暂时藏纳，以俟祝融[5]，所谓容懒藏拙之地是也。知此则不独书案为然，即抚琴观画、供佛延宾之座，俱应有此。一事有一事之需，一物备一物之用。《诗》云："童子佩觿[6]。"《鲁论》云："去丧无所不佩。"人身且然，况为器乎？一曰隔板，此予所独置也。冬月围炉，不能不设几席。火气上炎，每致桌面台心为之碎裂，不可不预为计也。当于未寒之先，另设活板一块，可用可去，衬于桌面之下，或以绳悬，或以钩挂，或于造桌之时，先作机彀[7]以待之，使之待受火气，焦则另换，为费不多。此珍惜器具之婆心，虑其暴殄天物，以惜福也。一曰桌撒[8]。此物不用钱买，但于匠作挥斤之际，主人费启口之劳，僮仆用举

---

1 简牍：指文书、书籍、书简。古代书写用的竹木片，也泛指书写用品。

2 司：主管，操作。

3 卞：急躁。

4 抽替：抽屉。

5 祝融：火官神名，后来被尊为火神。这里指把废稿烧掉。

6 佩觿（xī）：觿：象骨制成的解绳结的角锥，可以用作饰品。佩觿即佩戴牙锥，表示已成年，具有才干。

7 机彀（gòu）：机关，圈套。这里是奥妙、道理的意思。

8 桌撒（sā）：用来垫平桌案脚的片状物。

手之力，即可取之无穷，用之不竭。从来几案与地不能两平，挪移之时必相高低长短，而为桌撒，非特寻砖觅瓦时费辛勤，而且相称为难，非损高以就低，即截长而补短，此虽极微极琐之事，然亦同于临渴凿井，天下古今之通病也，请为世人药之。凡人兴造之际，竹头木屑，何地无之？但取其长不逾寸，宽不过指，而一头极薄，一头稍厚者，拾而存之，多多益善，以备挪台撒脚之用。如台脚所虚者少，则止入薄者，而留其有余者于脚外，不则尽数入之。是止一寸之木，而备高低长短数则之用，又未尝费我一钱，岂非极便于人之事乎？但须加以油漆，勿露竹头木屑之本形。何也？一则使之与桌同色，虽有若无；一则恐童子扫地之时，不能记忆，仍谬认为竹头木屑而去之，势必朝朝更换，将亦不胜其烦；加以油漆，则知为有用之器而存之矣。只此极细一着，而有两意存焉，况大者乎？劳一人以逸天下，予非无功于世者也。

椅杌[1]

器之坐者有三：曰椅、曰杌、曰凳。三者之制，以时论之，今胜于古，以地论之，北不如南；维扬之木器，姑苏之竹器，可谓甲于古今、冠乎天下矣，予何能赘一词哉！但有二法未备，予特创而补之，一曰暖椅，一曰凉杌。予冬月著书，身则畏寒，砚则苦冻，欲多设盆炭，使满室俱温，非止所费不赀[2]，且几案易于生尘，不终日而成灰烬世界。若止设大小二炉以温手足，则厚于

1　杌（wù）：小凳。
2　不赀（zī）：赀：同“资”，计量。这里是无法计量的意思。形容耗费很多。

四肢而薄于诸体，是一身而自分冬夏，并耳目心思，亦可自号孤臣孽子[1]矣。计万全而筹尽适，此暖椅之制所由来也。制法列于图后。一物而充数物之用，所利于人者，不止御寒而已也。盛暑之月，流胶铄金[2]，以手按之，无物不同汤火，况木能生此者乎？凉杌亦同他杌，但杌面必空其中，有如方匣，四围及底，俱以油灰嵌之，上覆方瓦一片。此瓦须向窑内定烧，江西福建为最，宜兴次之，各就地之远近，约同志数人，敛[3]出其资，倩人携带，为费亦无多也。先汲凉水贮杌内，以瓦盖之，务使下面着水，其冷如冰，热复换水，水止数瓢，为力亦无多也。其不为椅而杌者，夏月少近一物，少受一物之暑气，四面无障，取其透风；为椅则上段之料势必用木，两胁及背又有物以障之，是止顾一臀而周身皆不问矣。此制易晓，图说皆可不备。

暖椅式

如太师椅[4]而稍宽，彼止取容臀，而此则周身全纳故也。如睡翁椅而稍直，彼止利于睡，而此则坐卧咸宜，坐多而卧少也。前后置门，两旁实镶以板，臀下足下俱用栅。用栅者，透火气也；用板者，使暖气纤毫不泄也；前后置门者，前进人而后进火也。然欲省事，则后门可以不设，进人之处亦可以进火。此椅之妙，

1　孤臣孽子：孤臣：封建朝廷中孤立无援的远臣；孽子：妾所生的庶子。比喻遭遇艰难困苦的人。

2　铄（shuò）金：熔化金属。这里形容天气很热。

3　敛：收拢，聚集。

4　太师椅：也叫“大圈椅”，有靠背扶手的椅子，汉族的传统坐具。选用质地坚细的杂木制作，靠背、扶手雕有花草虫鱼等图案花纹，有的还镶嵌名贵的石料等。因为古代常为太师等官僚所坐而得名。

全在安抽替于脚栅之下。只此一物，御尽奇寒，使五官四肢均受其利而弗觉。另置扶手匣[1]一具，其前后尺寸，倍于轿内所用者。入门坐定，置此匣于前，以代几案。倍于轿内所用者，欲置笔砚及书本故也。抽替以板为之，底嵌薄砖，四围镶铜。所贮之灰，务求极细，如炉内烧香所用者。置炭其中，上以灰覆，则火气不烈而满座皆温，是隆冬时别一世界。况又为费极廉，自朝抵暮，止用小炭四块，晓用二块至午，午换二块至晚。此四炭者，秤之不满四两，而一日之内，可享室暖无冬之福，此其利于身者也。若至利于身而无益于事，仍是宴安之具，此则不然。扶手用板，镂去掌大一片，以极薄端砚补之，胶以生漆，不问而知火气上蒸，砚石常暖，永无呵冻之劳，此又其利于事者也。不宁惟是，炭上加灰，灰上置香，坐斯椅也，扑鼻而来者，只觉芬芳竟日，是椅也，而又可以代炉。炉之为香也散，此之为香也聚，由是观之，不止代炉，而且差胜于炉矣。有人斯有体，有体斯有衣，焚此香也，自下而升者能使氤氲[2]透骨，是椅也而又可代薰笼[3]。薰笼之受衣也，止能数件；此物之受衣也，遂及通身。迹是论

暖椅式

1 扶手匣：随身携带放东西的小匣子。

2 氤氲：形容烟或云气浓郁的状态。这里是浓重、弥漫的意思。

3 薰笼：有笼覆盖的熏炉，可以用来熏烤衣服。

之，非止代一薰笼，且代数薰笼矣。倦而思眠，倚枕可以暂息，是一有座之床。饥而就食，凭几可以加餐，是一无足之案。游山访友，何烦另觅肩舆[1]，只须加以柱杠，覆以衣顶，则冲寒冒雪，体有余温，子猷之舟可弃也，浩然之驴可废也，又是一可坐可眠之轿。日将暮矣，尽纳枕簟[2]于其中，不须臾而被窝尽热；晓欲起也，先置衣履于其内，未转睫而襦裤[3]皆温。是身也，事也，床也，案也，轿也，炉也，薰笼也，定省晨昏之孝子也，送暖偎寒之贤妇也，总以一物焉代之。苍颉[4]造字而天雨粟，鬼夜哭，以造化灵秘之气泄尽而无遗也。此制一出，得无重犯斯忌，而重杞人之忧乎？

床帐

人生百年，所历之时，日居其半，夜居其半。日间所处之地，或堂或庑[5]，或舟或车，总无一定之在，而夜间所处，则止有一床。是床也者，乃我半生相共之物，较之结发糟糠[6]，犹分先后者也。人之待物，其最厚者，当莫过此。然怪当世之人，其于求田问舍，则性命以之，而寝处晏息[7]之地，莫不务从苟简，以其只有

---

1 肩舆：指轿子。

2 枕簟（diàn）：簟：竹席、枕席。这里泛指卧具。

3 襦（rú）裤：短衣与裤。这里泛指衣服。

4 苍颉：也作“仓颉”，传说中远古时黄帝的史官。由他开始作汉字，是古代整理文字的代表人物。

5 庑：堂下周围的走廊、廊屋。

6 结发糟糠：结发：本指年轻时结成的婚姻，后泛指第一次结婚。糟糠：酒糟糠皮是穷人赖以生活的食物。常用来形容穷困时期共同患难。这里意为发妻。

7 晏息：晏：安定，安乐。这里的意思是休息，安息。

己见，而无人见故也。若是，则妻妾婢媵[1]是人中之榻也，亦因己见而人不见，悉听其为无盐[2]、嫫姆[3]，蓬头垢面而莫之讯乎？予则不然。每迁一地，必先营卧榻而后及其他，以妻妾为人中之榻，而床笫乃榻中之人也。欲新其制，苦乏匠资；但于修饰床帐之具，经营寝处之方，则未尝不竭尽绵力，犹之贫士得妻，不能变村妆为国色，但令勤加盥栉，多施膏沐而已。其法维何？一曰床令生花，二曰帐使有骨，三曰帐宜加锁，四曰床要着裙。曷云“床令生花”？夫瓶花盆卉，文人案头所时有也，日则相亲，夜则相背，虽有天香扑鼻，国色昵[4]人，一至昏黄就寝之时，即欲不为纨扇之捐，不可得矣。殊不知白昼闻香，不若黄昏嗅味。白昼闻香，其香仅在口鼻；黄昏嗅味，其味直入梦魂。法于床帐之内先设托板，以为坐花之具；而托板又勿露板形，妙在鼻受花香，俨若身眠树下，不知其为妆造也者。先为小柱二根，暗钉床后，而以帐悬其外。托板不可太大，长止尺许，宽可数寸，其下又用小木数段，制为三角架子，用极细之钉，隔帐钉于柱上，而后以板架之，务使极固。架定之后，用彩色纱罗制成一物，或像怪石一卷，或作彩云数朵，护于板外以掩其形。中间高出数寸，三面使与帐平，而以线缝其上，竟似帐上绣出之物，似吴门堆花之式是也。若欲全体相称，则或画或绣，满帐俱作梅花，而以托板为虬枝老干，或作悬崖突出之石，无一不可。帐中有此，凡得名花异卉可作清供者，日则与之同堂，夜则携之共寝。即使群芳偶缺，

1　婢媵（yìng）：媵：古代指随嫁的人。这里是姬妾婢女的意思。

2　无盐：指“无盐女”，战国时齐宣王之后钟离春，她为人有德而貌丑，因为是无盐人而得名。后人常用无盐女指貌丑而有贤德的妇女。

3　嫫（mó）姆：嫫母，传说为黄帝的妃子，容貌极丑。后来人们用嫫母表示丑女。

4　昵：亲近。

万卉将穷，又有炉内龙涎[1]、盘中佛手[2]与木瓜、香楠[3]等物可以相继。若是，则身非身也，蝶也，飞眠宿食尽在花间；人非人也，仙也，行起坐卧无非乐境。予尝于梦酣睡足、将觉未觉之时，忽嗅腊梅之香，咽喉齿颊尽带幽芬，似从脏腑中出，不觉身轻欲举，谓此身必不复在人间世矣。既醒，语妻孥曰："我辈何人，遽有此乐，得无折尽平生之福乎？"妻孥曰："久贱常贫，未必不由于此。"此实事，非欺人语也。曷云"帐使有骨"？床居外，帐居内，常也。亦有反此旧制，而使帐出床外者，善则善矣，其如夏月驱蚊，匿于床栏曲折之处，有若负嵎[4]，欲求美观，而以膏血[5]殉之，非长策也，不若仍从旧制。其不从旧制，而使帐出床外者，以床有端正之体，帐无方直之形，百计撑持，终难服贴，总以四角之近柱者软而无骨，不能肖柱以为形，有犄角[6]抵牾之势也，故须别为赋形，而使之有骨。用不粗不细之竹，制为一顶及四柱，俟帐已挂定而后撑之，是床内有床，旧制之便与新制之精，二者兼而有之矣。床顶及柱，令置轿者为之，其价颇廉，仅费中人一饭之资耳。曷云"帐宜加锁"？设帐之故有二：蔽风、隔蚊是也。蔽风之利十之三，隔蚊之功十之七，然隔蚊以此，闭蚊于中而使之不得出者亦以此。蚊之为物也，体极柔而性极勇，形极微而机极诈。薄暮而驱，彼宁受奔驰之苦、挞伐之危，守死

1　龙涎：抹香鲸病胃的分泌物，类似结石，从鲸体内排出，漂浮海面或冲上海岸。呈黄、灰乃至黑色的固态蜡状，香气持久，是极名贵的香料。

2　佛手：常绿小乔木，叶子长圆形，花为白色，果实为鲜黄色，下端有裂纹，形状像半握着的手而得名，有芳香。

3　香楠：楠树。有香气而被称为香楠。

4　嵎（yú）：山弯曲的地方。

5　膏血：（人的）脂肪和血液。比喻用血汗换来的劳动成果。

6　犄角：物体两个边沿相接的地方；角落。这里是棱角的意思。

而弗去者十之八九。及其去也，又必择地而攻，乘虚以入。昆虫庶类之善用兵法者，莫过于蚊。其择地也，每弃后而攻前；其乘虚也，必舍垣[1]而窥户。帐前两幅之交接处，皆其据险扼要[2]，伏兵伺我之区也。或于风动帐开之际，或于取器入溺之时，一隙可乘，遂鼓噪[3]而入。法于门户交关之地，上、中、下共设三钮，若妇人之衣扣然。至取溺器时，先以一手绾帐，勿使大开，以一手提之使入，其出亦然。若是，则坚壁固垒，彼虽有奇勇异诈，亦无所施其能矣。至于驱除之法，当使人在帐中，空洞其外，始能出而无阻。世人逐蚊，皆立帐檐之下，使所开之处蔽其大半，是欲其出而闭之门也。犯此弊者十人而九，何其习而不察，亦至此乎？曷云"床要着裙"？爱精美者，一物不使稍污。常有绮罗作帐，精其始而不能善其终，美其上而不得不污其下者，以贴枕着头之处，在妇人则有膏沐之痕，在男子亦多脑汗之迹，日积月累，无瑕者玷而可爱者憎矣，故着裙之法不可少。此法与增添顶柱之法相为表里[4]。欲令着裙，先必使之生骨，无力不能胜衣也。即于四竹柱之下，各穴一孔，以三横竹内之，去簟尺许，与枕相平，而后以布作裙，穿于其上，则裙污而帐不污，裙可勤涤，而帐难频洗故也。至于枕簟被褥之设，不过取其夏凉冬暖，请以二语概之，曰：求凉之法，浇水不如透风；致暖之方，增细不如加布。是予贫士所知者。至于羊羔美酒[5]，亦足御寒，广厦重冰，尽堪避暑，理则固然，未尝亲试。"知之为知之，不知为不知"，此

1 垣：矮墙，墙。

2 扼要：抓住要点，要害。

3 鼓噪：古代指出战时擂鼓呐喊，以壮声势。这里泛指喧嚷声。

4 相为表里：表里：外表和内里。指相互间配合为外表和内里。

5 羊羔美酒：羊羔：酒名，因酿制材料中有羊肉而得名。这里指味道醇厚的好酒。

圣贤无欺之学，不敢以细事而忽之也。

橱柜

造橱立柜，无他智巧，总以多容善纳为贵。尝有制体极大而所容甚少，反不若渺小其形而宽大其腹，有事半功倍之势者。制有善不善也。善制无他，止在多设搁板。橱之大者，不过两层、三层，至四层而止矣。若一层止备一层之用，则物之高者大者容此数件，而低者小者亦止容此数件矣。实其下而虚其上，岂非以上段有用之隙，置之无用之地哉？当于每层之两旁，别钉细木两条，以备架板之用。板勿太宽，或及进身之半，或三分之一，用则活置其上，不则撤而去之。如此层所贮之物，其形低小，则上半截皆为余地，即以此板架之，是一层变为二层。总而计之，则一橱变为两橱，两柜合成一柜矣，所裨不亦多乎？或所贮之物，其形高大，则去而容之，未尝为板所困也。此是一法。至于抽替之设，非但必不可少，且自多多益善。而一替之内，又必分为大小数格，以便分门别类，随所有而藏之，譬如生药铺中，有所谓“百眼橱”者。此非取法于物，乃朝廷设官之遗制，所谓五府六部[1]群僚[2]百执事[3]，各有所居之地与所掌之簿书钱谷[4]是也。医者若

1　五府六部：五府：指周代的太府、玉府、内府、外府、膳府。后来成为古代五官署的合称。六部：从隋唐开始，中国封建王朝的中央行政机构分为吏、户、礼、兵、刑、工各部，统称六部。

2　僚：旧时指同在一起做官的。

3　执事：有差事的人。这里指侍从左右供使唤的人。

4　钱谷：钱币、谷物。常借指赋税、财政管理。

无此橱，药石之名盈千累百，用一物寻一物，则卢医[1]扁鹊无暇疗病，止能为刻舟求剑[2]之人矣。此橱不但宜于医者，凡大家富室，皆当则而效之，至学士文人，更宜取法。能以一层分作数层，一格画为数格，是省取物之劳，以备作文著书之用。则思之思之，鬼神通之；心无他役，而鬼神得效其灵矣。

箱笼、箧笥

随身贮物之器，大者名曰箱笼，小者称为箧笥[3]。制之之料，不出革、木、竹三种；为之关键者，又不出铜、锡二项，前人所制亦云备矣。后之作者，未尝不竭尽心思，务为奇巧，总不出前人之范围；稍出范围即不适用，仅供把玩而已。予于诸物之体，未尝稍更，独怪其枢钮太庸，物而不化，尝为小变其制，亦足改观。法无他长，惟使有之若无，不见枢钮之迹而已。止备二式者，腹稿[4]虽多，未经尝试，不敢以待验之方误人也。予游东粤，见市廛[5]所列之器，半属花梨、紫檀，制法之佳，可谓穷工极巧，止怪其镶铜裹锡，清浊不伦。无论四面包镶，锋棱埋没，即于加锁置键之地，务设铜枢，虽云制法不同，究竟多此一物。譬如一箱也，磨砻极光，照之如镜，镜中可使着屑乎？一笥也，攻

1 卢医：春秋时名医扁鹊的别称。这里指医术高明的良医。

2 刻舟求剑：相传楚国有个渡江的，他的剑从船上掉入水里，他急忙在船边刻上记号并说，剑是从这里掉下去的。等船停了，他就从刻有记号的地方下水找剑。可是船已经移动了，像这样寻找剑的做法，不是太糊涂了吗？不懂事物已发展变化而仍静止地看问题。比喻拘泥固执，不知变通。

3 箧笥：藏物的竹器。

4 腹稿：已经想好但还没写出的文稿。

5 市廛（chán）：店铺集中的地方。

治极精，抚之如玉，玉上可使生瑕乎？有人赠我一器，名“七星箱”，以中分七格，每格一替，有如星列故也。外系插盖，从上而下者。喜其不钉铜枢，尚未生瑕着屑，因筹所以关闭之。遂付工人，命于中心置一暗闩[1]，以铜为之，藏于骨中而不觉，自后而前，抵于箱盖。盖上凿一小孔，勿透于外，止受暗闩少许，使抽之不动而已。乃以寸金小锁，锁于箱后。置之案上，有如浑金粹玉，全体昭然，不为一物所掩。觅关键而不得，似于无锁；窥中藏而不能，始求用钥。此其一也。后游三山，见所制器皿无非雕漆，工则细巧绝伦，色则陆离可爱，亦病其设关置键之地难免赘疣，以语工师，令其稍加变易。工师曰：“吾地般倕[2]颇多，如其可变，不自今日始矣。欲泯其迹，必使无关键[3]而后可。”予曰：“其然，岂其然乎？”因置暖椅告成，欲增一匣置于其上，以代几案，遂使为之。上下四旁，皆听工人自为雕漆，俟其成后，就所雕景物而区画之。前面有替可抽者，所雕系“博古图”，樽罍钟磬之属是也；后面无替而平者，系折枝花卉，兰菊竹石是也。皆备五彩，视之光怪陆离。但抽替太阔，开闭时多不合缝，非左进右出，即右进左出。予顾而筹之，谓必一法可当二用，既泯关键之迹，又免出入之疵，使适用美观，均收其利而后可。乃命工人亦制铜闩一条，贯于抽替之正中，而以薄板掩之，此板即作分中之界限。夫一替分为二格，乃物理之常，而乌知有一物焉贯于其

1 闩：横插在门后使门推不开的棍子。

2 般倕（chuí）：般：鲁班，也作“鲁般”，我国古代杰出的建筑工匠，相传为春秋时鲁国人，姓公输，名班，技艺超绝，有许多发明，被后世尊为建筑工匠的祖师；倕：人名，相传为中国上古尧舜时代的一名巧匠，善作弓、耒、耜等物。这里泛指伎艺精巧的匠师。

3 关键：控制开关的门闩或功能类似门闩的东西。

中，为前后通身之把握哉？得此一物贯于其中，则抽替之出入皆直如矢[1]，永无左出右入、右出左入之患矣。前面所雕“博古图”，中系三足之鼎，列于两旁者一瓶一炉。予鼓掌大笑曰：“‘执柯伐柯[2]，其则不远。’即以其人之道，反治其身足矣！[3]”遂付铜工，令依三物之成式，各制其一，钉于本等物色之上，鼎与炉瓶皆铜器也，尚欲肖其形与色而为之，况真者哉？不问而知其酷似矣。鼎之中心穴一小孔，置二小钮于旁，使抽替闭足之时，铜闩自内而出，与钮相平。闩与钮上俱有眼，加以寸金小锁，似鼎上原有之物，虽增而实未尝增也。锁则锁矣，抽开之时，手执何物？不几便于入而穷于出乎？曰：不然。瓶炉之上原当有耳，加以铜圈二枚，执此为柄，抽之不烦余力矣。此区画正面之法也。铜闩既从内出，必在后面生根，未有不透出本匣之背者，是铜皮一块与联络补缀之痕，俱不能泯矣。乌知又有一法，为天授而非人力者哉！所雕诸卉，菊在其中，菊色多黄，与铜相若，即以铜皮数层，剪千叶菊花一朵，以暗闩之透出者穿入其中，胶之甚固，若是则根深蒂固，谁得而动摇之？予于此一物也，纯用天工，未施人巧，若有鬼物伺[4]乎其中，乞灵[5]于我，为开生面[6]者。制之既成，工师告予曰：“八闽之为雕漆，数百年于兹矣，四方之来购此者，

1 矢：箭。

2 执柯伐柯：出自《诗经·伐柯》：“伐柯怎样做？不用斧头做不到。娶妻怎么做？不用媒人不可得。”后来人们用“执柯”“伐柯”指做媒。

3 出自宋朱熹《中庸集注》：“故君子之治人也，即以其人之道，还治其人之身。”其：代词，他；道：方法；治：对付。他对付别人的那一套又被拿过来对付他自己。

4 伺：观察，侦候。这里是在人身边供使唤。

5 乞灵：求助于神灵或某种权威。

6 开生面：展现新的面目。指在内容、形式、风格等方面有所创新。

亦百千万亿其人矣，从未见创法立规有如今日之奇巧者，请衍[1]此法，以广其传。”予曰：“姑[2]迟之，俟新书告成，流布未晚。”窃恐世人先睹其物而后见其书，不知创自何人，反谓剿袭[3]成功以为己有，讵非不白之冤哉？工师为谁？魏姓，字兰如；王姓，字孟明。闽省雕漆之佳，当推二人第一。自不操斤，但善于指使，轻财尚友，雅人也。

骨董[4]

是编于骨董一项，缺而不备，盖有说焉。崇尚古器之风，自汉魏晋唐以来，至今日而极矣。百金贸一卮，数百金购一鼎，犹有病其价廉工俭而不足用者。常有为一渺小之物，而费盈千累万之金钱，或弃整陌连阡[5]之美产，皆不惜也。夫今人之重古物，非重其物，重其年久不坏；见古人所制与古人所用者，如对古人之足乐也。若是，则人与物之相去，又有间矣。设使制用此物之古人至今犹在，肯以盈千累万之金钱与整陌连阡之美产，易之而归，与之坐谈往事乎？吾知其必不为也。予尝谓人曰：物之最古者莫过于书，以其合古人之心思面貌而传者也。其书出自三代，读之如见三代之人；其书本乎黄虞[6]，对之如生黄虞之世；舍此则皆物矣。物不能代古人言，况能揭出心思而现其面貌乎？古物原

1 衍：延长，开展。这里的意思是沿用，推广。
2 姑：暂且，苟且。
3 剿袭：剽窃别人的言论，当作自己说的。
4 骨董：即古董。
5 阡陌：田间小路，田野。这里的意思是田界。
6 黄虞：黄帝、虞舜的合称。

有可嗜，但宜崇尚于富贵之家，以其金银太多，藏之无具，不得不为长房缩地[1]之法，敛丈为尺，敛尺为寸，如“藏银不如藏金，藏金不如藏珠”之说，愈轻愈小，而愈便收藏故也。矧金银太多，则谩藏诲盗[2]，贸为古董，非特穿窬不取，即误攫[3]入手，犹将掷而去之。迹是而观，则古董、金银为价之低昂，宜其倍蓰[4]而无算也。乃近世贫贱之家，往往效颦于富贵，见富贵者偶尚绮罗，则耻布帛为贱，必觅绮罗以肖之；见富贵者单崇珠翠，则鄙金玉为常，而假珠翠以代之。事事皆然，习以成性，故因其崇旧而黜新，亦不觉生今而反古。有八口晨炊不继，犹舍旦夕而问商周[5]；一身活计[6]茫然，宁遣妻孥而不卖古董者。人心矫异[7]，讵非世道之忧乎？予辑是编，事事皆崇俭朴，不敢侈谈珍玩，以为末俗扬波。且予窭人[8]也，所置物价，自百文以及千文而止，购新犹患无力，况买旧乎？《诗》云：“惟其有之，是以似之。”生平不识古董，亦借口维风，以藏其拙。

1　长房缩地：传说中化远为近的神仙法术。晋葛洪《神仙传・壶公》记载：费长房有神奇的法术，能缩地脉，存在于千里之外的，能够使它出现在眼前，也可以恢复成原来的样子。后因称两地相距遥远不能迅速见面为缩地无术。

2　慢藏诲盗：慢藏：收藏不慎；诲：教导。意思是收藏财物不慎，等于诱人偷窃。

3　攫（jué）：抓取。

4　倍蓰（xǐ）：倍指一倍，蓰指五倍。这里是数倍的意思。

5　商周：商周时期（约前1600—前256年），通常可以分为商朝（约前1600—约前1046年）、西周（约前1046—前771年）、东周（前770—前256年）三个时期。是青铜文明发源的时候，留下许多宝贵的文物。这里的意思是商周时的古物，指古董。

6　活计：过去专指手艺或缝纫、刺绣等，现在泛指各种体力劳动。

7　矫异：故意与众不同，有意立异。

8　窭（jù）人：窭：用茅草结成的圆圈，放在头上当作顶东西的垫子。意为贫穷，这里是指贫寒人家。

炉瓶

炉瓶之制，其法备于古人，后世无容蛇足。但护持衬贴之具，不妨意为增减。如香炉既设，则锹箸[1]随之，锹以拨灰，箸以举炭，二物均不可少。箸之长短，视炉之高卑，欲其相称，此理易明，人尽知之；若锹之方圆，须视炉之曲直，使勿相左，此理亦易明，而为世人所忽。入炭之后，炉灰高下不齐，故用锹作准以平之，锹方则灰方，锹圆则灰圆，若使近边之地炉直而锹曲，或炉曲而锹直，则两不相能，止平其中而不能平其外矣，须用相体裁衣之法，配而用之。然以铜锹压灰，究难齐截，且非一锹二锹可了。此非僮仆之事，皆必主人自为之者。予性最懒，故每事必筹躲懒之法，尝制一木印印灰，一印可代数十锹之用。初不过为省繁惜劳计耳，讵料制成之后，非止省力，且极美观，同志相传，遂以为一定不移[2]之法。譬如炉体属圆，则仿其尺寸，镟一圆板为印，与炉相若，不爽纤毫，上置一柄，以便手持。但宜稍虚其中，以作内昂外低之势，若食物之馒首然。方者亦如是法。加炭之后，先以箸平其灰，后用此板一压，则居中与四面皆平，非止同于刀削，且能与镜比光，共油争滑，是自有香灰以来，未尝现此娇面者也。既光且滑，可谓极精，予顾而思之，犹曰尽美矣，未尽善也，乃命梓人镂之。凡于着灰一面，或作老梅数茎，或为菊花一朵，或刻五言一绝，或雕八卦全形，只须举手一按，现出无数离奇，使人巧天工，两擅其绝，是自有香炉以来，未尝

1　锹箸（qiāo zhù）：锹：挖土或铲其他东西的器具；箸：筷子。这里指香炉专用的铲子和镊子。

2　一定不移：原指一定下来就不变更，后形容事理正确，不可改变。

开此生面者也。湖上笠翁实有裨于风雅，非僭词[1]也。请名此物为“笠翁香印”。方之眉公[2]诸制，物以人名者，孰高孰下，谁实谁虚，海内自有定评，非予所敢饶舌。用此物者，最宜神速，随按随起，勿迟瞬息，稍一逗留，则气闭火息矣。雕成之后，必加油漆，始不沾灰。焚香必需之物，香锹香箸之外，复有贮香之盒，与插锹箸之瓶之数物者，皆香与炉之股肱[3]手足，不可或无者也。然此外更有一物，势在必需，人或知之而多不设，当为补入清供。夫以箸拨灰，不能免于狼藉，炉肩鼎耳之上，往往蒙尘，必得一物扫除之。此物不须特制，竟用蓬头小笔一枝，但精其管，使与濡墨者有别，与锹箸二物同插一瓶，以便次第取用，名曰“香帚”。至于炉有底盖，旧制皆然，其所以用此者，亦非无故。盖以覆灰，使风起不致飞扬；底即座也，用以隔手，使移动之时，执此为柄，以防手汗沾炉，使之有迹，皆有为而设者也。然用底时多，用盖时少。何也？香炉闭之一室，刻刻焚香，无时可闭；无风则灰不自扬，即使有风，亦为窗帘所隔，未有闭熄有用之火，而防未必果至之风者也。是炉盖实为赘疣，尽可不设。而予则又有说焉：炉盖有时而需，但前人制法未善，遂觉有用为无用耳。盖以御风，固也。独不思炉不贮火，则非特盖可不用，并炉亦可不设；如其必欲置火，则盖之火熄，用盖何为？予尝于花晨月夕及暑夜纳凉，或登最高之台，或居极敞之地，往往

1　僭（jiàn）词：僭：超越本分，古代指地位在下的冒用在上的名义或礼仪、器物。这里的意思是虚妄之词。

2　眉公：陈继儒，明松江府华亭人，字仲醇，号眉公。志趣高雅，博学多才，他的书画印有“眉公”（阳文印）、“雪堂”（阴文印）、“麋公”（阴文、阳文印）、“晚香堂”（阴文印）等。这里李渔特意提到眉公的发明想要与他相较量。

3　股肱：大腿和胳膊，用来比喻辅助得力的人。这里指发挥了很大作用的事物。

携炉自随，风起灰扬，御之无策，始觉前人呆笨，制物而不善区画之，遂使贻患及今也。同是一盖，何不于顶上穴一大孔，使之通气，无风置之高阁，一见风起，则取而覆之，风不得入，灰不致扬，而香气自下而升，未尝少阻，其制不亦善乎？止将原有之物，加以举手之劳，即可变无益为有裨。昔人点铁成金，所点者不必是铁，所成者亦未必皆金，但能使不值钱者变而值钱，即是神仙妙术矣。此炉制也。瓶以磁者为佳，养花之水清而难浊，且无铜腥[1]气也。然铜者有时而贵，以冬月生冰，磁者易裂，偶尔失防，遂成弃物，故当以铜者代之。然磁瓶可胆[2]，即可保无是患。胆用锡，切忌用铜，铜一沾水即发铜青，有铜青而再贮以水，较之未有铜青[3]时，其腥十倍，故宜用锡[4]。且锡柔易制，铜劲难为，价亦稍有低昂，其价不一而足也。磁瓶用胆，人皆知之，胆中着撒，人则未之行也。插花于瓶，必令中窾，其枝梗之有画意者随手插入，自然合宜，不则挪移布置之力不可少矣。有一种倔强花枝，不肯听人指使，我欲置左，彼偏向右，我欲使仰，彼偏好垂，须用一物制之。所谓撒也，以坚木为之，大小其形，勿拘一格[5]，其中则或扁或方，或为三角，但须圆形其外，以便合瓶。此物多备数十，以俟相机取用。总之不费一钱，与桌撒一同拾取，弃于彼者，复收于此。斯编一出，世间宁复有弃物乎？

---

1 铜腥：指铜的臭味。

2 胆：装在器物内部而中空的东西。

3 铜青：铜锈、铜绿。

4 锡：一种金属元素，银白色，质软，富延展性。

5 勿拘一格：拘：限制；格：规格，方式。不局限于一种规格或一个格局。

屏轴[1]

十年之前，凡作围屏及书画卷轴者，止有中条[2]、斗方[3]及横批[4]三式。近年幻为合锦[5]，使大小长短以至零星小幅，皆可配合用之，亦可谓善变者矣。然此制一出，天下争趋，所见皆然，转盼又觉陈腐，反不若中条、斗方诸式，以多时不见为新矣，故体制更宜稍变。变用何法？曰：莫妙于冰裂碎纹，如九卷所载糊房之式，最与屏轴相宜，施之墙壁犹觉精材粗用，未免亵视[6]牛刀[7]耳。法于未书未画之先，画冰裂碎纹于全幅纸上，照纹裂开，各自成幅，征诗索画既毕，然后合而成之。须于画成未裂之先，暗书小号于纸背，使知某属第一，某居第二，某横某直，某角与某角相连，其后照号配成，始无攒凑不来之患。其相间之零星细块必不可少，若憎其琐屑而不画，则有宽无窄，不成其为冰裂纹矣。但最小者，勿用书画，止以素幅间之，若尽有书画，则纹理模糊不清，反为全幅之累。此为先画纸绢[8]，后征诗画者而言，盖立法之初，不得不为其简且易者。迨裱之既熟，随取现成书画，皆可裂作冰纹，亦犹裱合锦之法，不过变四方平正之角，为曲直纵横之角耳。此裱匠之事，我授意而使彼为之者耳。更有书画合一之

1 屏轴：屏风或悬挂的装饰字画。

2 中条：悬挂在厅堂正中的尺寸较大的字画，也叫“中堂”。

3 斗方：书画所用的方形纸张，也指一两尺见方的字画。

4 横批：同对联相配的横幅。

5 合锦：质地疏松的装潢锦，传统宋锦一个大类名称。织物图案大多是和合形、对称连续的横条形。

6 亵视：指轻视。

7 牛刀：宰牛的刀。出自《论语·阳货》：“割鸡焉用牛刀？”后来常用来比喻大材器。

8 绢：一种薄而坚韧的丝织物。

法，则其权在我，授意于作书作画之人，裱匠则行其无事者也。“诗中有画，画中有诗”，此古来成语；作画者取诗意命题，题诗者就画意作诗，此亦从来成格。然究意诗自诗而画自画，未见有混而一之者也。混而一之，请自今始。法于画大幅山水时，每于笔墨可停之际，即留余地以待诗，如峭壁悬崖之下，长松古木之傍，亭阁之中，墙垣之隙，皆可留题作字者也。凡遇名流，即索新句，视其地之宽窄，以为字之大小，或为鹅帖行书[1]，或作蝇头小楷[2]。即以题画之诗，饰其所题之画，谓当日之原迹可，谓后来之题咏亦可，是“诗中有画，画中有诗”二语，昔作虚文，今成实事，亦游戏笔墨之小神通也。请质高明，定其可否。

茶具

茗注莫妙于砂壶，砂壶之精者，又莫过于阳羡[3]，是人而知之矣。然宝之过情，使与金银比值，无乃仲尼[4]不为之已甚[5]乎？置物但取其适用，何必幽渺其说，必至理穷义尽而后止哉！凡制茗壶，其嘴务直，购者亦然，一曲便可忧，再曲则称弃物矣。盖贮茶之物与贮酒不同，酒无渣滓[6]，一斟即出，其嘴之曲直可以不论；茶则有体之物也，星星之叶，入水即成大片，斟泻之时，纤毫入

1 鹅帖行书：鹅群帖传说是王献之的手笔，其实是南朝宋以后好事者附会，王羲之写《道德经》换鹅的故事是伪造的。

2 蝇头小楷：像苍蝇头一般大小的楷体汉字。

3 阳羡：宜兴，在今江苏，秦汉时叫阳羡。这里借指宜兴出产的茶。

4 仲尼：孔子名丘，字仲尼，春秋鲁国人。

5 不为已甚：已甚：过分。出自《孟子·离娄下》：“仲尼不为已甚者。”意思是不做得太过分。现在多指对人的责备或处罚适可而止。

6 渣滓：物品提取出精华后的残余部分。

嘴，则塞而不流。啜茗快事，斟之不出，大觉闷人。直则保无是患矣，即有时闭塞，亦可疏通，不似武夷九曲[1]之难力导也。

贮茗之瓶，止宜用锡。无论磁铜等器，性不相能，即以金银作供，宝之适以崇之耳。但以锡作瓶者，取其气味不泄；而制之不善，其无用更甚于磁瓶。询其所以然之故，则有二焉。一则以制成未试，漏孔繁多。凡锡工制酒壶茶注等物，于其既成，必以水试，稍有渗漏，即加补苴[2]，以其为贮茶贮酒而设，漏即无所用之矣；一到收藏干物之器，即忽视之，犹木工造盆造桶则防漏，置斗置斛则不防漏，其情一也。乌知锡瓶有眼，其发潮泄气反倍于磁瓶，故制成之后，必加亲试，大者贮之以水，小者吹之以气，有纤毫漏隙，立督补成。试之又必须二次，一在将成未镟之时，一在已成既镟之后。何也？常有初时不漏，迨镟去锡皮，打磨光滑之后，忽然露出细孔，此非屡验谛视[3]者不知。此为浅人道也。一则以封盖不固，气味难藏。凡收藏香美之物，其加严处全在封口，封口不密，与露处同。吾笑世上茶瓶之盖必用双层，此制始于何人？可谓七窍俱蒙者矣。单层之盖，可于盖内塞纸，使刚柔互效其力，一用夹层，则止靠刚者为力，无所用其柔矣。塞满细缝，使之一线无遗，岂刚而不善屈曲者所能为乎？即靠外面糊纸，而受纸之处又在崎岖凹凸之场，势必剪碎纸条，作蓑衣样式，始能贴服。试问以蓑衣覆物，能使内外不通风乎？故锡瓶之盖，止宜厚不宜双。藏茗之家，凡收藏不即开者，于瓶口向上

1 武夷九曲：武夷：山名。这里指福建武夷山的九曲溪。

2 补苴（jū）：苴：用草垫鞋底。补缀的意思，引申为弥合。

3 谛（dì）视：仔细查看。

处，先用绵纸二三层，实褙[1]封固，俟其既干，然后覆之以盖，则刚柔并用，永无泄气之时矣。其时开时闭者，则于盖内塞纸一二层，使香气开而不泄。此贮茗之善策也。若盖用夹层，则向外者宜作两截，用纸束腰，其法稍便。然封外不如封内，究竟以前说为长。

酒具

酒具用金银，犹妆奁之用珠翠，皆不得已而为之，非宴集时所应有也。富贵之家，犀则不妨常设，以其在珍宝之列，而无炫耀之形，犹仕宦之不饰观瞻[2]者。象与犀同类，则有光芒太露之嫌矣。且美酒入犀杯，另是一种香气。唐句云："玉碗盛来琥珀光。"玉能显色，犀能助香，二物之于酒，皆功臣也。至尚雅素之风，则磁杯当首重已。旧磁可爱，人尽知之，无如价值之昂，日甚一日，尽为大力者所有，吾侪贫士，欲见为难。然即有此物，但可作骨董收藏，难充饮器。何也？酒后擎杯，不能保无坠落，十损其一，则如雁行中断，不复成群。备而不用，与不备同。贫家得以自慰者，幸有此耳。然近日冶人，工巧百出，所制新磁，不出成、宣二窑下，至于体式之精异，又复过之。其不得与旧窑争值者，多寡之分耳。吾怪近时陶冶，何不自爱其力，使日作一杯，月制一盏，世人需之不得，必待善价而沽[3]，其利与多制

1 褙（bèi）：把布或纸一层一层地粘在一起，即裱褙。
2 观瞻：瞻望、注视。这里指呈现出来的外观和景象。
3 待价而沽：沽：卖。意思是等有好价钱才卖。比喻有才能的人等待机会才肯出仕效力，也比喻某些人将自己当商品，等待高价出售（含讽刺义）。

滥售等也，何计不出此？曰：不然。我高其技，人贱其能，徒让垄断于捷足[1]之人耳。

碗碟

碗莫精于建窑[2]，而苦于太厚。江右所制者，虽窃建窑之名，而美观实出其上，可谓青出于蓝者矣。其次则论花纹，然花纹太繁，亦近鄙俗，取其笔法生动、颜色鲜艳而已。碗碟中最忌用者，是有字一种，如写《前赤壁赋》《后赤壁赋》[3]之类。此陶人造孽之事，购而用之者，获罪于天地神明不浅。请述其故。“惜字一千，延寿一纪。”此文昌垂训[4]之词。虽云未必果验，然字画出于圣贤，苍颉造字而鬼夜哭，其关乎气数，为天地神明所宝惜可知也。用有字之器，不为损福，但用之不久而损坏，势必倾委作践[5]，有不与造孽陶人中分其咎[6]者乎？陶人但司其成，未见其败，似彼罪犹可原耳。字纸委地[7]，遇惜福之人，则收付祝融，因其可焚而焚之也。至于有字之废碗，坚不可焚，一似入火不烬入水不濡[8]之神物。因其

1 捷足：这里指行动迅速的人。

2 建窑：宋代著名瓷窑。窑址原在福建建安（今建瓯），后迁建阳。所烧黑釉瓷器，釉面多条状结晶纹，细如兔毛，被人称为“兔毫盏”，被誉为上品，器底常刻有字样。

3 赋篇名。北宋苏轼作，前后两篇写于作者两度游览黄州（今湖北黄冈）赤壁（赤鼻矶）时。《前赤壁赋》较有名，赋中凭吊古迹，表达了作者对历史的感怀以及对江山风物的热爱与豁达的心胸。

4 文昌垂训：文昌：星座名。旧时传说此星主文运，所以又叫文曲星或文星。这里的意思是文昌帝君的戒淫圣训。

5 作践：摧残，糟蹋。

6 咎：过失，罪过。

7 委地：散落或委弃在地。

8 濡：沾湿，润泽。

坏而不坏，遂至倾而又倾，道旁见者，虽有惜福之念，亦无所施，有时抛入街衢[1]，遭千万人之践踏，有时倾入溷厕[2]，受千百载之欺凌，文字之罹祸，未有甚于此者。吾愿天下之人，尽以惜福为念，凡见有字之碗，即生造孽之虑。买者相戒不取，则卖者计穷；卖者计穷，则陶人视为畏途而弗造矣。文字之祸，其日消乎？此犹救弊之末着[3]。倘有惜福缙绅[4]，当路于江右者，出严檄[5]一纸，遍谕陶人，使不得于碗上作字，无论《赤壁》等赋不许书磁，即成化、宣德年造，及某斋某居等字，尽皆削去。试问有此数字，果得与成窑、宣窑比值乎？无此数字，较之常值增减半文乎？有此无此，其利相同，多此数笔，徒造千百年无穷之孽耳。制抚藩臬[6]，以及守令诸公，尽是斯文宗主，宦豫章[7]者，急行是令，此千百年未造之福，留之以待一人。时哉时哉，乘之勿失！

灯烛

灯烛辉煌，宾筵[8]之首事也。然每见衣冠盛集，列山珍海错[9]，倾玉醴[10]琼浆，几部鼓吹，频歌叠奏，事事皆称绝畅，而独于歌

1 街衢（qú）：四通八达的街道。
2 溷（hùn）厕：指厕所。
3 末着：最后的计策。
4 缙绅：古代称有官职的或做过官的人。
5 檄：古代官府用以征召或声讨的文书。
6 藩臬（niè）：藩司和臬司。明清两代的布政使和按察使的并称。
7 豫章：豫樟。木名，枕木与樟木的并称。比喻栋梁之材，有才能的人。
8 宾筵：宴请宾客的筵席。
9 山珍海错：海错：指各种山野和海里出产的各种珍贵食品。这里泛指丰富的菜肴。
10 玉醴（lǐ）：甘泉与美酒。

台色相，稍近模糊。令人快耳快心，而不能不快其目者，非主人吝惜兰膏[1]，不肯多设，只以灯煤[2]作祟，非剔之不得其法，即司之不得其人耳。吾为六字诀以授人，曰："多点不如勤剪。"勤剪之五，明于不剪之十。原其不剪之故，或以观场念切，主仆相同，均注目于梨园[3]，置晦明于不问；或以奔走太劳，职无专委，因顾彼以失此，致有炬而无光，所谓司之不得其人也。欲正其弊，不过专责一人，择其谨朴老成、不耽游戏者，则二患庶几可免。然司之得人，剔之不得其法，终为难事。大约场上之灯，高悬者多，卑立者少。剔卑灯易，剔高灯难。非以人就灯而升之使高，即以灯就人而降之使卑，剔一次必须升降一次，是人与灯皆不胜其劳，而座客观之亦觉代为烦苦，常有畏难不剪而听其昏黑者。予创二法以节其劳，一则已试而可自信者，一则未敢遽信而待试于人者。已试维何？长三四尺之烛剪是已。以铁为之，务为极细，粗则重而难举；然举之有法，说在后幅。有此长剪，则人不必升，灯亦不必降，举手即是，与剔卑灯无异矣。未试维何？暗提线索，用傀儡[4]登场之法是已。法于梁上暗作长缝一条，通于屋后，纳挂灯之绳索于中，而以小小轮盘仰承其下，然后悬灯。灯之内柱外幕，分而为二，外幕系定于梁间，不使上下，内柱之索上跨轮盘。欲剪灯煤，则放内柱之索，使之卑以就人，剪毕复上，自投外幕之中，是外幕高悬不移，俨然以静待动。同一灯也，而有劳逸之分，劳所当劳，逸所当逸，较之内外俱下，而

1　兰膏：古代用泽兰子炼制的油脂，可以点灯。

2　灯煤：灯烬。

3　梨园：据说唐玄宗曾教乐工、宫女在"梨园"演习音乐舞蹈。后来沿用梨园为戏院或戏曲界的别称。

4　傀儡：木偶，后来指受人操纵、没有自主权的人或事物。

且有碍手碍脚之繁者，先踞一筹之胜矣。其不明抽以索，而必暗投梁缝之中，且贯通于屋后者，其故何居？欲埋伏抽索之人于屋后，使不露形，但见轮盘一转，其灯自下，剪毕复上，总无抽拽之形，若有神物厕[1]于梁间者。予创为是法，非有心炫巧，不过善藏其拙。盖场上多立一人，多生一人之障蔽。使以一人剪灯，一人抽索，了此及彼，数数往来，则座客止见人行，无复洗耳[2]听歌之暇矣。故藏人屋后，撤去一半藩篱，耳目之前，何等清静。藏人屋后者，亦不必定在墙垣之外，厅堂必有退步[3]，屏障以后，即其处也。或隔绛纱[4]，或悬翠箔[5]，但使内见外，而外不见内，则人工不露而天巧可施矣。每灯一盏，用索一条，以蜡磨光，欲其不涩。梁间一缝，可容数索，但须预编字号，系以小牌，使抽者便于识认。剪灯者将及某号，即预放某索以待之，此号方升，彼号即降，观其术者，如入山阴道中，明知是人非鬼，亦须诧异惊神，鼓掌而观，又是一番乐事。惜予囊悭[6]无力，未及指使匠工，悬美法以待人，即谓自留余地亦可。

梁上凿缝，势有不能，为悬灯细事而损伤巨料，无此理也。如置此法于造屋之先，则于梁成之后，另镶薄板二条，空洞其中而蒙蔽其下，然后升梁于柱，以俟灯索，此一法也。已成之屋，亦如此法，但先置绳索于中，而后周遭以板。此法之设，不止定

1　厕：参与，混杂在里面。如厕身指参与某一部门工作，谦辞。
2　洗耳：形容恭敬、细心地听。
3　退步：指供休息的附属房屋。
4　绛纱：纱、绢当中轻细的称为绛纱，或指红纱。
5　翠箔（bó）：绿色的帘幕。
6　囊悭：悭：小气，吝啬。这里的意思是贫穷，口袋中的钱不多。

为观场，即于元夕[1]张灯，寻常宴客，皆可用之，但比长剪之法为稍费耳。

制长剪之法，视屋之高卑以为长短，短者三尺，长者四五尺，直其身而曲其上，如乌喙[2]然，总以细巧坚劲为主。然用之有法，得其法则可行，不得其法则虽设而不适于用，犹弃物也。盖以铁为剪，又长数尺，是其体不能不重，只手高擎，势必摇动于上，剪动则灯亦动；灯剪俱动，则他东我西，虽欲剪之，不可得矣。法以右手持剪，左手托之，所托之处，高右手尺许。剪体虽重，不过一二斤，只手孤擎则不足，双手效力则有余；擎而剪之者一手，按之使不动摇者又有一手，其势虽高，如何虑乎？“孤掌难鸣，众擎易举[3]。”天下事，类如是也。

长剪虽佳，予终恶其体重，倘能以坚木为身，止于近灯煤处用铁，则尽美而又尽善矣。思而未制，存其说以俟解人。

长剪难于概用，惟有烛无衣，与四围有衣而空洞其下者可以用之。若明角灯、珠灯，皆无隙可入，虽有长剪，何所用之？至于梁间放索，则是灯皆可。二事亦可并行，行之之法，又与前说相反：灯柱居中不动，而提起外幕以俟剪，剪毕复下。又合居重驭轻[4]之法，听人所好而为之。

1　元夕：旧称农历正月十五日为上元节，这一天夜晚称元夕，也叫“元夜”“元宵”。

2　乌喙：中药附子的别称，因为块茎形状与鸟嘴相似得名。这里的意思是黑色的鸟嘴。

3　众擎易举：擎：往上托。许多人一齐用力，容易把东西举起来。比喻大家同心协力就容易把事情办成。

4　居重驭轻：处于重要地位而且力量强大，可控制下属。

笺简

笺简之制，由古及今，不知几千万变。自人物器玩，以迨花鸟昆虫，无一不肖其形，无日不新其式；人心之巧，技艺之工，至此极矣。予谓巧则诚巧，工则至工，但其构思落笔之初，未免驰高骛远[1]，舍最近者不思，而遍索于九天[2]之上、八极[3]之内，遂使光灿陆离者总成赘物，与书牍[4]之本事无干。予所谓至近者非他，即其手中所制之笺简是也。既名笺简，则笺简二字中便有无穷本义。鱼书雁帛[5]而外，不有竹刺[6]之式可为乎？书本之形有肖乎？卷册便面，锦屏绣轴之上，非染翰挥毫之地乎？石壁可以留题，蕉叶曾经代纸，岂竟未之前闻，而为予之臆说[7]乎？至于苏蕙娘所织之锦，又后人思之慕之，欲书一字于其上而不可复得者也。我能肖诸物之形似为笺，则笺上所列，皆题诗作字之料也。还其固有，绝其本无，悉是眼前韵事，何用他求？已命奚奴逐款制就，售之坊间[8]，得钱付梓人[9]，仍备剞劂之用，是此后生生不已，其新人见闻，快人挥洒之事，正未有艾[10]。即呼予为薛涛[11]幻身，予亦

1　驰高骛远：驰：追驰；骛：从事，追求。比喻不切实际地追求过高过远的目标。

2　九天：极高的天空。

3　八极：八方极远的地方。这里指天地之间。

4　书牍：书：古时指信函；牍：古代用来书写的木简。这里是作信函简牍之类的通称。

5　鱼书雁帛：古代用鱼和雁来传信，即“鱼传尺素”和“雁足书”。这里泛指书信。

6　竹刺：竹扦，竹制的尖头棒条。

7　臆说：只凭个人想象的说法。这里是指主观的毫无根据的说法。

8　坊间：街市上（旧时多指书坊）。

9　梓人：古代木工的一种，专造乐器、悬架饮器和箭靶等。这里泛指木工、建筑工匠。

10　艾：停止、绝。

11　薛涛：唐长安人，字洪度。小时候跟随父来到蜀中，沦为乐伎。擅长作诗，韦皋管理蜀中时，下召令她侍酒赋诗，称她为女校书。暮年屏居浣花溪，创制松花小笺，人称薛涛笺。

未尝不受，盖须眉[1]男子之不传，有愧于知名女子者正不少也。已经制就者，有韵事笺八种，织锦笺十种。韵事者何？题石、题轴、便面、书卷、剖竹、雪蕉、卷子、册子是也。锦纹十种，则尽仿回文织锦[2]之义，满幅皆锦，止留縠纹[3]缺处代人作书，书成之后，与织就之回文无异。十种锦纹各别，作书之地亦不雷同。惨淡经营，事难缕述，海内名贤欲得者，倩人向金陵购之。是集内种种新式，未能悉走寰中[4]，借此一端，以陈大概。售笺之地即售书之地，凡予生平著作，皆萃于此。有嗜痂之癖者，贸此以去，如偕笠翁而归。千里神交，全赖乎此。只今知己遍天下，岂尽谋面之人哉？（金陵承恩寺中有“芥子园名笺”五字署门者，即其处也。）

是集中所载诸新式，听人效而行之；惟笺帖之体裁，则令奚奴自制自售，以代笔耕[5]，不许他人翻梓[6]。已经传札布告，诫之于初矣。倘仍有垄断之豪，或照式刊行，或增减一二，或稍变其形，即以他人之功冒为己有，食其利而抹煞其名者，此即中山狼[7]之流亚也。当随所在之官司而控告焉，伏望[8]主持公道。至于倚富恃

1　须眉：借指男子。

2　回文织锦：《晋书·列女传》记载：窦滔的妻子苏蕙善于写诗，她在丈夫被流放的时候将锦缎的纹样织成了字，纵横反复来读都能成诗，寄托自己的相思之情。这里指有关相思的绝妙诗文。

3　縠（hú）纹：绉纱似的皱纹。常用来比喻水的波纹。

4　寰（huán）中：宇内，天下。

5　笔耕：指写作。

6　翻梓：翻刻，翻印。

7　中山狼：春秋时期，一只躲避猎人的狼遇到东郭先生说：“先生能借你的口袋让我苟延残喘躲一会儿，躲过这场灾难，我会报答你的大恩的。”东郭先生帮助了狼，结果狼安全跳出布袋扑向东郭先生咬去。后人用它比喻恩将仇报，忘恩负义的人。

8　伏望：表希望的敬辞，多用于下对上。

强，翻刻湖上笠翁之书者，六合[1]以内，不知凡几。我耕彼食，情何以堪？誓当决一死战，布告当事，即以是集为先声。总之天地生人，各赋以心，即宜各生其智，我未尝塞彼心胸，使之勿生智巧，彼焉能夺吾生计，使不得自食其力哉！

1　六合：指上下和东西南北四方，泛指天下或宇宙。

位置第二

器玩未得，则讲购求；及其既得，则讲位置。位置器玩与位置人才同一理也。设官授职者，期于人地相宜；安器置物者，务在纵横得当。设以刻刻需用者，而置之高阁，时时防坏者，而列于案头，是犹理繁治剧[1]之材，处清静无为之地，黼黻皇猷[2]之品，作驱驰孔道[3]之官。有才不善用，与空国无人等也。他如方圆曲直，齐整参差，皆有就地立局之方，因时制宜之法。能于此等处展其才略，使人入其户、登其堂，见物物皆非苟设，事事具有深情，非特泉石[4]勋猷，于此足征全豹[5]，即论庙堂经济[6]，亦可微见一斑。未闻有颠倒其家，而能整齐其国者也。

---

1 理繁治剧：意思是处理繁重难办的事务。

2 黼黻（fǔ fú）皇猷（yóu）：黼黻：绣有华美花纹的礼服；猷：计谋，谋划。意思是辅佐朝廷。这里是指帝王和高官所穿的衣服。

3 孔道：通往某处必经的关口。

4 泉石：指山水。

5 全豹：比喻事物的全貌，全体。

6 庙堂经济：太庙的明堂。古代帝王祭祀、议事的地方，借指朝廷。这里的意思是治理国家。

忌排偶

“胪列[1]古玩，切忌排偶。”此陈说也。予生平耻拾唾余[2]，何必更蹈其辙。但排偶之中，亦有分别。有似排非排，非偶是偶；又有排偶其名，而不排偶其实者。皆当疏明其说，以备讲求。如天生一日，复生一月，似乎排矣，然二曜[3]出不同时，且有极明微明之别，是同中有异，不得竟以排比目之矣。所忌乎排偶者，谓其有意使然，如左置一物，右无一物以配之，必求一色相俱同者与之相并，是则非偶而是偶，所当急忌者矣。若夫天生一对，地生一双，如雌雄二剑、鸳鸯二壶，本来原在一处者，而我必欲分之，以避排偶之迹，则亦矫揉执滞[4]，大失物理人情之正矣。即避排偶之迹，亦不必强使分开，或比肩其形，或连环其势，使二物合成一物，即排偶其名，而不排偶其实矣。大约摆列之法，忌作八字形，二物并列，不分前后、不爽分寸者是也；忌作四方形，每角一物，势如小菜碟者是也；忌作梅花体，中置一大物，周遭以小物是也；余可类推。当行之法，则与时变化，就地权宜，视形体为纵横曲直，非可预设规模者也。如必欲强拈一二，若三物相俱，宜作品字格，或一前二后，或一后二前，或左一右二，或右一左二，皆谓错综；若以三者并列，则犯排矣。四物相共，宜作心字及火字格，择一或高或长者为主，余前后左右列之，但宜疏密断连，不得均匀配合，是谓参差；若左右各二，不使单行，则

---

1 胪（lú）列：罗列，列举。这里的意思是陈列。

2 唾余：唾液之余。比喻别人的点滴言论。

3 曜（yào）：日、月、星均称“曜”，日、月、火、水、木、金、土七个星合称七曜。

4 矫揉执滞：矫：使曲的变直；揉：使直的变曲；矫揉指人故意做作；执滞：执着、固执，拘泥。这里特指作品在文字形式上的过分雕琢，因循守旧，缺少真实内容。

犯偶矣。此其大略也，若夫润泽之，则在雅人君子。

贵活变

幽斋陈设，妙在日异月新。若使骨董生根，终年匏系[1]一处，则因物多腐像，遂使人少生机，非善用古玩者也。居家所需之物，惟房舍不可动移，此外皆当活变。何也？眼界关乎心境，人欲活泼其心，先宜活泼其眼。即房舍不可动移，亦有起死回生之法。譬如造屋数进，取其高卑广隘之尺寸不甚相悬者，授意匠工，凡作窗棂门扇，皆同其宽窄而异其体裁，以便交相更替。同一房也，以彼处门窗挪入此处，便觉耳目一新，有如房舍皆迁者；再入彼屋，又换一番境界，是不特迁其一，且迁其二矣。房舍犹然，况器物乎？或卑者使高，或远者使近，或一物别之既久，而使一旦相亲，或数物混处多时，而使忽然隔绝，是无情之物变为有情，若有悲欢离合于其间者。但须左之右之，无不宜之，则造物在手，而臻化境[2]矣。人谓朝东夕西，往来仆仆，何许子之不惮[3]烦乎？予曰：陶士行[4]之运甓[5]，视此犹烦，未有笑其多事

1　匏（páo）系：出自《论语·阳货》。孔子比喻自己无法像匏瓜那样系悬着而不让人食用，而应该主动有所作为。这里指当时不为所用或无用的东西。

2　化境：幽雅清新的境地。这里指艺术、技巧等达到极其高超的境界。

3　惮：怕，畏惧。

4　陶士行：陶侃，字士行，原鄱阳（今江西波阳）人，吴国灭亡之后，移居庐江寻阳（今江西九江）。在军中四十一年如一日，不喜欢清谈浮华，常勉励人们珍惜光阴，为后世所称道。

5　运甓（pì）：甓：砖。典出《晋书·陶侃传》：“侃所在的州安定无事，依然早上搬运数百块砖到斋外，傍晚再运回斋内。人们问他原因，他回答说：‘我方致力于中原，过于养尊处优，恐怕不能抵挡战事。’他励志勤力的事都诸如此类。”后来人们用“运甓”比喻刻苦自励。

者；况古玩之可亲，犹胜于甓，乐此者不觉其疲，但不可为饱食终日[1]无所用心者道。

古玩中香炉一物，其体极静，其用又妙在极动，是当一日数迁其位，片刻不容胶柱者也。人问其故，予以风帆喻之。舟中所挂之帆，视风之斜正为斜正，风从左而帆向右，则舟不进而且退矣。位置香炉之法亦然。当由风力起见，如一室之中有南北二牖，风从南来，则宜位置于正南，风从北入，则宜位置于正北；若风从东南或从西北，则又当位置稍偏，总以不离乎风者近是。若反风所向，则风去香随，而我不沾其味矣。又须启风来路，塞风去路，如风从南来而洞开北牖，风从北至而大辟南轩[2]，皆以风为过客，而香亦传舍视我矣。须知器玩[3]之中，物物皆可使静，独香炉一物，势有不能。"爱之，能勿劳乎？[4]"待人之法也，吾于香炉亦云。

---

1 饱食终日：终日：整天。整天吃饱饭，不动脑筋，不干正事。

2 轩：古代一种有围棚或帷幕的车或指有窗的长廊、小屋。这里的意思是门、窗。

3 器玩：指可供玩赏的器物。

4 爱之，能勿劳乎？：爱他，能不为他操劳吗？语出《论语·宪问》。

饮馔部

吾辑《饮馔》一卷，后肉食而首蔬菜，一以崇俭，一以复古；至重宰割而惜生命，又其念兹在兹，而不忍或忘者矣。

蔬菜第一

吾观人之一身，眼耳鼻舌，手足躯骸[1]，件件都不可少。其尽可不设而必欲赋之，遂为万古生人之累者，独是口腹二物。口腹具而生计[2]繁矣，生计繁而诈伪奸险之事出矣，诈伪奸险之事出，而五刑[3]不得不设。君不能施其爱育，亲不能遂其恩私，造物好生，而亦不能不逆行其志者，皆当日赋形不善，多此二物之累也。草木无口腹，未尝不生；山石土壤无饮食，未闻不长养。何事独异其形，而赋以口腹？即生口腹，亦当使如鱼虾之饮水，蜩螗[4]之吸露，尽可滋生气力，而为潜跃飞鸣。若是，则可与世无求，而生人之患熄矣。乃既生以口腹，又复多其嗜欲，使如溪壑[5]之不可厌；多其嗜欲，又复洞其底里，使如江海之不可填。以致人之

1 躯骸：躯壳，身体。
2 生计：谋生之道。
3 五刑：中国古代的五种肉体刑罚。最初为墨（将墨涂于犯人刺刻后的面额部）、劓（割去犯人的鼻子）、刖（弄断犯人的脚）、宫（割去男犯生殖器，闭塞女犯生殖器）、大辟（对死刑的通称）五种。隋代至清代改为笞、杖、徒、流、死五种。
4 蜩螗（tiáo táng）：比喻喧闹、纷扰不宁。这里是指蝉的别名。
5 溪壑：溪谷。这里借以比喻难以满足的贪欲。

一生，竭五官百骸[1]之力，供一物之所耗而不足哉！吾反复推详，不能不于造物是咎。亦知造物于此，未尝不自悔其非，但以制定难移，只得终遂其过。甚矣，作法慎初，不可草草定制。吾辑是编而谬[2]及饮馔[3]，亦是可已不已之事。其止崇俭啬，不导奢靡者，因不得已而为造物饰非，亦当虑始计终，而为庶物弭患[4]。如逞一己之聪明，导千万人之嗜欲，则匪特禽兽昆虫无噍类，吾虑风气所开，日甚一日，焉知不有易牙[5]复出，烹子求荣，杀婴儿以媚权奸，如亡隋故事者哉！一误岂堪再误，吾不敢不以赋形造物，视作覆车[6]。

声音之道，丝不如竹，竹不如肉，为其渐近自然。吾谓饮食之道，脍[7]不如肉，肉不如蔬，亦以其渐近自然也。草衣木食，上古之风，人能疏远肥腻，食蔬蕨[8]而甘之，腹中菜园，不使羊来踏破，是犹作羲皇[9]之民，鼓唐虞[10]之腹，与崇尚古玩同一致也。所怪于世者，弃美名不居，而故异端[11]其说，谓佛法如是，是则谬矣。吾辑《饮馔》一卷，后肉食而首蔬菜，一以崇俭，一以复古；至

---

1 五官百骸：指人的各种骨骼器官，指全身。
2 谬：差错、不合情理的。
3 馔：饮食，吃喝。
4 弭患：消除祸患。
5 易牙：人名。春秋时齐桓公宠臣，擅长调味和逢迎，传说曾经将自己的孩子煮成羹献给桓公。现在多用来指善烹调的人。
6 覆车：翻车。比喻失败的教训。
7 脍：细切的肉。
8 蕨：植物的一大类，生长在森林和山野的阴湿地带。根茎长，嫩叶可以食用，根茎可制成淀粉，它的纤维可制成绳缆，耐水。全株都可以入药。
9 羲皇：伏羲氏。
10 唐虞：唐尧与虞舜的并称。也指尧与舜的时代，古人以为的太平盛世。
11 异端：指和正统思想对立的学说、派别、主张等。

重宰割而惜生命，又其念兹在兹[1]，而不忍或忘者矣。

笋

论蔬食之美者，曰清，曰洁，曰芳馥[2]，曰松脆而已矣。不知其至美所在，能居肉食之上者，只在一字之鲜。《记》曰："甘受和，白受采。"鲜即甘之所从出也。此种供奉，惟山僧野老[3]躬治园圃者，得以有之，城市之人向卖菜佣求活者，不得与焉。然他种蔬食，不论城市山林，凡宅旁有圃者，旋摘旋烹，亦能时有其乐。至于笋之一物，则断断宜在山林，城市所产者，任尔芳鲜，终是笋之剩义[4]。此蔬食中第一品也，肥羊嫩豕，何足比肩。但将笋肉齐烹，合盛一簋[5]，人止食笋而遗肉，则肉为鱼而笋为熊掌[6]可知矣。购于市者且然，况山中之旋掘者乎？食笋之法多端，不能悉纪，请以两言概之，曰："素宜白水，荤用肥猪。"茹斋者食笋，若以他物伴之，香油和之，则陈味夺鲜，而笋之真趣没矣。白煮俟熟，略加酱油，从来至美之物，皆利于孤行，此类是也。以之伴荤，则牛羊鸡鸭等物皆非所宜，独宜于豕[7]，又独宜于肥。肥非欲其腻也，肉之肥者能甘，甘味入笋，则不见其甘，但觉其鲜之至也。烹之既熟，肥肉尽当去之，即汁亦不宜多存，存其半而益以

1　念兹在兹：念：思念；兹：此，这个。泛指念念不忘某一件事情。
2　芳馥：芳香，后来用来比喻美好的文辞、品德等。
3　野老：村野老人。
4　剩义：指片段不成系统的意义。
5　簋（guǐ）：古代盛食物的器具，圆口，双耳。
6　成语"鱼与熊掌不可兼得"出自《孟子·告子上》："鱼，我所欲也；熊掌，亦我所欲也。二者不可得兼，舍鱼而取熊掌者也。"
7　豕（shǐ）：猪。

清汤。调和之物，惟醋与酒。此制荤笋之大凡[1]也。笋之为物，不止孤行并用各见其美，凡食物中无论荤素，皆当用作调和。菜中之笋与药中之甘草，同是必需之物，有此则诸味皆鲜，但不当用其渣滓，而用其精液。庖人[2]之善治具者，凡有焯笋之汤，悉留不去，每作一馔，必以和之，食者但知他物之鲜，而不知有所以鲜之者在也。《本草》中所载诸食物，益人者不尽可口，可口者未必益人，求能两擅其长者，莫过于此。东坡云："宁可食无肉，不可居无竹。无肉令人瘦，无竹令人俗。"不知能医俗者，亦能医瘦，但有已成竹未成竹之分耳。

蕈[3]

举至鲜至美之物于笋之外，其惟蕈乎？蕈之为物也，无根无蒂[4]，忽然而生，盖山川草木之气，结而成形者也，然有形而无体。凡物有体者必有渣滓，既无渣滓，是无体也。无体之物，犹未离乎气也。食此物者，犹吸山川草木之气，未有无益于人者也。其有毒而能杀人者，《本草》云以蛇虫行之故。予曰：不然。蕈大几何，蛇虫能行其上？况又极弱极脆而不能载乎？盖地之下有蛇虫，蕈生其上，适为毒气所钟[5]，故能害人。毒气所钟者能害人，则为清虚之气所钟者，其能益人可知矣。世人辨之原有法，苟非有

1 大凡：概要。

2 庖人：官名，职掌供膳。这里的意思是厨师。

3 蕈（xùn）：生长在树林里或草地上的某些高等菌类植物，伞状，种类很多，有的可以吃，有的有毒。

4 蒂：花或瓜果跟枝茎相连的部分。

5 钟：集中，专一。

毒，食之最宜。此物素食固佳，伴以少许荤食尤佳，盖蕈之清香有限，而汁之鲜味无穷。

莼

陆之蕈，水之莼，皆清虚妙物也。予尝以二物作羹，和以蟹之黄、鱼之肋，名曰“四美羹”。座客食而甘之，曰：“今而后，无下箸处[1]矣！”

菜

世人制菜之法，可称百怪千奇，自新鲜以至于腌糟酱腊，无一不曲尽奇能，务求至美，独于起根发轫[2]之事缺焉不讲，予甚惑之。其事维何？有八字诀云：“摘之务鲜，洗之务净。”务鲜之论，已悉前篇。蔬食之最净者，曰笋，曰蕈，曰豆芽；其最秽者，则莫如家种之菜。灌肥[3]之际，必连根带叶而浇之；随浇随摘，随摘随食，其间清浊，多有不可问者。洗菜之人，不过浸入水中，左右数漉，其事毕矣。孰知污秽之湿者可去，干者难去，日积月累之粪，岂顷刻数漉之所能尽哉？故洗菜务得其法，并须务得其人。以懒人、性急之人洗菜，犹之乎弗洗也。洗菜之法，入水宜久，久则干者侵透而易去；洗叶用刷，刷则高低曲折处皆

1　无下箸处：晋武帝时，何曾生活豪奢，吃饭每天花费上万钱，还说没有可以下筷子的菜品。后来用来形容富人饮食奢侈无度。

2　起根发轫：拿掉支住车轮的木头，使车前进。比喻新事物或某种局面开始出现。这里是指从头至尾的过程、原本时的状态。

3　灌肥：用家畜的粪尿和垫圈的干土、杂草等混在一起沤成的肥料灌溉。

可到，始能涤尽无遗。若是，则菜之本质净矣。本质净而后可加作料，可尽人工，不然，是先以污秽作调和，虽有百和之香，能敌一星之臭乎？噫，富室大家食指[1]繁盛者，欲保其不食污秽，难矣哉！

菜类甚多，其杰出者则数黄芽[2]。此菜萃[3]于京师，而产于安肃[4]，谓之“安肃菜”，此第一品也。每株大者可数斤，食之可忘肉味。不得已而思其次，其惟白下[5]之水芹[6]乎！予自移居白门[7]，每食菜、食葡萄，辄思都门；食笋、食鸡豆，辄思武陵。物之美者，犹令人每食不忘，况为适馆授餐[8]之人乎？

菜有色相最奇，而为《本草》[9]《食物志》诸书之所不载者，则西秦所产之头发菜[10]是也。予为秦客，传食[11]于塞上诸侯。一日脂车[12]将发，见炕上有物，俨然乱发一卷，谬谓婢子栉发所遗，将欲

1　食指：这里指家庭或家族人口。

2　黄芽：大白菜的一种。

3　萃：草丛生、茂盛的样子。这里是聚集的意思。

4　安肃：金天德三年（1151）改徐州置，治所在安肃县（今河北徐水县）。元不辖县。明洪武二年（1369）改为安肃县。

5　白下：唐武德九年（626）改金陵县置，属于润州。治所在白下城（今江苏南京市金川门外）。贞观七年（633）移治冶城（今南京市朝天宫一带），九年（635）改名江宁县。

6　水芹：伞形科，多年生水生宿根草木，茎节易生根，夏季开白花，性喜温暖湿润，适于泥层深厚的水田栽培，茎叶可做蔬菜。

7　白门：南京旧时的别称。六朝时，都城建康（今江苏南京市）的正南门宣阳门，世称白门，因而得名。

8　适馆授餐：指诸侯或附属国国君成为天子卿士并被授予封地俸禄。

9　《本草》：《神农本草经》的简称，古代著名药书。因为所记各药以草类为多，所以被称为《本草》。

10　发（fà）菜：一种藻类植物，形态和颜色很像乱头发，潮湿时为黑绿色，干燥时为黑色，可食用。盛产于青海、宁夏、内蒙古、甘肃、新疆等地。又叫头发菜、羊栖菜。

11　传食：指暂时居住在诸侯客馆来接受他们的饮食招待。意思是辗转受人供养。

12　脂车：油涂车轴，以便利于运转。这里指驾车出行。

委之而去。婢子曰："不然，群公所饷[1]之物也。"询之土人，知为头发菜。浸以滚水，拌以姜醋，其可口倍于藕丝、鹿角等菜。携归饷客，无不奇之，谓珍错中所未见。此物产于河西，为值甚贱，凡适秦者皆争购异物，因其贱也而忽之，故此物不至通都，见者绝少。由是观之，四方贱物之中，其可贵者不知凡几，焉得人人物色之？发菜之得至江南，亦千载一时之至幸也。

瓜、茄、瓠[2]、芋、山药

瓜、茄、瓠、芋诸物，菜之结而为实者也。实则不止当菜，兼作饭矣。增一簋菜，可省数合[3]粮者，诸物是也。一事两用，何俭如之？贫家购此，同于籴[4]粟。但食之各有其法：煮冬瓜、丝瓜忌太生，煮王瓜、甜瓜忌太熟；煮茄、瓠利用酱醋，而不宜于盐；煮芋不可无物伴之，盖芋之本身无味，借他物以成其味者也；山药则孤行并用，无所不宜，并油盐酱醋不设，亦能自呈其美，乃蔬食中之通材也。

葱、蒜、韭

葱、蒜、韭三物，菜味之至重者也。菜能芬人齿颊者，香

1 饷：同"饟"。这里是赠给的意思。
2 瓠（hù）：一年生草本植物，茎蔓生，夏天开白花，果实长圆形，嫩时可以食用。这里指这种植物的果实。
3 合（gě）：中国市制容量单位，一升的十分之一。旧时量粮食的器具，容量为一合，由木或竹制成，方形或圆筒形。
4 籴（dí）：买进粮食，与"粜"相对。

椿[1]头是也；菜能秽人齿颊及肠胃者，葱、蒜、韭是也。椿头明知其香，而食者颇少，葱、蒜、韭尽识其臭，而嗜之者众，其故何欤？以椿头之味虽香而淡，不若葱、蒜、韭之气甚而浓。浓则为时所争尚，甘受其秽而不辞；淡则为世所共遗，自荐其香而弗受。吾于饮食一道，悟善身处世之难。一生绝三物不食，亦未尝多食香椿，殆所谓“夷、惠[2]之间”者乎？

予待三物有差。蒜则永禁弗食；葱虽弗食，然亦听作调和；韭则禁其终而不禁其始，芽之初发，非特不臭，且具清香，是其孩提之心之未变也。

萝卜

生萝卜切丝作小菜，伴以醋及他物，用之下粥最宜。但恨其食后打嗳[3]，嗳必秽气。予尝受此厄[4]于人，知人之厌我，亦若是也，故亦欲绝而弗食。然见此物大异葱蒜，生则臭，熟则不臭，是与初见似小人，而卒为君子者等也。虽有微过，亦当恕之，仍食勿禁。

1 香椿：又称“椿树”。落叶乔木，羽状复叶，有特殊香气。花呈白色，嫩芽嫩叶俗称“香椿头”，是夏季美味蔬菜。属于中国特有树种，分布于南北各地。

2 夷惠：伯夷、柳下惠的并称。这里指古代廉正的人。

3 打嗳（ǎi）：打嗝儿，胃里的气从嘴里出来，并发出声音。

4 厄：困苦、灾难。

芥[1]辣汁

菜有具姜桂之性者乎？曰：有，辣芥是也。制辣汁之芥子，陈者绝佳，所谓愈老愈辣是也。以此拌物，无物不佳。食之者如遇正人，如闻谠论[2]，困者为之起倦，闷者以之豁襟，食中之爽味也。予每食必备，窃比于夫子之不撤姜[3]云。

1 芥：一年或二年生草本植物，种子黄色，味辛辣，磨成粉末，称“芥末”，可以做调味品。

2 谠论：正直之言，直言。

3 语出《论语·乡党》篇“不撤姜食，不多食”。孔子每顿饭都备有姜，但不多吃。

谷食第二

食之养人，全赖五谷。使天止生五谷而不产他物，则人身之肥而寿也，较此必有过焉，保无疾病相煎，寿夭不齐[1]之患矣。试观鸟之啄粟、鱼之饮水，皆止靠一物为生，未闻于一物之外，又有为之肴馔酒浆、诸饮杂食者也。乃禽鱼之死，皆死于人，未闻有疾病而死，及天年[2]自尽而死者，是止食一物，乃长生久视之道也。人则不幸而为精腆[3]所误，多食一物，多受一物之损伤，少静一时，少安一时之淡泊。其疾病之生，死亡之速，皆饮食太繁、嗜欲过度之所致也。此非人之自误，天误之耳。天地生物之初，亦不料其如是，原欲利人口腹，孰意利之反以害之哉！然则人欲自爱其生者，即不能止食一物，亦当稍存其意，而以一物为君。使酒肉虽多，不胜食气，即使为害，当亦不甚烈耳。

1　寿夭不齐：长命与夭折，意思是寿限长短不一。

2　天年：（人的）自然寿命。

3　精腆：精美丰盛。

饭粥

粥饭二物，为家常日用之需，其中机彀，无人不晓，焉用越俎者强为致词？然有吃紧二语，巧妇知之而不能言者，不妨代为喝破[1]，使姑传之媳，母传之女，以两言代千百言，亦简便利人之事也。先就粗者言之。饭之大病，在内生外熟，非烂即焦；粥之大病，在上清下淀，如糊如膏。此火候不均之故，惟最拙最笨者有之，稍能炊爨者，必无是事。然亦有刚柔合道，燥湿得宜，而令人咀之嚼之，有粥饭之美形，无饮食之至味者。其病何在？曰：挹水无度，增减不常之为害也。其吃紧二语，则曰："粥水忌增，饭水忌减。"米用几何，则水用几何，宜有一定之度数。如医人用药，水一钟[2]或钟半，煎至七分或八分，皆有定数。若以意为增减，则非药味不出，即药性不存，而服之无效矣。不善执爨者，用水不均，煮粥常患其少，煮饭常苦其多。多则逼而去之，少则增而入之，不知米之精液全在于水，逼去饭汤者，非去饭汤，去饭之精液也。精液去则饭为渣滓，食之尚有味乎？粥之既熟，水米成交，犹米之酿而为酒矣。虑其太厚而入之以水，非入水于粥，犹入水于酒也。水入而酒成糟粕，其味尚可咀乎？故善主中馈[3]者，挹水时必限以数，使其勺不能增，滴无可减，再加以火候调匀，则其为粥为饭，不求异而异乎人矣。

宴客者有时用饭，必较家常所食者为稍精。精用何法？曰：使之有香而已矣。予尝授意小妇，预设花露一盏，俟饭之初熟而

1　喝（hē）破：指用简短有力的话语来揭穿说破。

2　钟：中国古代计量单位，春秋时齐国以十釜为"钟"（标准不一）。

3　中馈：指妻室。

浇之，浇过稍闭，拌匀而后入碗。食者归功于谷米，诧为异种而讯之，不知其为寻常五谷也。此法秘之已久，今始告人。行此法者，不必满釜[1]浇遍，遍则费露甚多，而此法不行于世矣。止以一盏浇一隅，足供佳客所需而止。露以蔷薇、香橼[2]、桂花三种为上，勿用玫瑰，以玫瑰之香，食者易辨，知非谷性所有。蔷薇、香橼、桂花三种，与谷性之香者相若，使人难辨，故用之。

汤

汤即羹之别名也。羹之为名，雅而近古；不曰羹而曰汤者，虑人古雅其名，而即郑重其实，似专为宴客而设者。然不知羹之为物，与饭相俱者也。有饭即应有羹，无羹则饭不能下，设羹以下饭，乃图省俭之法，非尚奢靡之法也。古人饮酒，即有下酒之物；食饭，即有下饭之物。世俗改“下饭”为“厦饭”，谬矣。前人以读史为下酒物，岂“下酒”之“下”，亦从“厦”乎？“下饭”二字，人谓指肴馔而言，予曰：不然。肴馔乃滞饭之具，非下饭之具也。食饭之人见美馔在前，匕箸迟疑而不下，非滞饭之具而何？饭犹舟也，羹犹水也；舟之在滩，非水不下，与饭之在喉，非汤不下，其势一也。且养生之法，食贵能消；饭得羹而即消，其理易见。故善养生者，吃饭不可无羹；善作家[3]者，吃饭亦不可无羹。宴客而为省馔计者，不可无羹；即宴客而欲其果腹始去，一馔不留者，亦不可无羹。何也？羹能下饭，亦能下

1 釜：古代的一种锅。
2 香橼：一种芸香科，属于常绿小乔。
3 作家：这里是治家、理家的意思。

馔故也。近来吴越[1]张筵[2]，每馔必注以汤，大得此法。吾谓家常自膳，亦莫妙于此。宁可食无馔，不可饭无汤。有汤下饭，即小菜不设，亦可使哺啜[3]如流；无汤下饭，即美味盈前，亦有时食不下咽。予以一赤贫之士，而养半百口之家，有饥时而无馑[4]日者，遵是道也。

糕饼

谷食之有糕饼，犹肉食之有脯脍[5]。《鲁论》云："食不厌精，脍不厌细。"制糕饼者于此二句，当兼而有之。食之精者，米麦是也；脍之细者，粉面是也。精细兼长，始可论及工拙。求工之法，坊刻所载甚详，予使拾而言之，以作制饼制糕之印板，则观者必大笑曰：笠翁不拾唾余，今于饮食之中，现增一副依样葫芦[6]矣！冯妇下车[7]，请戒其始。只用二语括之，曰：糕贵乎松，饼利于薄。

面

南人饭米，北人饭面，常也。《本草》云："米能养脾，麦能补心。"各有所裨于人者也。然使竟日穷年止食一物，亦何其胶柱

---

1 吴越：春秋吴国与越国的并称。这里指春秋吴越故地（今江浙一带）。

2 张筵：设宴。

3 哺啜：饮食、吃喝。

4 馑（jǐn）：荒年。

5 脯脍：佐酒的菜肴。

6 依样葫芦：照别人画的葫芦的样子画葫芦。比喻单纯模仿，没有创新。

7 冯妇下车：出自《孟子·尽心下》，冯妇下车来，重新干捉虎的事，比喻重操旧业的人。

口腹，而不肯兼爱心脾乎？予南人而北相，性之刚直似之，食之强横亦似之。一日三餐，二米一面，是酌南北之中，而善处心脾之道也。但其食面之法，小异于北，而且大异于南。北人食面多作饼，予喜条分而缕晰之，南人之所谓“切面”是也。南人食切面，其油盐酱醋等作料，皆下于面汤之中，汤有味而面无味，是人之所重者不在面而在汤，与未尝食面等也。予则不然，以调和诸物，尽归于面，面具五味而汤独清，如此方是食面，非饮汤也。所制面目有二种，一曰“五香面”，一曰“八珍面”。五善膳己，八珍饷客，略分丰俭于其间。五香者何？酱也，醋也，椒末也，芝麻屑也，焯笋或煮蕈煮虾之鲜汁也。先以椒末、芝麻屑二物拌入面中，后以酱醋及鲜汁三物和为一处，即充拌面之水，勿再用水。拌宜极匀，擀宜极薄，切宜极细，然后以滚水下之，则精粹之物尽在面中，尽勾咀嚼，不似寻常吃面者，面则直吞下肚，而止咀咂其汤也。八珍者何？鸡、鱼、虾三物之肉，晒使极干，与鲜笋、香蕈、芝麻、花椒四物，共成极细之末，和入面中，与鲜汁共为八种。酱醋亦用，而不列数内者，以家常日用之物，不得名之以珍也。鸡鱼之肉，务取极精，稍带肥腻者弗用，以面性见油即散，擀不成片，切不成丝故也。但观制饼饵者，欲其松而不实，即拌以油，则面之为性可知已。鲜汁不用煮肉之汤，而用笋、蕈、虾汁者，亦以忌油故耳。所用之肉，鸡、鱼、虾三者之中，惟虾最便，屑米为面，势如反掌[1]，多存其末，以备不时之需；即膳己之五香，亦未尝不可六也。拌面之汁，加鸡蛋青[2]一二盏更宜，此物不列于前而附于后者，以世人知用者多，列之又同剿袭耳。

1 势如反掌：像翻一下手掌那样容易。比喻事情非常容易做。

2 鸡蛋青：鸡蛋清，流质的鸡蛋白称作鸡蛋清。

粉

粉之名目甚多，其常有而适于用者，则惟藕、葛、蕨、绿豆四种。藕、葛二物，不用下锅，调以滚水，即能变生成熟。昔人云："有仓卒[1]客，无仓卒主人。"欲为仓卒主人，则请多储二物。且卒急救饥，亦莫善于此。驾舟车行远路者，此是餱粮[2]中首善之物。粉食之耐咀嚼者，蕨为上，绿豆次之。欲绿豆粉之耐嚼，当稍以蕨粉和之。凡物入口而不能即下，不即下而又使人咀之有味，嚼之无声者，斯为妙品。吾遍索饮食中，惟得此二物。绿豆粉为汤，蕨粉为下汤之饭，可称二难，齿牙遇此，殆亦所谓劳而不怨者哉！

1　仓卒：也作"仓猝"，匆忙急迫。

2　餱（hóu）粮：餱：同"糇"。食粮、干粮。

肉食第三

“肉食者鄙[1]”，非鄙其食肉，鄙其不善谋也。食肉之人之不善谋者，以肥腻之精液，结而为脂，蔽障胸臆[2]，犹之茅塞[3]其心，使之不复有窍也。此非予之臆说，夫有所验之矣。诸兽食草木杂物，皆狡獝[4]而有智。虎独食人，不得人则食诸兽之肉，是匪肉不食者，虎也；虎者，兽之至愚者也。何以知之？考诸群书则信矣。“虎不食小儿”，非不食也，以其痴不惧虎，谬谓勇士而避之也。“虎不食醉人”，非不食也，因其醉势猖獗[5]，目为劲敌而防之也。“虎不行曲路，人遇之者，引至曲路即得脱。”其不行

1 肉食者鄙：肉食者：吃肉的人，引申为有权位的人；鄙：鄙陋。出自《左传·庄公十年》“肉食者鄙，未能远谋”，意思是身居高位、俸禄丰厚的人眼光短浅。

2 胸臆：胸怀；心中；也指心里的话或想法。

3 茅塞：被茅草所堵塞。比喻思路闭塞，或愚昧无知。多用作自谦的话。

4 狡獝（xù）：獝：古代传说中的恶鬼。这里的意思是狡猾多诈。

5 猖獗：形容恣意横行、放肆无忌。

曲路者，非若澹台灭明[1]之行不由径[2]，以颈直不能回顾也。使知曲路必脱，先于周行食之矣。《虎苑》云："虎之能搏狗者，牙爪也。使失其牙爪，则反伏于狗矣。"迹是观之，其能降人降物而藉之为粮者，则专恃威猛，威猛之外，一无他能，世所谓"有勇无谋"者，虎是也。予究其所以然之故，则以舍肉之外，不食他物，脂腻填胸，不能生智故也。然则"肉食者鄙，未能远谋"。其说不既有征乎？吾今虽为肉食作俑，然望天下之人，多食不如少食。无虎之威猛而益其愚，与有虎之威猛而自昏其智，均非养生善后之道也。

猪

食以人传者，东坡肉[3]是也。卒急听之，似非豕之肉，而为东坡之肉矣。嘻，东坡何罪，而割其肉，以实千古馋人之腹哉？甚矣，名士不可为，而名士游戏之小术，尤不可不慎也。至数百载而下，糕、布等物，又以眉公得名。取"眉公糕""眉公布"之名，以较"东坡肉"三字，似觉彼善于此矣。而其最不幸者，则有溷厕中之一物，俗人呼为"眉公马桶"。嘻，马桶何物，而可冠以雅人高士之名乎？予非不知肉味，而于豕之一物，不敢浪措

1　澹（tán）台灭明：春秋时鲁国武城人，复姓澹台，名灭明，字子羽。孔子弟子。貌丑，但为人公正。

2　行不由径：《论语·雍也》记载：子游做了武城的长官，孔子问他："你身边有没有与众不同的人？"子贡回答道："有一个叫澹台灭明的人，他行事从来不走小道，不为公事就从不到我的房间里来。"后来人们用"行不由径"比喻为人正直或举止端正。

3　东坡肉：指用大块不切割的猪肉烹煮而成的肴馔。因为北宋诗人苏轼的《食猪肉诗》而得名。

一词者，虑为东坡之续也。即溷厕中之一物，予未尝不新其制，但蓄之家，而不敢取以示人，尤不敢笔之于书者，亦虑为眉公之续也。

羊

物之折耗最重者，羊肉是也。谚有之曰："羊几贯，帐难算，生折对半熟对半，百斤止剩念余斤，缩到后来只一段。"大率羊肉百斤，宰而割之，止得五十斤，迨烹而熟之，又止得二十五斤，此一定不易之数也。但生羊易消，人则知之；熟羊易长，人则未之知也。羊肉之为物，最能饱人，初食不饱，食后渐觉其饱，此易长之验也。凡行远路及出门作事，卒急不能得食者，啖此最宜。秦之西鄙[1]，产羊极繁，土人日食止一餐，其能不枵腹[2]者，羊之力也。《本草》载羊肉，比人参、黄芪。参、芪补气，羊肉补形。予谓补人者羊，害人者亦羊。凡食羊肉者，当留腹中余地，以俟其长。倘初食不节而果其腹，饭后必有胀而欲裂之形，伤脾坏腹，皆由于此，葆生者不可不知。

牛、犬

猪、羊之后，当及牛、犬。以二物有功于世，方劝人戒之之不暇，尚忍为制酷刑乎？略此二物，遂及家禽，是亦以羊易牛之遗意也。

---

1 西鄙：西方的边邑。

2 枵（xiāo）腹：空腹。意思是饥饿。

鸡

鸡亦有功之物，而不讳其死者，以功较牛、犬为稍杀[1]。天之晓也，报亦明，不报亦明，不似畎亩[2]、盗贼，非牛不耕，非犬之吠则不觉也。然较鹅鸭二物，则淮阴羞伍绛、灌矣[3]。烹饪之刑，似宜稍宽于鹅鸭。卵之有雄者弗食，重不至斤外者弗食，即不能寿之，亦不当过夭之耳。

鹅

鶂鶂[4]之肉无他长，取其肥且甘而已矣。肥始能甘，不肥则同于嚼蜡[5]。鹅以固始[6]为最，讯其土人，则曰："豢之之物，亦同于人。食人之食，斯其肉之肥腻亦同于人也。"犹之豕肉以金华[7]为最，婺[8]人豢豕，非饭即粥，故其为肉也甜而腻。然则固始之鹅，金华之豕，均非鹅豕之美，食美之也。食能美物，奚俟人言？归而求之，有余师矣。但授家人以法，彼虽饲以美食，终觉饥饱不时，不似固始、金华之有节，故其为肉也，犹有一间之殊。盖终

1　杀：消减。

2　畎（quǎn）亩：古田制，一亩的三分之一。这里代指田地。

3《史记·淮阴侯列传》记载：汉韩信由楚王被贬为淮阴侯后，知道汉帝刘邦猜忌他的才能，常常称病不上朝。日夜闷闷不乐，不愿与绛侯周勃、颍阴侯灌婴等并列。后来就用这个典故表示不屑与比自己差的人为伍。

4　鶂鶂（yì）：古书上说的一种似鹭的水鸟。

5　嚼蜡：比喻无味。

6　固始：古县名。

7　金华：浙江省县级市及专区政府所在地。位于浙江省中部，经济以农业为主，因为出产金华火腿闻名。

8　婺（wù）人：指浙江人。

以禽兽畜之，未尝稍同于人耳。“继子得食，肥而不泽。”其斯之谓欤？

有告予食鹅之法者，曰：昔有一人，善制鹅掌。每豢肥鹅将杀，先熬沸油一盂，投以鹅足，鹅痛欲绝，则纵之池中，任其跳跃。已而复擒复纵，炮瀹[1]如初。若是者数四，则其为掌也，丰美甘甜，厚可径寸，是食中异品也。予曰：惨哉斯言！予不愿听之矣。物不幸而为人所畜，食人之食，死人[2]之事。偿之以死亦足矣，奈何未死之先，又加若是之惨刑乎？二掌虽美，入口即消，其受痛楚之时，则有百倍于此者。以生物多时之痛楚，易我片刻之甘甜，忍人[3]弗为，况稍具婆心者乎？地狱之设，正为此人，其死后炮烙[4]之刑，必有过于此者。

鸭

禽属之善养生者，雄鸭是也。何以知之，知之于人之好尚。诸禽尚雌，而鸭独尚雄；诸禽贵幼，而鸭独贵长。故养生家有言：“烂蒸老雄鸭，功效比参芪。”使物不善养生，则精气必为雌者所夺，诸禽尚雌者，以为精气之所聚也。使物不善养生，则情窍一开，日长而日瘠[5]矣，诸禽贵幼者，以其泄少而存多也。雄鸭能愈长愈肥，皮肉至老不变，且食之与参芪比功，则雄鸭之善于

1 炮瀹（páo yuè）：炮：烧；瀹：煮。这里指一种烹调方法。

2 死人：为人而死。

3 忍人：残忍的人；硬心肠的人。

4 炮烙：相传是纣王所用的一种酷刑，用炭烧热铜柱，命令受刑的人在上面爬行，最终堕入火炭中被烧死。

5 瘠：瘦弱；损削、使贫弱。

养生，不待考核而知之矣。然必俟考核，则前此未之闻也。

野禽野兽

野味之逊于家味者，以其不能尽肥；家味之逊于野味者，以其不能有香也。家味之肥，肥于不自觅食而安享其成；野味之香，香于草木为家而行止自若。是知丰衣美食，逸处安居，肥人之事也；流水高山，奇花异木，香人之物也。肥则必供刀俎[1]，靡有孑遗[2]；香亦为人朵颐[3]，然或有时而免。二者不欲其兼，舍肥从香而已矣。

野禽可以时食，野兽则偶一尝之。野禽如雉、雁、鸠、鸽、黄雀、鹌鹑之属，虽生于野，若畜于家，为可取之如寄[4]也。野兽之可得者惟兔，獐、鹿、熊、虎诸兽，岁[5]不数得，是野味之中又分难易。难得者何？以其久住深山，不入人境，槛阱[6]之入，是人往觅兽，非兽来挑人也。禽则不然，知人欲弋而往投入，以觅食也，食得而祸随之矣。是兽之死也，死于人；禽之毙也，毙于己。食野味者，当作如是观。惜禽而更当惜兽，以其取死之道为可原也。

1　刀俎（zǔ）：刀和砧板，原为宰割的工具，比喻宰割者或迫害者。“如今人方为刀俎，我为鱼肉，何辞为。”出自《史记·项羽本纪》。

2　靡有孑遗：靡：无，没有；孑遗：遗留，剩余。意思是没有剩余。

3　朵颐：指鼓动腮颊嚼东西的样子。

4　如寄：好像暂时寄居。比喻时间短促。

5　岁：年。这里指一年当中。

6　槛阱：捕捉野兽的机具和陷坑。这里比喻人世间的陷阱、牢笼。

鱼

鱼藏水底，各自为天，自谓与世无求，可保戈矛[1]之不及矣。乌知网罟[2]之奏功，较弓矢罝罘[3]为更捷。无事竭泽而渔[4]，自有吞舟[5]不漏之法。然鱼与禽兽之生死，同是一命，觉鱼之供人刀俎，似较他物为稍宜。何也？水族难竭而易繁。胎生卵生之物，少则一母数子，多亦数十子而止矣。鱼之为种也似粟，千斯仓而万斯箱，皆于一腹焉寄之。苟无沙汰之人，则此千斯仓而万斯箱[6]者生生不已，又变而为恒河沙数[7]。至恒河沙数之一变再变，以至千百变，竟无一物可以喻之，不几充塞江河而为陆地，舟楫之往来能无恙乎？故渔人之取鱼虾，与樵人之伐草木，皆取所当取，伐所不得不伐者也。我辈食鱼虾之罪，较食他物为稍轻。兹为约法数章，虽难比乎祥刑[8]，亦稍差于酷吏。

食鱼者首重在鲜，次则及肥，肥而且鲜，鱼之能事毕矣。然二美虽兼，又有所重在一者。如鲟、如鯚、如鲫、如鲤，皆以鲜胜者也，鲜宜清煮作汤；如鳊、如白，如鲥、如鲢，皆以肥胜者

1 戈矛：戈和矛。这里泛指兵器、战争与冲突。

2 网罟（gǔ）：捕鱼及捕鸟兽的工具，指法网。

3 罝罘（jū fú）：泛指抓捕鸟兽的网。

4 竭泽而渔：泽：池、湖。掏干了水塘捉鱼。比喻取用不留余地，只图眼前利益，不做长远打算。

5 吞舟：吞舟的大鱼。比喻大奸。网漏吞舟之鱼的意思是网里漏掉吞舟大鱼。比喻法律太宽，使重大的罪犯漏网。

6 万斯箱：指粮食丰收了需要许多的车厢来运载。出自《诗经·小雅·甫田》中一首咏丰收的歌谣，后来成为赞咏丰收的典故。

7 恒河沙数：恒河：南亚的大河。这里是说像恒河里的沙粒一样，无法计算。形容数量很多。

8 祥刑：意思是善于使用刑罚。

也，肥宜厚烹作脍。烹煮之法，全在火候得宜。先期而食者肉生，生则不松；过期而食者肉死，死则无味。迟客之家，他馔或可先设以待，鱼则必须活养，候客至旋烹。鱼之至味在鲜，而鲜之至味又只在初熟离釜之片刻，若先烹以待，是使鱼之至美，发泄于空虚无人之境；待客至而再经火气，犹冷饭之复炊，残酒之再热，有其形而无其质矣。煮鱼之水忌多，仅足伴鱼而止，水多一口，则鱼淡一分。司厨婢子，所利在汤，常有增而复增，以致鲜味减而又减者，志在厚客，不能不薄待庖人耳。更有制鱼良法，能使鲜肥迸出，不失天真，迟速咸宜，不虞火候者，则莫妙于蒸。置之镟内，入陈酒、酱油各数盏，覆以瓜姜及蕈笋诸鲜物，紧火蒸之极熟。此则随时早暮，供客咸宜，以鲜味尽在鱼中，并无一物能侵，亦无一气可泄，真上着也。

虾

笋为蔬食之必需，虾为荤食之必需，皆犹甘草[1]之于药也。善治荤食者，以焯[2]虾之汤，和入诸品，则物物皆鲜，亦犹笋汤之利于群蔬。笋可孤行，亦可并用；虾则不能自主，必借他物为君。若以煮熟之虾单盛一簋，非特华筵必无是事，亦且令食者索然。惟醉者糟者，可供匕箸[3]。是虾也者，因人成事之物，然又必不可无之物也。“治国若烹小鲜”，此小鲜之有裨于国者。

1　甘草：多年生草本植物，茎有毛，花是紫色，荚果均为褐色。根有甜味，可以入药，又能做烟草、酱油等的香料。

2　焯（chāo）：把蔬菜放到沸水中略微一煮就捞出来。

3　匕箸（bǐ zhù）：食具，羹匙和筷子。这里泛指饮食。

鳖

“新粟米炊鱼子饭，嫩芦笋煮鳖裙羹。”林居之人述此以鸣得意，其味之鲜美可知矣。予性于水族无一不嗜，独与鳖不相能[1]，食多则觉口燥，殊不可解。一日，邻人网得巨鳖，召众食之，死者接踵，染指[2]其汁者，亦病数月始痊。予以不喜食此，得免于召，遂得免于死。岂性之所在，即命之所在耶？予一生侥幸之事难更仆数[3]。乙未居武林，邻家失火，三面皆焚，而予居无恙。己卯之夏，遇大盗于虎爪山，贿以重资者得免，不则立毙。予囊无一钱，自分必死，延颈受诛，而盗不杀。至于甲申、乙酉之变，予虽避兵山中，然亦有时入郭，其至幸者，才徙家而家焚，甫出城而城陷，其出生于死，皆在斯须倏忽之间。噫，予何修而得此于天哉！报施[4]无地，有强为善而已矣。

蟹

予于饮食之美，无一物不能言之，且无一物不穷其想象，竭其幽渺而言之；独于蟹螯一物，心能嗜之，口能甘之，无论终身

---

1 相能：彼此亲善和睦。

2 染指：《左传·宣公四年》记载：郑灵公请大家吃甲鱼，却故意不给宋子公吃。宋子公就用手指伸到锅里蘸点汤尝尝味。后用“染指”比喻分得不该得到的利益。

3 难更仆数（nán gēng pú shù）：原意是儒家的道德规范或行为准则很多，一下子说不完，一件一件说就需要很长时间，即使中间换了人也未必能说完。后来形容人或事物很多，数也数不过来。

4 报施：出自《左传·僖公二十四年》，报答的人已经疲倦了，施恩的人还没有满足。杜预注：“施恩，是一种功劳，有功劳就过于希望得到报答。”后来用“报施”来表示报答、赐予。

一日皆不能忘之，至其可嗜可甘与不可忘之故，则绝口不能形容之。此一事一物也者，在我则为饮食中之痴情，在彼则为天地间之怪物矣。予嗜此一生。每岁于蟹之未出时，即储钱以待，因家人笑予以蟹为命，即自呼其钱为“买命钱”。自初出之日始，至告竣之日止，未尝虚负一夕，缺陷一时。同人知予癖蟹，招者饷者皆于此日，予因呼九月、十月为“蟹秋”。虑其易尽而难继，又命家人涤瓮酿酒，以备糟之醉之之用。糟名“蟹糟”，酒名“蟹酿”，瓮名“蟹瓮”。向有一婢，勤于事蟹，即易其名为“蟹奴”，今亡之矣。蟹乎！蟹乎！汝于吾之一生，殆相终始者乎！所不能为汝生色者，未尝于有螃蟹无监州[1]处作郡，出俸钱以供大嚼，仅以悭囊易汝。即使日购百筐，除供客外，与五十口家人分食，然则入予腹者有几何哉？蟹乎！蟹乎！吾终有愧于汝矣。

蟹之为物至美，而其味坏于食之之人。以之为羹者，鲜则鲜矣，而蟹之美质何在？以之为脍者，腻则腻矣，而蟹之真味不存。更可厌者，断为两截，和以油、盐、豆粉而煎之，使蟹之色、蟹之香与蟹之真味全失。此皆似嫉蟹之多味，忌蟹之美观，而多方蹂躏，使之泄气而变形者也。世间好物，利在孤行。蟹之鲜而肥，甘而腻，白似玉而黄似金，已造色香味三者之至极，更无一物可以上之。和以他味者，犹之以爝[2]火助日，掬水[3]益河，冀其有裨也，不亦难乎？凡食蟹者，只合全其故体，蒸而熟之，贮以冰盘，列之

1 有蟹无监州：宋欧阳修《归田录》卷二记载：有一位少卿名叫钱昆，余杭人，喜爱吃螃蟹。他曾谋求做州郡官，有人问他愿意去哪个州，钱昆回答：“只要是有螃蟹而没有通判的地方就可以了。”后来用这个典故表示为官不愿受牵制。这里用来咏螃蟹。

2 爝（jué）：火把，小火。

3 掬水：双手捧水。

几上，听客自取自食。剖一筐，食一筐，断一螯[1]，食一螯，则气与味纤毫不漏。出于蟹之躯壳者，即入于人之口腹，饮食之三昧，再有深入于此者哉？凡治他具，皆可人任其劳，我享其逸，独蟹与瓜子、菱角三种，必须自任其劳。旋剥旋食则有味，人剥而我食之，不特味同嚼蜡，且似不成其为蟹与瓜子、菱角，而别是一物者。此与好香必须自焚，好茶必须自斟，僮仆虽多，不能任其力者，同出一理。讲饮食清供之道者，皆不可不知也。

宴上客者势难全体，不得已而羹之，亦不当和以他物，惟以煮鸡鹅之汁为汤，去其油腻可也。

瓮中取醉蟹，最忌用灯，灯光一照，则满瓮俱沙，此人人知忌者也。有法处之，则可任照不忌。初醉之时，不论昼夜，俱点油灯一盏，照之入瓮，则与灯光相习，不相忌而相能，任凭照取，永无变沙之患矣。（此法都门有用之者。）

零星水族

予担簦[2]二十年，履迹几遍天下。四海历其三，三江五湖则俱未尝遗一，惟九河[3]未能环绕，以其迂僻者多，不尽在舟车可抵之境也。历水既多，则水族之经食者，自必不少，因知天下万物之繁，未有繁于水族者，载籍所列诸鱼名，不过十之六七耳。常有奇形异状，味亦不群，渔人竟日取之，土人终年食之，咨询其名，皆不知为何物者。无论其他，即吴门、京口诸地所产水族之

1 螯：螃蟹等节肢动物的第一对足，形状像钳子。

2 担簦（dēng）：簦：古代有柄的笠，像现在的雨伞。这里的意思是背着伞奔走，跋涉。

3 九河：禹时黄河的九条支流。近人多认为是古代黄河下游许多支流的总称。

中，有一种似鱼非鱼，状类河鲀[1]而极小者，俗名“斑子鱼”，味之甘美，几同乳酪，又柔滑无骨，真至味也，而《本草》《食物》诸书，皆所不载。近地且然，况寥廓而迂僻者乎？海错之至美，人所艳羡而不得食者，为闽之“西施舌”“江瑶[2]柱”二种。“西施舌”予既食之，独“江瑶柱”未获一尝，为入闽恨事。所谓“西施舌”者，状其形也。白而洁，光而滑，入口咂之，俨然美妇之舌，但少朱唇皓齿牵制其根，使之不留而即下耳。此所谓状其形也。若论鲜味，则海错中尽有过之者，未甚奇特，朵颐此味之人，但索美舌而咂之，即当屠门大嚼[3]矣。其不甚著名而有异味者，则北海之鲜鳓[4]，味并鲥鱼，其腹中有肋，甘美绝伦。世人以在鲟鳇腹中者为“西施乳”，若与此肋较短长，恐又有东家西家之别耳。

河鲀为江南最尚之物，予亦食而甘之。但询其烹饪之法，则所需之作料甚繁，合而计之，不下十余种，且又不可缺一，缺一则腥而寡味。然则河鲀无奇，乃假众美成奇者也。有如许调和之料施之他物，何一不可擅长，奚必假杀人之物以示异乎？食之可，不食亦可。若江南之鲚，则为春馔中妙物。食鲥鱼及鲟鳇有厌时，鲚则愈嚼愈甘，至果腹而犹不能释手者也。

---

1 河鲀：河豚，一种鱼，头圆形，口小，背部黑褐色，腹部白色，鳍常为黄色。肉味鲜美。卵巢、血液和肝脏有剧毒。我国沿海和某些内河均有出产。

2 江瑶：江珧，软体动物，壳略呈三角形，表面苍黑色。多生活在海岸的泥沙里。

3 屠门大嚼：屠门：肉店。比喻心里想而得不到手，只好用不切实际的办法来安慰自己。

4 鳓（lè）：身体侧扁，腹部有硬刺，生活在海中，是重要食用鱼类。也叫“鲙鱼”“白鳞鱼”“曹白鱼”。

不载果食茶酒说

果者酒之仇，茶者酒之敌，嗜酒之人必不嗜茶与果，此定数也。凡有新客入座，平时未经共饮，不知其酒量浅深者，但以果饼及糖食验之。取到即食，食而似有踊跃之情者，此即茗客，非酒客也；取而不食，及食不数四[1]而即有倦色者，此必巨量之客，以酒为生者也。以此法验嘉宾，百不失一。予系茗客而非酒人，性似猿猴，以果代食，天下皆知之矣。讯以酒味则茫然，与谈食果饮茶之事，则觉井井有条，滋滋多味。兹既备述饮馔之事，则当于二者加详，胡以缺而不备？曰：惧其略也。性既嗜此，则必大书特书，而且为罄竹之书[2]，若以寥寥数纸终其崖略，则恐笔欲停而心未许，不觉其言之汗漫[3]而难收也。且果可略而茶不可略，茗战之兵法，富于《三略》[4]《六韬》[5]，岂《孙子》[6]十三篇所能尽其灵秘者哉？是用专辑一编，名为《茶果志》，孤行可，尾于是集之后

1 数四：三四次，表示为数不多。

2 罄（qìng）竹之书：罄：尽，完；竹：这里指古时用来写字的竹简。形容内容很多需要写完所有竹子。

3 汗漫：广泛，无边际。

4 《三略》：也称《黄石公记》《黄石公三略》。中国古代兵书。相传为秦末黄石公撰。据后人考证，约为秦汉之间无名氏作品。全书分上略、中略、下略三卷，论述治国统军的战略思想以及谋略等。

5 《六韬》：中国古代兵书。以前认为是西周吕望（姜太公）所写。根据后人考证，大约成书于战国晚期至秦汉之间。现存六卷，即文韬、武韬、龙韬、虎韬、豹韬、犬韬，共六十篇。论述了政治与战争的关系以及多种战术。

6 《孙子》：也称《孙子》《吴孙子兵法》《孙武兵法》。中国古代最著名的、现存最早的兵书。春秋末孙武著。共十三篇，分为计、作战、谋攻、形、势、虚实、军争、九变、行军、地形、九地、火攻、用间。总结了春秋末期及以前的战争经验，揭示战争的一些一般规律以及具有普遍意义的作战和治军原则，如“知彼知己，百战不殆”“避实而击虚”等。在世界军事思想史上占有突出的地位。

亦可。至于曲糵[1]一事，予既自谓茫然，如复强为置吻，则假口他人乎？抑强不知为知，以欺天下乎？假口则仍犯剿袭之戒；将欲欺人，则茗客可欺，酒人不可欺也。倘执其所短而兴问罪之师，吾能以茗战战之乎？不若绝口不谈之为愈耳。

1　曲糵（niè）：曲：发霉谷物；糵：发芽谷物。用糵和曲酿造的酒分别被称为醴和酒。这里是酒曲的意思。

种植部

有风既作飘摇之态，无风亦呈袅娜之姿，是我于花之未开，先享无穷逸致矣。

木本第一

草木之种类极杂，而别其大较有三，木本[1]、藤本、草本[2]是也。木本坚而难痿，其岁较长者，根深故也。藤本之为根略浅，故弱而待扶，其岁犹以年纪。草本之根愈浅，故经霜辄坏，为寿止能及岁。是根也者，万物短长之数也，欲丰其得，先固其根，吾于老农老圃之事，而得养生处世之方焉。人能虑后计长，事事求为木本，则见雨露不喜，而睹霜雪不惊；其为身也，挺然独立，至于斧斤之来，则天数也，岂灵椿古柏[3]之所能避哉？如其植德不力，而务为苟延，则是藤本其身，止可因人成事，人立而我立，人仆而我亦仆矣。至于木槿[4]其生，不为明日计者，彼且不知根为何物，遑计入土之浅深，藏荄[5]之厚薄哉？是即草木之流亚

1 木本：有木质茎的植物。

2 草本：茎部为草质的植物。

3 灵椿古柏：古代传说中的长寿之树。典出《庄子·逍遥游》“上古有大椿者，以八千岁为春，八千岁为秋”，意思是这种古树一万六千年长一岁。

4 木槿：锦葵科，落叶灌木，叶子呈卵圆形，夏秋开花，花可以煮面条吃。产于中国和印度。植株可供观赏，又能做绿篱。

5 荄（gāi）：草根。

也。噫，世岂乏草木之行，而反木其天年，藤其后裔者哉？此造物偶然之失，非天地处人待物之常也。

牡丹

牡丹得王于群花，予初不服是论，谓其色其香，去芍药有几？择其绝胜者与角雌雄，正未知鹿死谁手[1]。及睹《事物纪原》[2]，谓武后冬月游后苑，花俱开而牡丹独迟，遂贬洛阳，因大悟曰："强项若此，得贬固宜，然不加九五之尊，奚洗八千之辱乎？"（韩诗"夕贬潮阳路八千[3]"。）物生有候，葭动以时，苟非其时，虽十尧[4]不能冬生一穗；后系人主，可强鸡人使昼鸣乎？如其有识，当尽贬诸卉而独崇牡丹。花王之封，允宜肇[5]于此日，惜其所见不逮[6]，而且倒行逆施[7]。诚哉！其为武后也。予自秦之巩昌，载牡丹十数本而归，同人嘲予以诗，有"群芳应怪人情热，千里趋迎富贵花"之句。予曰："彼以守拙得贬，予载之归，是趋冷非趋热也。"兹得此论，更发明矣。艺植之法，载于名人谱帙[8]者，纤发无遗，予倘及之，又是拾人牙慧[9]矣。但有吃紧一着[10]，花谱偶载而未之悉者，请畅言

1 鹿死谁手：出自《汉书·蒯通传》："秦失其鹿天下共逐之。"这里鹿指皇位、政权。原比喻不知政权会落在谁的手里。现在也泛指在竞赛中不知谁会取得最后的胜利。

2 《事物纪原》：宋代高承编撰的类书，专门记载事物原始的归属。

3 出自《左迁至蓝关示侄孙湘》，是唐代文学家韩愈贬谪到潮州途中所创作的一首七律。

4 十尧：十个像尧那样的圣人。意思是众多圣人。

5 肇（zhào）：开始，初始。

6 不逮：不足之处，过错。这里是比不上、不及的意思。

7 倒行逆施：做事违反常理或规律。

8 谱帙（zhì）：作示范或供寻检用的书籍。

9 拾人牙慧：拾：捡取；牙慧：指别人说过的话。比喻拾取别人说过的话当作自己的话。

10 一着：原指下棋时落一个棋子。这里的意思是行事的一个步骤或一件事。

牡丹

之。是花皆有正面，有反面，有侧面。正面宜向阳，此种花通义也。然他种犹能委曲，独牡丹不肯通融，处以南面即生，俾之他向则死，此其肮脏不回之本性，人主不能屈之，谁能屈之？予尝执此语同人，有迂其说者。予曰：“匪特士民之家，即以帝王之尊，欲植此花，亦不能不循此例。”同人诘予曰：“有所本乎？”予曰：“有本。吾家太白诗云：‘名花倾国两相欢，常得君王带笑看。解释春风无限恨，沉香亭北倚栏杆。’倚栏杆者向北，则花非南面而何？”同人笑而是之。斯言得无定论？

梅

花之最先者梅，果之最先者樱桃。若以次序定尊卑，则梅当王于花，樱桃王于果，犹瓜之最先者曰王瓜[1]，于义理未尝不合，奈何别置品题[2]，使后来居上。首出者不得为圣人，则辟草昧致文明者，谁之力欤？虽然，以梅冠群芳，料舆情必协；但以樱桃冠群果，吾恐主持公道者，又不免为荔枝号屈矣。姑仍旧贯，以免抵牾。种梅之法，亦备群书，无庸置吻，但言领略之法而已。花时苦寒，即有妻梅之心，当筹寝处之法。否则衾枕不备，露宿为难，乘兴而来者，无不尽兴而返，即求为驴背浩然，不数得

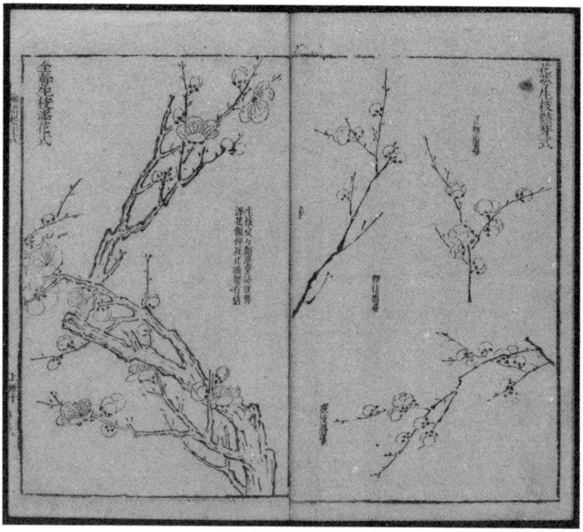

梅

1　王瓜：植物名。又名土瓜、黄瓜。葫芦科多年生攀缘草本，叶多毛茸，夏季开花，瓣缘细裂成丝状。果呈椭圆形，熟时呈红色。

2　品题：品评的话题、内容。意思是对事物进行评论，来判定高下。

也。观梅之具有二：山游者必带帐房，实三面而虚其前，制同汤网，其中多设炉炭，既可致温，复备暖酒之用。此一法也。园居者设纸屏数扇，覆以平顶，四面设窗，尽可开闭，随花所在，撑而就之。此屏不止观梅，是花皆然，可备终岁之用。立一小匾，名曰“就花居”。花间竖一旗帜，不论何花，概以总名曰“缩地花”。此一法也。若家居种植者，近在身畔，远亦不出眼前，是花能就人，无俟人为蜂蝶矣。然而爱梅之人，缺陷有二：凡到梅开之时，人之好恶不齐，天之功过亦不等，风送香来，香来而寒亦至，令人开户不得，闭户不得，是可爱者风，而可憎者亦风也。雪助花妍，雪冻而花亦冻，令人去之不可，留之不可，是有功者雪，而有过者亦雪也。其有功无过，可爱而不可憎者惟日，既可养花，又堪曝背，是诚天之循吏[1]也。使止有日而无风雪，则无时无日不在花间，布帐纸屏皆可不设，岂非梅花之至幸，而生人之极乐也哉！然而为之天者，则甚难矣。

蜡梅者，梅之别种，殆亦共姓而通谱者欤？然而有此令德，亦乐与联宗[2]。吾又谓别有一花，当为蜡梅之异姓兄弟，玫瑰是也。气味相孚，皆造浓艳之极致，殆不留余地待人者矣。人谓过犹不及[3]，当务适中，然资性所在，一往而深，求为适中，不可得也。

1 循吏：守法循理的官吏。

2 联宗：同姓的人联合成一个宗族。

3 过犹不及：过：过分；犹：像；不及：达不到。事情做得过头，就跟做得不够一样，都是不可取的。

桃

凡言草木之花，矢口[1]即称桃李，是桃李二物，领袖群芳者也。其所以领袖群芳者，以色之大都不出红白二种，桃色为红之极纯，李色为白之至洁，“桃花能红李能白”一语，足尽二物之能事。然今人所重之桃，非古人所爱之桃；今人所重者为口腹计，未尝究及观览。大率桃之为物，可目者未尝可口，不能执两端[2]事人。凡欲桃实之佳者，必以他树接之，不知桃实之佳，佳于接，桃色之坏，亦坏于接。桃之未经接者，其色极娇，酷似美人之面，所谓“桃腮”“桃靥[3]”者，皆指天然未接之桃，非今时所谓碧桃、绛桃、金桃、银桃之类也。即今诗人所咏，画图所绘者，亦是此种。此种不得于名园，不得于胜地，惟乡村篱落之间，牧童樵叟所居之地，能富有之。欲看桃花者，必策蹇[4]郊行，听其所至，如武陵人之偶入桃源，始能复有其乐。如仅载酒园亭，携姬院落，为当春行乐计者，谓赏他卉则可，谓看桃花而能得其真趣，吾不信也。噫，色之极媚者莫过于桃，而寿之极短者亦莫过于桃，“红颜薄命”之说，单为此种。凡见妇人面与相似而色泽不分者，即当以花魂视之，谓别形体不久也。然勿明言，至生涕泣。

1 矢口：出口；不改口。

2 执两端：意思是犹豫不决或怀有二心。

3 靥：酒窝儿，嘴两旁的小圆窝儿。

4 策蹇（jiǎn）：策蹇驴，骑着跛足的驴。比喻工具不利，行动迟慢。

李

李是吾家果，花亦吾家花，当以私爱嬖[1]之，然不敢也。唐有天下，此树未闻得封。天子未尝私庇，况庶人乎？以公道论之可已。与桃齐名，同作花中领袖，然而桃色可变，李色不可变也。“邦有道，不变塞焉，强哉矫！邦无道，至死不变，强哉矫！”自有此花以来，未闻稍易其色，始终一操[2]，涅而不淄[3]，是诚吾家物也。至有稍变其色，冒为一宗，而此类不收，仍加一字以示别者，则郁李是也。李树较桃为耐久，逾三十年始老，枝虽枯而子仍不细，以得于天者独厚，又能甘淡守素，未尝以色媚人也。若仙李之盘根，则又与灵椿比寿。我欲绳武[4]而不能，以著述永年而已矣。

杏

种杏不实者，以处子常系之裙系树上，便结累累。予初不信，而试之果然。是树性喜淫者，莫过于杏，予尝名为“风流树”。噫，树木何取于人，人何亲于树木，而契爱[5]若此，动乎情也？情能动物，况于人乎！其必宜于处子之裙者，以情贵乎专；已字人[6]者，情有所分而不聚也。予谓此法既验于杏，亦可推而广

1 嬖（bì）：宠幸。
2 一操：就是指一次，一趟。
3 涅而不淄：比喻品格高尚，不受恶劣环境的影响。
4 绳武：绳：继续；武：足迹。踏着祖先的足迹继续前进。比喻继承祖业。
5 契爱：友好，亲爱。
6 字人：许配于人。

之。凡树木之不实者，皆当系以美女之裳；即男子之不能诞育[1]者，亦当衣以佳人之裤。盖世间慕女色而爱处子，可以情感而使之动者，岂止一杏而已哉！

梨

予播迁四方，所止之地，惟荔枝、龙眼、佛手诸卉，为吴越诸邦不产者，未经种植，其余一切花果竹木，无一不经葺理[2]；独梨花一本，为眼前易得之物，独不能身有其树为楂梨主人，可与少陵[3]不咏海棠，同作一等欠事。然性爱此花，甚于爱食其果。果之种数不一，中食者少，而花之耐看，则无一不然。雪为天上之雪，此是人间之雪；雪之所少者香，此能兼擅其美。唐人诗云："梅虽逊雪三分白，雪却输梅一段香。"此言天上之雪。料其输赢不决，请以人间之雪，为天上解围。

海棠

"海棠有色而无香"，此《春秋》[4]责备贤者之法。否则无香者众，胡尽恕之，而独于海棠是咎[5]？然吾又谓海棠不尽无香，香在

1 诞育：生育。
2 葺理：修理，整治。
3 少陵：指唐诗人杜甫。杜甫常用"杜陵"表示他的祖籍郡望，自号少陵野老，世人称他为杜少陵。
4 《春秋》：儒家经典之一，编年体春秋史。相传由孔子据鲁国史官所编《春秋》加以整理修订而成，记载自公元前722年至前481年共242年间的史事，是中国最早的编年体史书。
5 咎：过失，罪过；怪罪，处分。

隐约之间，又不幸而为色掩。如人生有二技，一技稍粗，则为精者所隐；一术太长，则六艺皆通，悉为人所不道。王羲之善书，吴道子[1]善画，此二人者，岂仅工书善画者哉？苏长公[2]不善棋酒，岂遂一子不拈，一卮不设者哉？诗文过高，棋酒不足称耳。吾欲证前人有色无香之说，执海棠之初放者嗅之，另有一种清芬，利于缓咀，而不宜于猛嗅。使尽无香，则蜂蝶过门不入[3]矣，何以郑谷《咏海棠》诗云“朝醉暮吟看不足，羡他蝴蝶宿深枝”？有香无香，当以蝶之去留为证。且香之与臭，敌国[4]也。《花谱》云：“海棠无香而畏臭，不宜灌粪。”去此者必即彼，若是，则海棠无香之说，亦可备证于前，而稍白于后矣。噫，“大音希声[5]”“大羹[6]不和”，奚必如兰如麝，扑鼻薰人，而后谓之有香气乎？

王禹偁[7]《诗话》云：“杜子美避地[8]蜀中，未尝有一诗及海棠，以其生母名海棠也。”生母名海棠，予空疏[9]未得其考，然恐子美即善吟，亦不能物物咏到。一诗偶遗，即使后人议及父母。甚矣，

1 吴道子：唐代画家，后改名道玄，阳翟（今河南禹州）人。同时擅长人物、山水、鸟兽、草木、台阁，画人像衣褶像是有飘举的姿态，被称为“吴带当风”；又好用焦墨勾线，略微施些淡彩，被世人称为“吴装”；还是“疏体”代表画家，被尊为画圣。

2 苏长公：苏轼，字子瞻，另一字和仲，号东坡居士。“长公”“次公”“少公”与“伯”“仲”“季”排行呼名同类呼应。后人称他“长公”，是对他的敬称。

3 过门不入：过：路过；入：进入。《孟子·离娄下》记载：禹三次路过他的家门而不入。路过家门却不进去。后来形容恪尽职守，公而忘私。

4 敌国：意思是指仇敌。

5 大音希声：指最大最美的声音是无声之音。

6 大羹：不和五味的肉汁。

7 王禹偁（chēng）：宋济州钜野人，字元之。擅长诗文，提倡学习杜甫、白居易，文学韩愈、柳宗元等大家。著有《小畜集》《五代史阙文》。

8 避地：意思是通过迁移来避灾祸，也指避世隐居。这里指杜甫在代宗大历中，携家出蜀，客居耒阳。

9 空疏：（学问、文章、议论等）空虚，空洞。

才子之难为也。鼎革以前，吾乡杜姓者，其家海棠绝胜，予岁岁纵览，未尝或遗。尝赠以诗云：“此花不比别花来，题破[1]东君[2]着意培。不怪少陵无赠句，多情偏向杜家开。”似可为少陵解嘲。

秋海棠一种，较春花更媚。春花肖美人，秋花更肖美人；春花肖美人之已嫁者，秋花肖美人之待年[3]者；春花肖美人之绰约可爱者，秋花肖美人之纤弱可怜者。处子之可怜，少妇之可爱，二者不可得兼，必将娶怜而割爱矣。相传秋海棠初无是花，因女子怀人不至，涕泣洒地，遂生此花，名为“断肠花”。噫，同一泪也，洒之林中，即产斑竹[4]，洒之地上，即生海棠，泪之为物神矣哉！

春海棠颜色极佳，凡有园亭者不可不备，然贫士之家不能必有，当以秋海棠补之。此花便于贫士者有二：移根即是，不须钱买，一也；为地不多，墙间壁上，皆可植之。性复喜阴，秋海棠所取之地，皆群花所弃之地也。

玉兰

世无玉树，请以此花当之。花之白者尽多，皆有叶色相乱，此则不叶而花，与梅同致。千干万蕊，尽放一时，殊盛事也。但绝盛之事，有时变为恨事。众花之开，无不忌雨，而此花尤甚。一树好花，止须一宿微雨，尽皆变色，又觉腐烂可憎，较之无

1 题破：点明，道破；题遍，题尽。这里的意思是对某一事物，已反复题写、品评，没有什么可再写的了。

2 东君：司春之神。这里指东家，对主人的尊称。

3 待年：意思是女子待年长而成亲。

4 斑竹：湘妃竹，相传舜南巡时死去，妃子娥皇、女英在江湘之间哭泣，眼泪掉在竹子上，从此竹子上有了斑点。

玉兰

花，更为乏趣。群花开谢以时，谢者既谢，开者犹开，此则一败俱败，半瓣不留。语云：“弄花一年，看花十日。”为玉兰主人者，常有延伫[1]经年，不得一朝盼望者，讵非香国中绝大恨事？故值此花一开，便宜急急玩赏，玩得一日是一日，赏得一时是一时。若初开不玩而俟全开，全开不赏而俟盛开，则恐好事未行，而杀风景者至矣。噫，天何仇于玉兰，而往往三岁之中，定有一二岁与之为难哉！

1　延伫：久立。这里指伸长脖子眺望。

辛夷[1]

辛夷，木笔，望春花，一卉而数异其名，又无甚新奇可取，“名有余而实不足”者，此类是也。园亭极广，无一不备者方可植之，不则当为此花藏拙。

山茶

花之最不耐开，一开辄尽者，桂与玉兰是也；花之最能持久，愈开愈盛者，山茶、石榴是也。然石榴之久，犹不及山茶；榴叶经霜即脱，山茶戴雪而荣。则是此花也者，具松柏之骨，挟桃李之姿，历春夏秋冬如一日，殆草木而神仙者乎？又况种类极多，由浅红以至深红，无一不备。其浅也，如粉如脂，如美人之腮，如酒客之面；其深也，如硃[2]如火，如猩猩之血，如鹤顶之珠。可谓极浅深浓淡之致，而无一毫遗憾者矣。得此花一二本[3]，可抵群花数十本。惜乎予园仅同芥子，诸卉种就，不能再纳须弥，仅取盆中小树，植于怪石之旁。噫，善善而不能用，恶恶而不能去，予其郭公[4]也夫！

---

1 辛夷：植物名。即木兰，落叶小乔木或灌木。叶倒卵形或倒卵状长椭圆形。早春先叶开花，花大，外面紫色，内面近白色，微香。产于中国中部，可供观赏。干燥的花蕾（称“辛夷”）入药。

2 硃：“朱”的异体字，一种红色的矿物名。

3 本：草木的根，草的茎，树的干。

4 郭公：布谷鸟的别称。布谷鸣声如同叫“郭公”而得名。这里的意思是傀儡。

紫薇[1]

人谓禽兽有知，草木无知。予曰：不然。禽兽草木尽是有知之物，但禽兽之知，稍异于人，草木之知，又稍异于禽兽，渐蠢则渐愚耳。何以知之？知之于紫薇树之怕痒。知痒则知痛，知痛痒则知荣辱利害，是去禽兽不远，犹禽兽之去人不远也。人谓树之怕痒者，只有紫薇一种，余则不然。予曰：草木同性，但观此树怕痒，即知无草无木不知痛痒，但紫薇能动，他树不能动耳。人又问：既然不动，何以知其识痛痒？予曰：就人喻之，怕痒之人，搔之即动。亦有不怕痒之人，听人搔扒而不动者，岂人亦不知痛痒乎？由是观之，草木之受诛锄，犹禽兽之被宰杀，其苦其痛，俱有不忍言者。人能以待紫薇者待一切草木，待一切草木者待禽兽与人，则斩伐不敢妄施，而有疾痛相关之义矣。

绣球

天工之巧，至开绣球一花而止矣。他种之巧，纯用天工，此则诈施人力，似肖尘世所为而为者。剪春罗[2]、剪秋罗[3]诸花亦然。天工于此，似非无意，盖曰："汝所能者，我亦能之；我所能者，汝实

1　紫薇：花木名。又称满堂红、百日红。落叶小乔木，树皮滑泽，夏、秋之间开花，淡红紫色或白色，美丽可供观赏。

2　剪春罗：植物名。石竹科，多年生宿根草本植物。茎丛生有毛，高约60厘米。叶卵圆披针状，无柄，有微毛。四月间茎梢开花，花多为红色，有的有白纹。

3　剪秋罗：植物名。石竹科，多年生宿根草本植物。整株多毛茸，茎高约60厘米。叶对生，卵状披针形，边缘齿毛稠密。夏秋之际开花，花瓣的顶端有剪裂及缺刻。花色有深红色及变种白色。

不能为也。”若是，则当再生一二蹴球[1]之人，立于树上，则天工之斗巧者全矣。其不屑为此者，岂以物可肖，而人不足肖乎？

紫荆[2]

紫荆一种，花之可已者也。但春季所开，多红少紫，欲备其色，故间植之。然少枝无叶，贴树生花，虽若紫衣少年，亭亭独立，但觉窄袍紧袂，衣瘦身肥，立于翩翩舞袖之中，不免代为踧踖[3]。

栀子

栀子花无甚奇特，予取其仿佛玉兰。玉兰忌雨，而此不忌雨；玉兰齐放齐凋，而此则开以次第。惜其树小而不能出檐，如能出檐，即以之权当玉兰，而补三春恨事，谁曰不可？

杜鹃、樱桃

杜鹃、樱桃二种，花之可有可无者也。所重于樱桃者，在实不在花；所重于杜鹃者，在西蜀之异种，不在四方之恒种。如名花俱备，则二种开时，尽有快心而夺目者，欲览余芳，亦愁少暇。

1　蹴（cù）球：唐代以来的一种类似足球的运动，由“蹴鞠”运动演化而来。
2　紫荆：树名。落叶乔木或灌木，叶呈圆心形，春开红紫色花。树皮、木材、根都可以入药。
3　踧踖（cù jí）：恭敬而不安的样子，表示徘徊犹豫的样子。

石榴

芥子园之地不及三亩，而屋居其一，石居其一，乃榴之大者，复有四五株。是点缀吾居，使不落寞者，榴也；盘踞吾地，使不得尽栽他卉者，亦榴也。榴之功罪，不几半乎？然赖主人善用，榴虽多，不为赘也。榴性喜压，就其根之宜石者，从而山之，是榴之根即山之麓也；榴性喜日，就其阴之可庇者，从而屋之，是榴之地即屋之天也；榴之性又复喜高而直上，就其枝柯[1]之可傍，而又借为天际真人者，从而楼之，是榴之花即吾倚栏守户之人也。此芥子园主人区处石榴之法，请以公之树木者。

木槿

木槿朝开而暮落，其为生也良苦。与其易落，何如弗开？造物生此，亦可谓不惮烦矣。有人曰：不然。木槿者，花之现身说法以儆愚蒙者也。花之一日，犹人之百年。人视人之百年，则自觉其久，视花之一日，则谓极少而极暂矣。不知人之视人，犹花之视花，人以百年为久，花岂不以一日为久乎？无一日不落之花，则无百年不死之人可知矣。此人之似花者也。乃花开花落之期虽少而暂，犹有一定不移之数，朝开暮落者，必不幻而为朝开午落，午开暮落；乃人之生死，则无一定不移之数，有不及百年而死者，有不及百年之半与百年之二三而死者；则是花之落也必焉，人之死也忽焉。使人亦如木槿之为生，至暮必落，则生前死

1　枝柯：比喻次要的事物。

后之事，皆可自为政[1]矣，无如其不能也。此人之不能似花者也。人能作如是观，则木槿一花，当与萱草并树。睹萱草则能忘忧，睹木槿则能知戒。

桂

秋花之香者，莫能如桂。树乃月中之树，香亦天上之香也。但其缺陷处，则在满树齐开，不留余地。予有《惜桂》诗云："万斛黄金碾作灰，西风一阵总吹来。早知三日都狼藉，何不留将次第开？"盛极必衰[2]，乃盈虚一定之理，凡有富贵荣华一蹴而至[3]者，皆玉兰之为春光，丹桂之为秋色。

合欢

合欢蠲忿，萱草忘忧[4]，皆益人情性之物，无地不宜种之。然睹萱草而忘忧，吾闻其语矣，未见其人也。对合欢而蠲忿，则不必讯之他人，凡见此花者，无不解愠[5]成欢，破涕为笑。是萱草

1　自为政：为政：管理政事，泛指行事。这里的意思是各自按自己的主张办事。

2　盛极必衰：兴盛到了极点就会衰败。

3　一蹴而至：蹴：踏；至：达到。踏一步就成功。比喻事情轻而易举，一下子就成功。

4　合欢蠲（juān）忿，萱草忘忧：《文选》、三国魏嵇康《养生论》记载：合欢可以消除怨愤，萱草使人忘记忧愁，这愚笨和聪明的人都知道。晋崔豹《古今注》卷下《草木》解释：合欢，树像梧桐，枝叶繁盛，互相交结。每当风吹来，就会自动相疏离，了然没有牵缀。将它种在阶庭，使人不再忧愤，所以嵇康把它种在舍前。合欢，即俗称夜合欢、马缨花、榕花，木本植物，树干一般不高大。古代常拿合欢赠人，据说可以消除怨愤而和好。

5　解愠：愠：恼怒怨恨。指消除心中的烦恼，使人心情舒畅。

可以不树，而合欢则不可不栽。栽之之法，《花谱》不详，非不详也，以作谱之人，非真能合欢之人也。渔人谈稼事，农父著樵经，有约略其词而已。凡植此树，不宜出之庭外，深闺曲房是其所也。此树朝开暮合，每至昏黄，枝叶互相交结，是名“合欢”。植之闺房者，合欢之花宜置合欢之地，如椿萱[1]宜在承欢[2]之所，荆棣[3]宜在友于[4]之场，欲其称也。此树栽于内室，则人开而树亦开，树合而人亦合。人既为之增愉，树亦因而加茂，所谓人地相宜者也。使居寂寞之境，不亦虚负此花哉？灌勿太肥，常以男女同浴之水，隔一宿而浇其根，则花之芳妍，较常加倍。此予既验之法，以无心偶试而得之。如其不信，请同觅二本，一植庭外，一植闺中，一浇肥水，一浇浴汤，验其孰盛孰衰，即知予言谬不谬矣。

木芙蓉

水芙蓉之于夏，木芙蓉之于秋，可谓二季功臣矣。然水芙蓉必须池沼，“所谓伊人，在水一方”者，不可数得。茂叔[5]之好，徒有其心而已。木则随地可植。况二花之艳，相距不远。虽居岸上，如在水中，谓之秋莲可，谓之夏莲亦可，即自认为三春之

1 椿萱：父母的代称。古代称父亲为“椿庭”，母亲为“萱堂”。这里椿是指多年生落叶乔木，萱是指古人以为可以使人忘忧的萱草。

2 承欢：迎合人意，求得欢心。这里的意思是侍奉父母。

3 棣：木名。常棣，即白棣。比喻兄弟。

4 友于：兄弟般的情谊。

5 茂叔：《爱莲说》作者周敦颐的字。这里指周敦颐。

花，东皇[1]未去也亦可。凡有篱落之家，此种必不可少。如或傍水而居，隔岸不见此花者，非至俗之人，即薄福不能消受之人也。

夹竹桃

夹竹桃一种，花则可取，而命名不善。以竹乃有道之士，桃则佳丽之人，道不同不相为谋，合而一之，殊觉矛盾。请易其名为“生花竹”，去一桃字，便觉相安。且松、竹、梅素称三友，松有花，梅有花，惟竹无花，可称缺典。得此补之，岂不天然凑合？亦女娲氏之五色石[2]也。

瑞香

茂叔以莲为花之君子，予为增一敌国，曰：瑞香乃花之小人。何也？《谱》载此花“一名麝囊[3]，能损花，宜另植”。予初不信，取而嗅之，果带麝味，麝则未有不损群花者也。同列众芳之中，即有朋侪之义，不能相资相益，而反祟之，非小人而何？幸造物处之得宜，予以不能为患之势。其开也，必于冬春之交，是时群花摇落，诸卉未荣，及见此花者，仅有梅花、水仙二种，又在成功将退之候，当其锋也未久，故罹其毒也亦不深，此造物之善用小人也。使易冬春之交而为春夏之交，则花王亦几被篡，矧下此者乎？唐宋诸名流，无不怜香嗜色，赞以诗词者，皆以早春无花，得此可搔目

1 东皇：指天神东皇太一，司春之神。

2 五色石：古代神话所说女娲炼的补天石。这里是用于补缀的意思。

3 麝囊（shè náng）：瑞香花的别名。

痒，又但见其佳，而未逢其虐耳。予僭为香国平章[1]，焉得不秉公持正？宁使一小人怒而欲杀，不敢不为众君子密提防也。

茉莉

茉莉一花，单为助妆而设，其天生以媚妇人者乎？是花皆晓开，此独暮开。暮开者，使人不得把玩，秘之以待晓妆也。是花蒂上皆无孔，此独有孔。有孔者，非此不能受簪，天生以为立脚之地也。若是，则妇人之妆，乃天造地设之事耳。植他树皆为男子，种此花独为妇人。既为妇人，则当眷属视之矣。妻梅者，止一林逋[2]，妻茉莉者，当遍天下而是也。

欲艺此花，必求木本。藤本一样着花，但苦经年即死，视其死而莫之救，亦仁人君子所不乐为也。木本最难过冬，予尝历验收藏之法。此花瘗于寒者什一，毙于干者什九，人皆畏冻而滴水不浇，是以枯死。此见噎废食之法，有避呕逆而经时绝粒，其人尚存者乎？稍暖微浇，大寒即止，此不易之法。但收藏必于暖处，篾[3]罩必不可无，浇不用水而用冷茶，如斯而已。予艺此花三十年，皆为燥误，今始识此，以告世人，亦其否极泰来[4]之会也。

1　平章：古代官名。唐代以尚书、中书、门下三省长官为宰相，因官高权重，不常设置，而另选其他官员做平章，参议国事。宋选任德高望重的大臣担任平章，位在宰相之上。金元有平章政事，地位次于丞相。元代的平章，则为地方高级长官。

2　林逋（bū）：967—1029年，北宋诗人，字君复，钱塘（今浙江杭州）人。隐居西湖，终身未娶。赏梅养鹤，世人称他“梅妻鹤子”。死后，谥号为和靖先生。作品有《山园小梅》等名篇。

3　篾：劈成条的竹片，竹子的外皮，质地柔韧。也泛指劈成条的芦苇、高粱秆皮等。

4　否极泰来：逆境达到极点，就会向顺境转化。意思是坏运到了头好运就来了。

藤本[1]第二

藤本之花，必须扶植。扶植之具，莫妙于从前成法之用竹屏。或方其眼，或斜其槅，因作葳蕤[2]柱石，遂成锦绣墙垣，使内外之人，隔花阻叶，碍紫间红，可望而不可亲，此善制也。无奈近日茶坊酒肆[3]，无一不然，有花即以植花，无花则以代壁。此习始于维扬，今日渐近他处矣。市井若此，高人韵士之居，断断不应若此。避市井[4]者，非避市井，避其劳劳攘攘之情，锱铢必较[5]之陋习也。见市井所有之物，如在市井之中，居处习见，能移性情，此其所以当避也。即如前人之取别号，每用川、泉、湖、宇等字，其初未尝不新，未尝不雅，迨后商贾者流，家效而户则之，以致市肆标榜之上，所书姓名非川即泉，非湖即宇，是以避俗之

1 藤本：根生于土壤中的一种易弯柔软的木本或草本的攀缘植物。
2 葳蕤（wēi ruí）：形容枝叶繁盛。这里指华美。
3 酒肆：肆：店铺。这里指酒馆。
4 市井：街市、市场。
5 锱铢必较：锱、铢：都是古代很小的重量单位。比喻非常小气，很小的事也要计较。

人，不得不去之若浼[1]。迩来缙绅先生[2]悉用斋、庵二字，极宜；但恐用者过多，则而效之者，又入从前标榜，是今日之斋、庵，未必不是前日之川、泉、湖、宇。虽曰名以人重，人不以名重，然亦实之宾也。已噪寰中者仍之继起，诸公似应稍变。人问植花既不用屏，岂遂听其滋蔓于地乎？曰：不然。屏仍其故，制略新之。虽不能保后日之市廛[3]，不又变为今日之园圃，然新得一日是一日，异得一时是一时，但愿贸易之人，并性情风俗而变之。变亦不求尽变，市井之念不可无，垄断之心不可有。觅应得之利，谋有道之生，即是人间大隐[4]。若是，则高人韵士，皆乐得与之游矣，复何劳扰锱铢之足避哉？花屏之制有三，列于《藤本》之末。（按，原书屏式佚。）

蔷薇

结屏之花，蔷薇居首。其可爱者，则在富于种而不一其色。大约屏间之花，贵在五彩缤纷，若上下四旁皆一其色，则是佳人忌作之绣，庸工不绘之图，列于亭斋，有何意致？他种屏花，若木香、酴醾[5]、月月红诸本，族类有限，为色不多，欲其相间，势必旁求他种。蔷薇之苗裔[6]极繁，其色有赤，有红，有黄，有紫，甚至有黑；即红之一色，又判数等，有大红、深红、浅红、肉红、

1 去之若浼（měi）：浼：污染。指躲避唯恐不及，生怕沾污了自身。

2 缙绅先生：绅：大带。这里指做过官的大人先生。

3 廛（chán）：古代城市平民的房地。市廛指集市。

4 大隐：指虽然身处闹市但志向高远的人。这里指真正的隐士。

5 酴醾（tú mí）：花名。本来是酒名，因为花颜色与这种酒相似而得名。

6 苗裔：子孙后代。

粉红之异。屏之宽者，尽其种类所有而植之，使条梗蔓延相错，花时斗丽，可傲步障[1]于石崇[2]。然征名考实，则皆蔷薇也。是屏花之富者，莫过于蔷薇。他种衣色虽妍，终不免于捉襟露肘[3]。

木香

木香花密而香浓，此其稍胜蔷薇者也。然结屏单靠此种，未免冷落，势必依傍蔷薇。蔷薇宜架，木香宜棚者，以蔷薇条干之所及，不及木香之远也。木香作屋，蔷薇作垣，二者各尽其长，主人亦均收其利矣。

酴醾

酴醾之品，亚于蔷薇、木香，然亦屏间必须之物，以其花候稍迟，可续二种之不继也。“开到酴醾花事了[4]”，每忆此句，情兴为之索然。

1　步障：用以遮蔽风尘或视线的一种帷幕。

2　石崇：人名。249—300年，晋南皮（今河北南皮）人，字季伦。元康做官到荆州刺史，因为劫掠客商敛财无数。在河阳营建金谷别墅，后来升为卫尉，与贵戚王恺、羊琇等，都是崇尚奢靡的人。

3　捉襟露肘：指整一整衣襟就露出肘子。形容衣衫褴褛。后来引申为顾此失彼，处境困难。

4　出自宋代王淇的诗《春暮游小园》：“开到荼蘼花事了，尘烟过，知多少。”酴醾即荼蘼，是说荼蘼花开过之后，就没有花开放了，所以认为“荼靡花开”预示着一年花季的终结。

月月红

俗云："人无千日好，花难四季红。[1]"四季能红者，现有此花，是欲矫俗言之失也。花能矫俗言之失，何人情反听其验乎？缀屏之花，此为第一。所苦者树不能高，故此花一名"瘦客"。然予复有用短之法，乃为市井之人强迫而成者也。法在屏制之第三幅。此花有红、白及淡红三本，结屏必须同植。

此花又名"长春"，又名"斗雪"，又名"胜春"，又名"月季"。予于种种之外，复增一名，曰"断续花"。花之断而能续，续而复能断者，只有此种。因其所开不繁，留为可继，故能绵邈[2]若此；其余一切之不能续者，非不能续，正以其不能断耳。

姊妹花

花之命名，莫善于此。一蓓[3]七花者曰"七姊妹"，一蓓十花者曰"十姊妹"。观其浅深红白，确有兄长娣[4]幼之分，殆杨家姊妹现身乎？予极喜此花，二种并植，汇其名为"十七姊妹"。但怪其蔓延太甚，溢出屏外，虽日刈[5]月除，其势犹不可遏。岂党与[6]

1 唐寅有《警世》诗："岁久人无千日好，春深花有几时红。是非入耳君须忍，半作痴呆半作聋。"后常指人的青春短暂或喻好景不长，情谊难以持久。笠翁常借物喻人，以自然之象剖析物理人情，深入浅出，令人百感交集。

2 绵邈：形容延续久远的状态。

3 蓓：花骨朵儿，含苞待放的花。

4 娣：古代称丈夫的弟妇、姐姐称妹妹为娣。

5 刈（yì）：割（草或谷类）。

6 党与：同党派的人。

过多，酿成不戢[1]之势欤？此无他，皆同心不妒之过也，妒则必无是患矣。故善御女戎者，妙在使之能妒。

玫瑰

花之有利于人，而无一不为我用者，芰荷[2]是也；花之有利于人，而我无一不为所奉者，玫瑰是也。芰荷利人之说，见于本传。玫瑰之利，同于芰荷，而令人可亲可溺，不忍暂离，则又过之。群花止能娱目，此则口眼鼻舌以至肌体毛发，无一不在所奉之中。可囊可食，可嗅可观，可插可戴，是能忠臣其身，而又能媚子[3]其术者也。花之能事，毕于此矣。

素馨[4]

素馨一种，花之最弱者也，无一枝一茎不需扶植，予尝谓之“可怜花”。

1 不戢（jí）：不检束，放纵。
2 芰荷：指菱叶与荷叶。
3 媚子：所爱之人。可以指贤臣，又是首饰名。
4 素馨：植物名。本名耶悉茗。常绿灌木，初秋开花，花白色，香气清冽，可供观赏。性畏寒，原产印度，后来移植到我国南方地区。因为花色白而芳香得名。

凌霄[1]

藤花之可敬者，莫若凌霄。然望之如天际真人，卒急不能招致，是可敬亦可恨也。欲得此花，必先蓄奇石古木以待，不则无所依附而不生，生亦不大。予年有几，能为奇石古木之先辈而蓄之乎？欲有此花，非入深山不可。行当即之，以舒此恨。

真珠兰

此花与叶，并不似兰，而以兰名者，肖其香也。即香味亦稍别，独有一节似之：兰花之香，与之习处者不觉，骤遇始闻之，疏而复亲始闻之，是花亦然。此其所以名兰也。闽、粤有木兰，树大如桂，花亦似之，名不附桂而附兰者，亦以其香隐而不露，耐久闻而不耐急嗅故耳。凡人骤见而即觉其可亲者，乃人中之玫瑰，非友中之芝兰[2]也。

1　凌霄：又称“紫葳”。紫葳科，落叶木质藤本。羽状复叶，夏秋开花，花色橙红呈漏斗形。原产中国长江流域等地。常栽培在庭园中，攀缘于棚架等供观赏。花可入药。

2　芝兰：芷和兰，两种香草。也比喻优秀子弟。

草本第三

草本之花，经霜必死；其能死而不死，交春复发者，根在故也。常闻有花不待时，先期使开之法，或用沸水浇根，或以硫黄代土，开则开矣，花一败而树随之，根亡故也。然则人之荣枯显晦[1]，成败利钝，皆不足据，但询其根之无恙否耳。根在，则虽处厄运，犹如霜后之花，其复发也，可坐而待也，如其根之或亡，则虽处荣膴显耀之境，犹之奇葩烂目，总非自开之花，其复发也，恐不能坐而待矣。予谈草木，辄以人喻。岂好为是哓哓者哉？世间万物，皆为人设。观感一理，备人观者，即备人感。[2]天之生此，岂仅供耳目之玩、情性之适而已哉？

1 显晦：明与暗。这里比喻仕宦与隐逸。

2 笠翁谈对世间万物的感知，不仅靠感官获其色相，更需经过思考感悟，结合人生际遇不断反刍，使人顿悟大道即寓于生活细微之中。

芍药

芍药与牡丹媲美[1]，前人署牡丹以“花王”，署芍药以“花相”，冤哉！予以公道论之。天无二日，民无二王，牡丹正位于香国，芍药自难并驱。虽别尊卑，亦当在五等诸侯之列，岂王之下，相之上，遂无一位一座，可备酬功之用者哉？历翻种植之书，非云“花似牡丹而狭”，则曰“子似牡丹而小”。由是观之，前人评品之法，或由皮相而得之。噫，人之贵贱美恶，可以长短肥瘦论乎？每于花时奠酒[2]，必作温言慰之曰：“汝非相材也，前人无识，谬署此名，花神有灵，付之勿较[3]，呼牛呼马，听之而已。”[4]予于秦之巩昌，携牡丹、芍药各数十本而归，牡丹活者颇少，幸此花无恙，不虚负戴之劳。岂人为知己死者，花反为知己生乎？

兰

“兰生幽谷，无人自芳”，是已。然使幽谷无人，兰之芳也，谁得而知之？谁得而传之？其为兰也，亦与萧艾同腐[5]而已矣。“如入芝兰之室，久而不闻其香[6]”，是已。然既不闻其香，与无兰之室何异？虽有若无，非兰之所以自处，亦非人之所以处

1 媲美：媲：并，比，匹敌。两者之间美、好的程度差不多。

2 花时奠酒：祭祀时的一种仪式，待百花盛开的时节把酒洒在地下。

3 付之勿较：比喻不计较，不当一回事。

4 李渔认为生命万物与人性相通，所以能对待所有事物同理同心，同情同感，字里行间也能够感受到他的柔肠。

5 萧艾同腐：萧艾：杂草。意思是由香草变为杂草并一同腐烂。

6 如入芝兰之室，久而不闻其香：芝：通“芷”，指香草；兰也指香草。好像进入满是香草的房间，闻久了就不能闻出香味。比喻在某种环境里待久了，就变得习以为常。

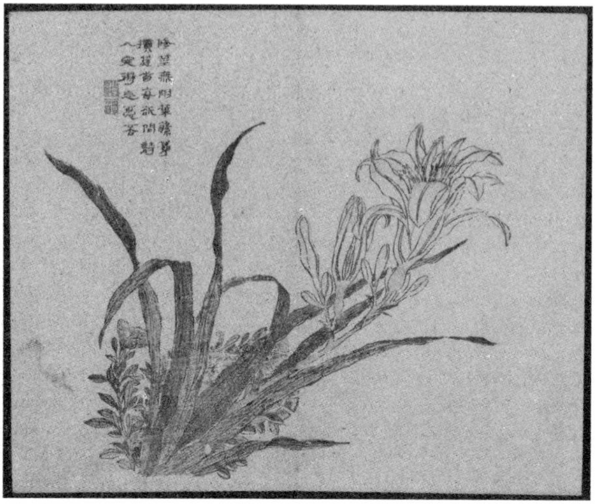

兰

兰也。吾谓芝兰之性，毕竟喜人相俱，毕竟以人闻香气为乐。文人之言，只顾赞扬其美，而不顾其性之所安，强半皆若是也。然相俱贵乎有情，有情务在得法；有情而得法，则坐芝兰之室，久而愈闻其香。兰生幽谷与处曲房，其幸不幸相去远矣。兰之初着花时，自应易其座位，外者内之，远者近之，卑者尊之；非前倨而后恭[1]，人之重兰非重兰也，重其花也，叶则花之舆从而已矣。居处一室，则当美其供设，书画炉瓶，种种器玩，皆宜森列其旁。但勿焚香，香薰即谢，匪妒也，此花性类神仙，怕亲烟火，非忌香也，忌烟火耳。若是，则位置提防之道得矣。然皆情也，非法也，法则专为闻香。“如入芝兰之室，久而不闻其香”者，以

1 前倨而后恭：倨：傲慢；恭：恭敬。以前傲慢，后来恭敬。形容对人的态度改变。

其知入而不知出也，出而再入，则后来之香，倍乎前矣。故有兰之室不应久坐，另设无兰者一间，以作退步，时退时进，进多退少，则刻刻有香，虽坐无兰之室，若依倩女之魂。是法也，而情在其中矣。如止有此室，则以门外作退步，或往行他事，事毕而入，以无意得之者，其香更甚。[1]此予消受兰香之诀，秘之终身，而泄于一旦，殊可惜也。

此法不止消受兰香，凡属有花房舍，皆应若是。即焚香之室亦然，久坐其间，与未尝焚香者等也。门上布帘，必不可少，护持香气，全赖乎此。若止靠门扇开闭，则门开尽泄，无复一线之留矣。

蕙[2]

蕙之与兰，犹芍药之与牡丹，相去皆止一间耳。而世之贵兰者必贱蕙，皆执成见、泥成心也。人谓蕙之花不如兰，其香亦逊。吾谓蕙诚逊兰，但其所以逊兰者，不在花与香而在叶，犹芍药之逊牡丹者，亦不在花与香而在梗。牡丹系木本之花，其开也，高悬枝梗之上，得其势，则能壮其威仪，是花王之尊，尊于势也。芍药出于草本，仅有叶而无枝，不得一物相扶，则委而仆于地矣，官无舆从[3]，能自壮其威乎？蕙兰之不相敌也反是。芍药之叶苦其短，蕙之叶偏苦其长；芍药之叶病其太瘦，蕙之叶翻病其太肥。当强者弱，而当弱者强，此其所以不相称，而大逊于兰

1　李渔的生活美学是渗透了“以退为进”“欲扬先抑”的人生智慧，人性便是这样，常常保持退步思考的习惯才能够涤荡倦怠的心灵，重新感知所处环境的美好。

2　蕙：佩兰。多年生草本植物，叶丛生，狭长而尖，初夏开淡黄绿色花，气味很香，可供观赏。

3　舆从：舆：车中装载东西的部分，后来泛指车。这里是指车马随从。

也。兰蕙之开，时分先后。兰终蕙继，犹芍药之嗣[1]牡丹，皆所谓兄终弟及[2]，欲废不能者也。善用蕙者，全在留花去叶，痛加剪除，择其稍狭而近弱者，十存二三；又皆截之使短，去两角而尖之，使与兰叶相若，则是变蕙成兰，而与“强干弱枝”之道合矣。

水仙

水仙一花，予之命也。予有四命，各司一时：春以水仙、兰花为命，夏以莲为命，秋以秋海棠为命，冬以蜡梅为命。无此四花，是无命也；一季缺予一花，是夺予一季之命也。水仙以秣陵[3]为最，予之家于秣陵，非家秣陵，家于水仙之乡也。记丙午之春，先以度岁无资，衣囊质尽，追水仙开时，则为强弩之末[4]，索一钱不得矣。欲购无资，家人曰：“请已之。一年不看此花，亦非怪事。”予曰：“汝欲夺吾命乎？宁短一岁之寿，勿减一岁之花。且予自他乡冒雪而归，就水仙也，不看水仙，是何异于不返金陵，仍在他乡卒岁[5]乎？”家人不能止，听予质[6]簪珥购之。予之钟爱此花，非痴癖也。其色其香，其茎其叶，无一不异群葩，而予更取其善媚。妇人中之面似桃，腰似柳，丰如牡丹、芍药，而瘦比秋

1　嗣：接续，继承。

2　兄终弟及：原指哥哥死了，弟弟即位做君主。后也指弟弟接替哥哥的职位和事业。

3　秣陵：古县名。秦始皇三十七年（前210）置，管理今江苏省南京市江宁区南秣陵镇。属于会稽郡。

4　强弩之末：强劲的弓所发出的箭，但飞行已经达到末程。比喻强大的力量已经衰弱，起不了什么作用。

5　卒岁：终年，整年。这里是说度过岁月。

6　质：抵押或抵押品。

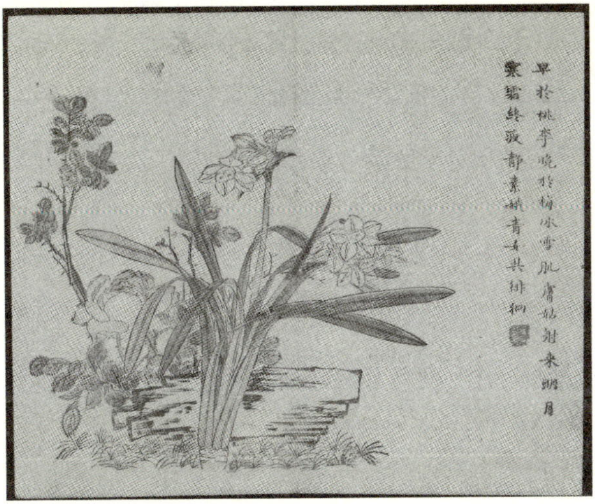

水仙

菊、海棠者，在在有之[1]；若如水仙之淡而多姿，不动不摇，而能作态者，吾实未之见也。以“水仙”二字呼之，可谓摹写殆尽。使吾得见命名者，必颓然下拜。

不特[2]金陵水仙为天下第一，其植此花而售于人者，亦能司造物之权，欲其早则早，命之迟则迟，购者欲于某日开，则某日必开，未尝先后一日。及此花将谢，又以迟者继之，盖以下种之先后为先后也。至买就之时，给盆与石而使之种，又能随手布置，即成画图，皆风雅文人所不及也。岂此等末技[3]，亦由天授，非人力邪？

---

1 在在有之：在在：一个挨一个。到处都有。形容极其常见。

2 不特：不仅，不但。

3 末技：古指工商业。这里是说不起眼的技艺。

芙蕖[1]

芙蕖与草本诸花，似觉稍异；然有根无树，一岁一生，其性同也。《谱》云：“产于水者曰草芙蓉，产于陆者曰旱莲。”则谓非草本不得矣。予夏季倚此为命者，非故效颦于茂叔，而袭成说于前人也。以芙蕖之可人，其事不一而足，请备述之。群葩当令[2]时，只在花开之数日，前此后此，皆属过而不问之秋矣，芙蕖则不然。自荷钱[3]出水之日，便为点缀绿波，及其劲叶既生，则又日高日上，日上日妍，有风既作飘摇之态，无风亦呈袅娜[4]之姿，是我于

芙蕖

1　芙蕖：荷花。

2　当令：正当开放的时节。

3　荷钱：初生的小荷叶。因为它形状像又圆又小的铜钱而得名。

4　袅娜：细长柔美的样子。这里指摇曳的姿态。

花之未开，先享无穷逸致矣。迨至菡萏[1]成花，娇姿欲滴，后先相继，自夏徂秋，此时在花为分内之事，在人为应得之资者也。及花之既谢，亦可告无罪于主人矣，乃复蒂下生蓬，蓬中结实，亭亭独立，犹似未开之花，与翠叶并擎，不至白露为霜，而能事[2]不已。此皆言其可目者也。可鼻则有荷叶之清香，荷花之异馥，避暑而暑为之退，纳凉而凉逐之生。至其可人之口者，则莲实与藕，皆并列盘餐，而互芬齿颊者也。只有霜中败叶，零落难堪，似成弃物矣，乃摘而藏之，又备经年裹物之用。是芙蕖也者，无一时一刻，不适耳目之观；无一物一丝，不备家常之用者也。有五谷之实，而不有其名；兼百花之长，而各去其短。种植之利，有大于此者乎？予四命之中，此命为最。无如酷好一生，竟不得半亩方塘，为安身立命之地；仅凿斗大一池，植数茎以塞责[3]，又时病其漏，望天乞水以救之。殆所谓不善养生，而草菅[4]其命者哉。

罂粟[5]

花之善变者，莫如罂粟，次则数葵，余皆守故不迁者矣。艺此花如蓄豹，观其变也。牡丹谢而芍药继之，芍药谢而罂粟继之，皆繁之极、盛之至者也。欲续三葩，难乎其为继矣。

---

1 菡萏：荷花。

2 能事：擅长的本领。

3 塞责：马虎潦草地做；应付职责。

4 草菅（jiān）：菅：多年生草本植物，多生于山坡草地。很坚韧，可做炊帚、刷子等。这里比喻微贱。

5 罂粟：二年生草本植物，花有红色、粉红色、白色等可供观赏，果实呈球形，可以入药。

葵

花之易栽易盛，而又能变化不穷者，止有一葵。是事半于罂粟，而数倍其功者也。但叶之肥大可憎，更甚于蕙。俗云："牡丹虽好，绿叶扶持。"人谓树之难好者在花，而不知难者反易。古今来不乏明君，所不可必得者，忠良之佐耳。

萱[1]

萱花一无可取，植此同于种菜，为口腹计则可耳。至云对此可以亡[2]忧，佩此可以宜男，则千万人试之，无一验者。书之不可尽信，类如此矣。

鸡冠

予有《收鸡冠花子》一绝云："指甲搔花碎紫雯[3]，虽非异卉也芳芬。时防撒却还珍惜，一粒明年一朵云。"此非溢美之词，道其实也。花之肖形者尽多，如绣球、玉簪、金钱、蝴蝶、剪春罗之属，皆能酷似，然皆尘世中物也；能肖天上之形者，独有鸡冠花一种。氤氲其象而叆叇[4]其文，就上观之，俨然庆云一朵。乃当日命名者，舍天上极美之物，而搜索人间。鸡冠虽肖，然而贱

1 萱：多年生草本植物，叶子呈条状披针形，花有黄色、红黄色，可供观赏。也叫"金针菜"。

2 亡：同"无"，没有。

3 雯：像花纹形状的云彩。

4 叆叇（ài dài）：表示繁盛的样子或飘拂缭绕的状态。氤氲叆叇形容云气弥漫浓厚。

视花容矣，请易其字，曰“一朵云”。此花有红、紫、黄、白四色，红者为红云，紫者为紫云，黄者为黄云，白者为白云。又有一种五色者，即名为“五色云”。以上数者，较之“鸡冠”，谁荣谁辱？花如有知，必将德我。

玉簪[1]

花之极贱而可贵者，玉簪是也。插入妇人髻中，孰真孰假，几不能辨，乃闺阁中必需之物。然留之弗摘，点缀篱间，亦似美人之遗。呼作“江皋玉佩[2]”，谁曰不可？

凤仙

凤仙，极贱之花，此宜点缀篱落，若云备染指甲之用，则大谬矣。纤纤玉指，妙在无瑕，一染猩红，便称俗物。况所染之红，又不能尽在指甲，势必连肌带肉而丹之。迨肌肉退清之后，指甲又不能全红，渐长渐退，而成欲谢之花矣。始作俑者[3]，其俗物乎？

1　玉簪：多年生草本植物。叶丛生，呈卵形或心脏形。花茎从叶丛中抽出。秋季开花，颜色像白玉，有芳香，没有开放时像女子佩戴的簪头。可供观赏。

2　江皋玉佩：出自汉皋解佩的典故，传说周代郑交甫来到楚地的汉皋台下，遇到两位女子。郑交甫心生爱慕，于是上前请求二位女子赠佩给他，两人就解佩赠给他。而他离去刚走几十步，再看佩已经消失不见，回头再看那两位女子也杳无踪影。后来用这个典故来表现男女相爱，赠物传情。

3　始作俑者：俑：古代殉葬用的木制或陶制的俑人。意思是开始制作俑的人。这里比喻首先做某件事的人。

金钱

金钱、金盏、剪春罗、剪秋罗诸种，皆化工所作之小巧文字。因牡丹、芍药一开，造物之精华已竭，欲续不能，欲断不可，故作此轻描淡写[1]之文，以延其脉。吾观于此，而识造物纵横[2]之才力亦有穷时，不能似源泉混混，愈涌而愈出也。合一岁所开之花，可作天工一部全稿。梅花、水仙，试笔之文也，其气虽雄，其机尚涩，故花不甚大，而色亦不甚浓。开至桃、李、棠、杏等花，则文心怒发，兴致淋漓，似有不可阻遏之势矣；然其花之大犹未甚，浓犹未至者，以其思路纷驰而不聚，笔机过纵而难收，其势之不可阻遏者，横肆[3]也，非纯熟也。迨牡丹、芍药一开，则文心笔致[4]俱臻化境[5]，收横肆而归纯熟，舒蓄积而罄光华，造物于此，可谓使才务尽，不留丝发之余矣。然自识者观之，不待终篇而知其难继。何也？世岂有开至树不能载、叶不能覆之花，而尚有一物焉高出其上、大出其外者乎？有开至众彩俱齐、一色不漏之花，而尚有一物焉红过于朱、白过于雪者乎？斯时也，使我为造物，则必善刀而藏[6]矣。乃天则未肯告乏也，夏欲试其技，则从而荷之；秋欲试其技，则从而菊之；冬则计穷力竭，尽可不花，而犹作蜡梅一种以塞责之。数卉者，可不谓之芳妍尽

1　轻描淡写：原指描绘时用浅淡的颜色轻轻地着笔。现在多指说话或写文章时把重要问题略带而过。

2　纵横：奔放自如。形容无所阻挡的状态。

3　横肆：纵放恣肆。多用来形容文笔或书法的气势。

4　文心笔致：构造文章的用心或文思与书画、文章等用笔的风格。

5　俱臻化境：臻：达到。意思是都达到了幽雅清新的境地。这里指极其高超的境界。

6　善刀而藏：出自《庄子·养生主》："善刀而藏之。"意思是把刀擦干净，收藏起来。比喻适可而止，自己收敛才华。

致，足殿群芳者乎？然较之春末夏初，则皆强弩之末矣。至于金钱、金盏、剪春罗、剪秋罗、滴滴金、石竹诸花，则明知精力不继，篇帙寥寥，作此以塞纸尾，犹人诗文既尽，附以零星杂著者是也。由是观之，造物者极欲逞才，不肯自惜其力之人也；造物之才，不可竭而可竭，可竭而终不可竟竭者也。究竟一部全文，终病其后来稍弱。其不能弱始劲终者，气使之然，作者欲留余地而不得也。吾谓人才著书，不应取法于造物，当秋冬其始，而春夏其终，则是能以蔗境[1]行文，而免于江淹才尽[2]之诮矣。

蝴蝶花

此花巧甚。蝴蝶，花间物也，此即以蝴蝶为花。是一是二，不知周之梦为蝴蝶欤？蝴蝶之梦为周欤？非蝶非花，恰合庄周梦境[3]。

菊

菊花者，秋季之牡丹、芍药也。种类之繁衍同，花色之全备同，而性能持久复过之。从来种植之书，是花皆略，而叙牡丹、芍药与菊者独详。人皆谓三种奇葩，可以齐观等视，而予独判为

1 蔗境：顾恺之每次吃甘蔗总是从梢部吃起，渐渐吃到根部。别人感到奇怪，问他为什么这样吃，他诙谐地说："渐入佳境。"

2 江淹才尽：南朝梁江淹，少年时就因为有才华而闻名，世人称他为江郎。晚年所作的诗文不再有好的句子，当时人们说他的才华用尽了。后来常用来比喻才思衰退。

3 出自庄周梦蝶的典故，《庄子・齐物论》记载：从前庄子梦见自己变成了一个四处飞舞的蝴蝶，忘记了自己原来是庄周。不一会儿惊醒，一看自己还是庄周。弄不清楚究竟是自己做梦变成了蝴蝶，还是蝴蝶做梦变成了庄周。

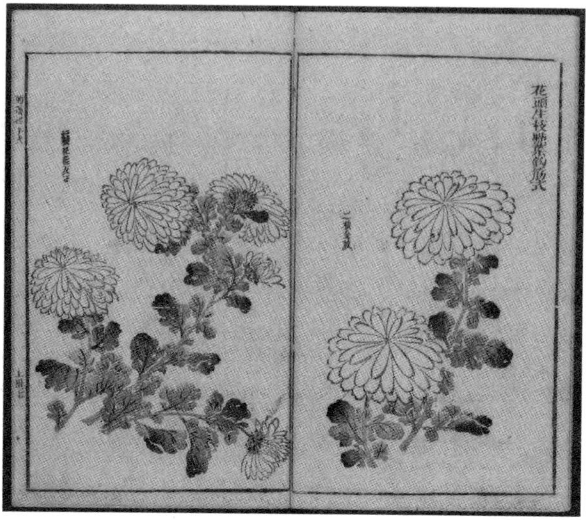

菊

两截，谓有天工人力之分。何也？牡丹、芍药之美，全仗天工，非由人力。植此二花者，不过冬溉以肥，夏浇以湿，如是焉止矣。其开也，烂漫芬芳，未尝以人力不勤，略减其姿而稍俭其色。菊花之美，则全仗人力，微假[1]天工。艺菊之家，当其未入土也，则有治地酿土之劳，既入土也，则有插标记种之事。是萌芽未发之先，已费人力几许矣。迨分秧植定之后，劳瘁[2]万端，复从此始。防燥也，虑湿也，摘头也，掐叶也，芟[3]蕊也，接枝也，捕虫掘蚓以防害也，此皆花事未成之日，竭尽人力以俟天工者也。即花之既开，亦有防雨避霜之患，缚枝系蕊之勤，置盏引水之烦，染色变容之苦，又皆以人力之有余，补天工之不足者也。为

1 假：借用，利用。
2 劳瘁：辛苦劳累。
3 芟（shān）：割草，引申为除去。

此一花，自春徂秋，自朝迄暮，总无一刻之暇。必如是，其为花也，始能丰丽而美观，否则同于婆娑野菊，仅堪点缀疏篱而已。若是，则菊花之美，非天美之，人美之也。人美之而归功于天，使与不费辛勤之牡丹、芍药齐观等视，不几恩怨不分，而公私少辨乎？吾知敛翠凝红[1]而为沙中偶语[2]者，必花神也。[3]

自有菊以来，高人逸士无不尽吻揄扬[4]，而予独反其说者，非与渊明作敌国。艺菊之人终岁勤动，而不以胜天之力予之，是但知花好，而昧所从来。饮水忘源，并置汲者于不问，其心安乎？从前题咏诸公，皆若是也。予创是说，为秋花报本，乃深于爱菊，非薄之也。

予尝观老圃之种菊，而慨然于修士之立身与儒者之治业。使能以种菊之无逸者砺其身心，则焉往而不为圣贤？使能以种菊之有恒者攻吾举业[5]，则何虑其不掇青紫[6]？乃士人爱身爱名之心，终不能如老圃之爱菊，奈何！

1 敛翠凝红：凝聚秀色。

2 沙中偶语：《史记·留侯世家》记载：雍齿跟随汉高祖刘邦起兵，虽然有战功，但因为曾经使得刘邦窘辱，让刘邦不高兴。等到刘邦登上皇位，当时诸将都还没有开始册封，人们就怀着焦虑和期望，集聚在沙上议论。这里指有功者未封之前的窃窃私语。

3 李渔看待菊花不是从外表着眼，而是考虑到栽培它的各个阶段，人们往往只能注意到菊花光鲜的外表，而忽视了艺菊的人所花费的心思与辛劳，所以指出同一类事物由全面的标准来看待它才是较为公允的。

4 揄扬：称誉，赞扬。

5 举业：为参加科举考试而准备的学业。

6 青紫：古时公卿绶带的颜色。这里指高官显爵的服饰。

菜[1]

菜为至贱之物，又非众花之等伦，乃《草本》《藤本》中反有缺遗，而独取此花殿后，无乃贱群芳而轻花事乎？曰：不然。菜果至贱之物，花亦卑卑不数之花，无如积至贱至卑者而至盈千累万，则贱者贵而卑者尊矣。“民为贵，社稷次之，君为轻”者，非民之果贵，民之至多至盛为可贵也。园圃种植之花，自数朵以至数十百朵而止矣，有至盈阡溢亩，令人一望无际者哉？曰：无之。无则当推菜花为盛矣。一气初盈，万花齐发，青畴白壤[2]，悉变黄金，不诚洋洋乎大观也哉！当是时也，呼朋拉友，散步芳塍[3]，香风导酒客寻帘，锦蝶是游人争路，郊畦[4]之乐，什佰园亭，惟菜花之开，是其候也。

1 菜：这里指油菜。

2 青畴白壤：绿色的田野，白色的柔土。

3 塍（chéng）：田间的土埂子，小堤。

4 郊畦：郊外田野。

众卉第四

草木之类，各有所长，有以花胜者，有以叶胜者。花胜则叶无足取，且若赘疣[1]，如葵花、蕙草之属是也。叶胜则可以无花，非无花也，叶即花也，天以花之丰神色泽归并于叶而生之者也。不然，绿者叶之本色，如其叶之，则亦绿之而已矣，胡以为红，为紫，为黄，为碧，如老少年、美人蕉、天竹、翠云草诸种，备五色之陆离，以娱观者之目乎？即其青之绿之，亦不同于有花之叶，另具一种芳姿。是知树木之美，不定在花，犹之丈夫之美者，不专主于有才，而妇人之丑者，亦不尽在无色也。观群花令人修容，观诸卉则所饰者不仅在貌。

芭蕉

幽斋但有隙地，即宜种蕉。蕉能韵人而免于俗，与竹同功，王子猷偏厚此君，未免挂一漏一[2]。蕉之易栽，十倍于竹，一二月即

1　赘疣：疣子，一种皮肤上因病毒感染而增生成的结节。这里是指无用的、多余的事物。

2　挂一漏一：挂：钩取，这里指说到，提到；漏：遗漏。形容说得不全，有所遗漏。

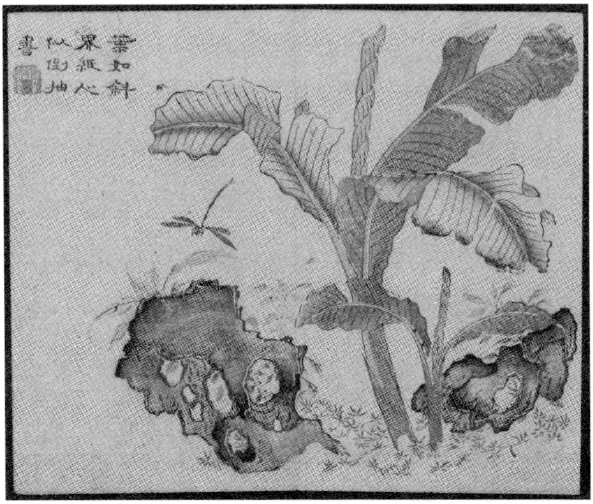

芭蕉

可成荫。坐其下者，男女皆入画图，且能使台榭[1]轩窗尽染碧色，“绿天”之号，洵[2]不诬也。竹可镌诗，蕉可作字，皆文士近身之简牍。乃竹上止可一书，不能削去再刻；蕉叶则随书随换，可以日变数题，尚有时不烦自洗，雨师代拭者，此天授名笺，不当供怀素[3]一人之用。予有题蕉绝句云：“万花题遍示无私，费尽春来笔墨资。独喜芭蕉容我俭，自舒晴叶待题诗。”此芭蕉实录也。

1 台榭：台和榭。这里泛指楼台等建筑物。

2 洵：诚实，实在。

3 怀素：唐僧。长沙人，字藏真。俗姓钱。以善狂草出名。曾经在家乡大片种植芭蕉过万株，用蕉叶代替纸练字，给他的居所起名叫“绿天庵”。嗜酒，兴致到时运笔飞动圆转，变化多端而法度具备。晚年趋于平淡。他丢弃的笔堆积起来，埋在山下被称为“笔冢”。前人评价他的狂草继承张旭而有发展，称他“以狂继颠”“颠张醉素”。有《自叙帖》《苦笋帖》等作品。

翠云

草色之最蒨[1]者，至翠云而止。非特草木为然，尽世间苍翠之色，总无一物可以喻之，惟天上彩云，偶一幻此。是知善着色者惟有化工，即与倾国佳人眉上之色并较浅深，觉彼犹是画工之笔，非化工之笔也。

虞美人

虞美人花叶并娇，且动而善舞，故又名“舞草”。《谱》云：“人或抵掌歌《虞美人》[2]曲，即叶动如舞。”予曰：舞则有之，必歌《虞美人》曲，恐未必尽然。盖歌舞并行之事，一姬试舞，从姬必歌以助之，闻歌即舞，势使然也。若谓必歌《虞美人》曲，则此曲能歌者几？歌稀则和寡，此草亦得借口藏其拙矣。

书带草

书带草其名极佳，苦不得见。《谱》载出淄川[3]城北郑康成[4]读

---

1 蒨（qiàn）：同“茜”，红色。这里的意思是鲜亮。

2 《虞美人》：词篇名。五代南唐李煜所作。当时作者被俘住在汴梁（今河南开封）。篇中“问君能有几多愁，恰似一江春水向东流”句最为人传诵。感慨人生愁苦与亡国之恨。

3 淄川：淄川县（今山东淄博市西南淄川城）。

4 郑康成：郑玄，字康成，北海高密（今属山东）人。曾在太学里讲授今文《易》和公羊学，又跟随张恭祖学《古文尚书》《周礼》《左传》等，并且跟随马融学古文经。聚徒讲学，弟子多达千人。因遭受党同伐异所禁锢的祸害，进行潜心著述，是当时著名的经学大家。

书处，名“康成书带草”。噫，康成雅人，岂作王戎[1]钻核[2]故事，不使种传别地耶？康成婢子知书，使天下婢子皆不知书，则此草不可移，否则处处堪栽也。

老少年

此草一名“雁来红”，一名“秋色”，一名“老少年”，皆欠妥切。雁来而红者，尚有蓼[3]花一种，经秋弄色者又不一而足，皆属泛称；惟“老少年”三字相宜，而又病其俗。予尝易其名曰“还童草”，似觉差胜[4]。此草中仙品也，秋阶得此，群花可废。此草植之者繁，观之者众，然但知其一，未知其二，予尝细玩而得之。盖此草不特于一岁之中，经秋更媚，即一日之中，亦到晚更媚，总之后胜于前，是其性也。此意向矜独得，及阅徐竹隐[5]诗，有“叶从秋后变，色向晚来红”一联，不知确有所见如予，知其晚来更媚乎？抑下句仍同上句，其晚亦指秋乎？难起九原而问之，即谓先予一着可也。

1　王戎：字濬冲，琅邪临沂（今山东临沂北）人。与阮籍等交游，为“竹林七贤”之一。

2　钻核：王戎为人吝啬，嗜好敛财，园田遍及天下，钱粮不计其数，家里有良种李树，去卖李子时，怕别人得到树种，便把李子核钻透。他因吝啬而受到当世之人讥讽。后来用来比喻为人极端自私、吝啬。

3　蓼（liǎo）：一年生草本植物，叶呈针形，花小，白色或浅红色，果实卵形、扁平，生长在水边或水中。茎叶味辛辣，可用以调味。全草可以入药。

4　差胜：差：尚，略。意思是勉强使人满意。

5　徐竹隐：徐似道，宋台州黄岩人，字渊子，号竹隐。孝宗乾道二年进士。致力于作诗，著有《竹隐集》。

天竹[1]

竹无花而以夹竹桃[2]代之，竹不实而以天竹补之，皆是可以不必然而强为蛇足之事。然蛇足之形自天生之，人亦不尽任咎也。

虎刺[3]

“长盆栽虎刺，宜石作峰峦。”布置得宜，是一幅案头山水。此虎丘卖花人长技也，不可谓非化工手笔。然购者于此，必熟视其为原盆与否。是卉皆可新移，独虎刺必须久植，新移旋种者百无一活，不可不知。

苔

苔者，至贱易生之物，然亦有时作难：遇阶砌新筑，冀其速生者，彼必故意迟之，以示难得。予有《养苔》诗云：“汲水培苔浅却池，邻翁尽日笑人痴。未成斑藓浑难待，绕砌频呼绿拗儿。”然一生之后，又令人无可奈何矣。

---

1 天竹：常绿灌木，羽状复叶，小叶呈披针形，花小，白色，圆锥花序。果实球形，有白色、淡红色或紫色。根、茎、果实均入药，根茎有清热、通经作用，果实有止咳、平喘作用。

2 夹竹桃：双子叶植物，夹竹桃科。常绿大灌木。因叶子狭长像竹叶，花色娇红像桃花而得名。原产印度、伊朗一带，现在是中国各地常见的栽培观赏植物。全株可提取强心剂。茎、叶有毒，可做杀虫剂。茎皮纤维可做混纺原料。

3 虎刺：植物名。常绿灌木，高约二尺。枝叶繁茂，茎上密生细刺。叶小，呈卵形，质硬。初夏枝梢开淡黄色或白色小花。花瓣四裂，花后结小圆实，经久不落。可供观赏，也可以入药。

萍

杨入水为萍，是花中第一怪事。花已谢而辞树，其命绝矣，乃又变为一物，其生方始，殆一物而两现其身者乎？人以杨花喻命薄之人，不知其命之厚也，较天下万物为独甚。吾安能身作杨花，而居水陆二地之胜乎？

水上生萍，极多雅趣；但怪其弥漫太甚，充塞池沼，使水居有如陆地，亦恨事也。有功者不能无过，天下事其尽然哉？[1]

1 李渔对世间万物保有浓厚的兴趣与深情，屡经细致观察，常常生发出独到的见解与深邃的人生哲理。

竹木第五

竹木者何？树之不花者也。非尽不花，其见用于世者，在此不在彼，虽花而犹之弗花也。花者，媚人之物，媚人者损己，故善花之树多不永年，不若椅桐梓漆[1]之朴而能久。然则树即树耳，焉如花为？善花者曰："彼能无求于世则可耳，我则不然。雨露所同也，灌溉所独也；土壤所同也，肥泽所独也。子不见尧之水、汤之旱乎？如其雨露或竭，而土不能滋，则奈何？盍舍汝所行而就我？"不花者曰："是则不能，甘为竹木而已矣。"

竹

俗云："早间种树，晚上乘凉。"喻词也。予于树木中求一物以实之，其惟竹乎！种树欲其成荫，非十年不可，最易活者莫如杨柳，求其阴可蔽日，亦须数年。惟竹不然，移入庭中，即成高

1　椅桐梓漆：椅树、梧桐树、梓树与漆树。古代拿它们作为制琴瑟的材料。

树，能令俗人之舍，不转盼而成高士[1]之庐。神哉此君，真医国[2]手也！种竹之方，旧传有诀云："种竹无时，雨过便移，多留宿土，记取南枝。"予悉试之，乃不可尽信之书也。三者之内，惟一可遵，"多留宿土"是也。移树最忌伤根，土多则根之盘曲如故，是移地而未尝移土，犹迁人者并其卧榻而迁之，其人醒后尚不自知其迁也。若俟雨过方移，则沾泥带水，有几许未便。泥湿则松，水沾则濡，我欲留土，其如土湿而苏，随锄随散之，不可留何？且雨过必晴，新移之竹，晒则叶卷，一卷即非活兆矣。予易其词曰："未雨先移。"天甫阴而雨犹未下，乘此急移，则宿土未湿，又复带潮，有如胶似漆之势，我欲多留，而土能随我，先据一筹之胜矣。且栽移甫[3]定而雨至，是雨为我下，坐而受之，枝叶根本，无一不沾滋润之利。最忌者日，而日不至；最喜者雨，而雨即来；去所忌而投以喜，未有不欣欣向荣者。此法不止种竹，是花是木皆然。至于"记取南枝"一语，尤难遵奉。移竹移花，不易其向，向南者仍使向南，自是草木之幸。然移草木就人，当随人便，不能尽随草木之便。无论是花是竹，皆有正面，有反面，正面向人，反面向空隙，理也。使记南枝而与人相左，犹娶新妇进门，而听其终年背立，有是理乎？故此语只当不说，切勿泥之。总之，移花种竹只有四字当记："宜阴忌日"是也。琐琐繁言，徒滋疑扰。

1 高士：志趣、品行高尚的人，多指隐士。
2 医国：为国除患祛弊，指医术高明。
3 甫：刚刚，才。

松柏

"苍松古柏"，美其老也。一切花竹，皆贵少年，独松、柏与梅三物，则贵老而贱幼。欲受三老之益者，必买旧宅而居。若俟手栽，为儿孙计则可，身则不能观其成也。求其可移而能就我者，纵使极大，亦是五更，非三老矣[1]。予尝戏谓诸后生曰："欲作画图中人，非老不可。三五少年，皆贱物也。"后生询其故。予曰："不见画山水者，每及人物，必作扶筇[2]曳杖之形，即坐而观山临水，亦是老人矍铄[3]之状。从未见有俊美少年厕于其间者。少年亦有，非携琴捧画之流，即挈盒持樽之辈，皆奴隶于画中者也。"后生辈欲反证予言，卒无其据。引此以喻松柏，可谓合伦。如一座园亭，所有者皆时花弱卉，无十数本老成树木主宰其间，是终日与儿女子习处，无从师会友时矣。名流作画，肯若是乎？噫，予持此说一生，终不得与老成为伍，乃今年已入画，犹日坐儿女丛中。殆以花木为我，而我为松柏者乎？

---

1 三老五更：相传古代统治者为了表明自己要尊养长老设三老五更，如傅尧俞、范纯仁、刘挚为和州三老。三老指有经验的老人。五更为古代官名，由年老致仕的官员充任，受朝廷礼遇。

2 筇（qióng）：古书上说的一种竹子，可以做手杖。

3 矍铄：矍：惊异。形容老年人很有精神的样子。

松柏

梧桐

梧桐一树，是草木中一部编年史[1]也，举世习焉不察[2]，予特表而出之。花木种自何年？为寿几何岁？询之主人，主人不知，询之花木，花木不答。谓之“忘年交”则可，予以“知时达务”，则不可也。梧桐不然，有节可纪，生一年，纪一年。树纪树之年，人即纪人之年，树小而人与之小，树大而人随之大，观树即所以观身。《易》曰：“观我生进退。”欲观我生，此其资也。予

1　编年史：编年体的史书。这里用来借指可以纪年的事物。

2　习焉不察：习：习惯；焉：语气词，这里是“于此”的意思；察：觉察。指对于经常接触的事物，反而觉察不到其中存在的问题。

垂髫[1]种此，即于树上刻诗以纪年，每岁一节，即刻一诗，惜为兵燹[2]所坏，不克有终[3]。犹记十五岁刻桐诗云："小时种梧桐，桐叶小于艾。簪头刻小诗，字瘦皮不坏。刹那三五年，桐大字亦大。桐字已如许，人大复何怪。还将感叹词，刻向前诗外。新字日相催，旧字不相待。顾此新旧痕，而为悠忽戒。"此予婴年著作，因说梧桐，偶尔记及，不则竟忘之矣。即此一事，便受梧桐之益。然则编年之说，岂欺人语乎？

槐、榆

树之能为荫者，非槐即榆。《诗》云："于我乎，夏屋渠渠[4]。"此二树者，可以呼为"夏屋"，植于宅旁，与肯堂肯构无别。人谓夏者，大也，非时之所谓夏也。予曰：古人以厦为大者，非无取义。夏日之屋，非大不凉，与三时有别，故名厦为屋。训夏以大，子特未之详耳。

柳

柳贵于垂，不垂则可无柳。柳条贵长，不长则无袅娜之致，徒垂无益也。此树为纳蝉之所，诸鸟亦集。长夏不寂寞，得时闻鼓吹

1 垂髫：指童年或儿童。古代儿童未冠，头发下垂称为黄发垂髫。

2 兵燹（xiǎn）：燹：野火。这里的意思是被兵乱中纵火焚烧破坏。

3 不克有终：克：能够。"靡不有初，鲜克有终"，意思是事情都有个开头，但很少能到终了。多用来告诫人们为人做事要坚持到底，善始善终。

4 夏屋渠渠：出自《诗经·权舆》："于我乎，夏屋渠渠。"夏：通"厦"；渠渠：高大的样子。形容房屋高大而深广。

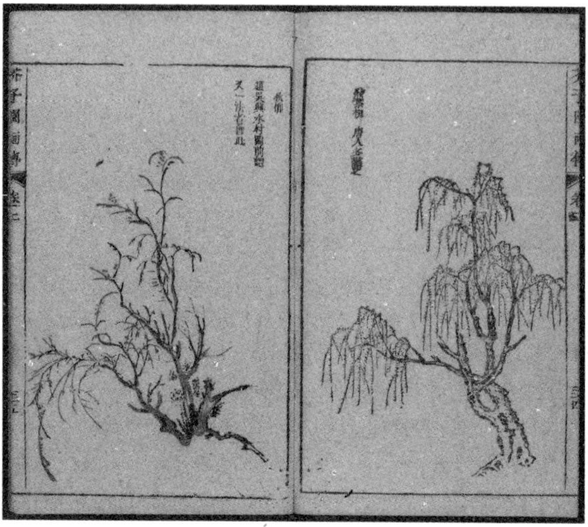

柳

者，是树皆有功，而高柳为最。总之，种树非止娱目，兼为悦耳。目有时而不娱，以在卧榻之上也；耳则无时不悦。鸟声之最可爱者，不在人之坐时，而偏在睡时。鸟音宜晓听，人皆知之；而其独宜于晓之故，人则未之察也。鸟之防弋[1]，无时不然。卯辰[2]以后，是人皆起，人起而鸟不自安矣。虑患之念一生，虽欲鸣而不得，鸣亦必无好音，此其不宜于昼也。晓则是人未起，即有起者，数亦寥寥，鸟无防患之心，自能毕其能事，且扪舌[3]一夜，技痒于心，至此皆思调弄，所谓“不鸣则已，一鸣惊人”者是也，此其独宜于晓也。庄子非鱼，能知鱼之乐[4]；笠翁非鸟，能识鸟之情。凡属鸣禽，

1 弋：用带绳子的箭射鸟。

2 卯辰：卯：地支的第四位，属兔。卯时（早晨五点至七点）、卯正（早晨六点）。

3 扪舌：出自《诗·大雅·抑》：“莫扪朕舌。”按住舌头。表示不说话或不发声。

4 “子非鱼安知鱼之乐”出自《庄子·秋水》中惠子和庄子的辩论，意思是你不是鱼，怎么知道鱼的快乐呢？

皆当呼予为知己。种树之乐多端，而其不便于雅人者亦有一节：枝叶繁冗，不漏月光。隔婵娟而不使见者，此其无心之过，不足责也。然匪树木无心，人无心耳。使于种植之初，预防及此，留一线之余天，以待月轮出没，则昼夜均受其利矣。

黄杨

黄杨每岁长一寸，不溢分毫，至闰年反缩一寸，是天限之木也[1]。植此宜生怜悯之心。予新授一名曰“知命树”。天不使高，强争无益，故守困厄为当然。冬不改柯[2]，夏不易叶，其素行原如是也。使以他木处此，即不能高，亦将横生而至大矣；再不然，则以才不得展而至瘁，弗复自永其年矣。困于天而能自全其天，非知命君子能若是哉？最可悯者，岁长一寸是已；至闰年反缩一寸，其义何居？岁闰而我不闰，人闰而己不闰，已见天地之私；乃非止不闰，又复从而刻之，是天地之待黄杨，可谓不仁之至，不义之甚者矣。乃黄杨不憾天地，枝叶较他木加荣，反似德之者，是知命之中又知命焉。莲为花之君子，此树当为木之君子。莲为花之君子，茂叔知之；黄杨为木之君子，非稍能格物[3]之笠翁，孰知之哉？[4]

1 旧时传说黄杨厄闰，就是说黄杨木很难生长，遇到闰年，非但不长，反而会缩短。比喻境遇艰难。

2 柯：草木的枝茎。

3 格物：推究事物的道理。

4 通过讲述黄杨树虽承受厄闰的艰难处境，依然比其他树更为繁茂，赞美它为知命君子。李渔擅长格物致理，想象力与思辨力丰富深广，他的道理常常引人深思。

棕榈

树直上而无枝者，棕榈是也。予不奇其无枝，奇其无枝而能有叶。植于众芳之中，而下不侵其地、上不蔽其天者，此木是也。较之芭蕉，大有克己妨人之别。

枫桐

草之以叶为花者，翠云、老少年是也；木之以叶为花者，枫与桐是也。枫之丹，桐之赤，皆为秋色之最浓。而其所以得此者，则非雨露之功，霜之力也。霜于草木，亦有有功之时，其不肯数数见者，虑人之狎[1]之也。枯众木而独荣二木，欲示德威之一斑耳。

冬青

冬青一树，有松柏之实而不居其名，有梅竹之风而不矜其节，殆"身隐焉文"之流亚欤？然谈傲霜砺雪之姿者，从未闻一人齿及。是之推不言禄，而禄亦不及。[2]予窃忿之，当易其名为"不求人知树"。

---

1 狎：态度亲近而不庄重。

2 出自《左传·僖公二十四年》："晋侯赏从亡者，介之推不言禄，禄亦不及。"介之推：又称介推。春秋时晋国人，禄：禄位，赏赐。介之推曾跟随晋文公流亡国外，十分劳苦功高。他不谈论禄位的事，而颁赐禄位也没有考虑到他。后用以比喻不求声名闻达的人，也终于会被人遗忘。

颐养部

乐不在外而在心。心以为乐，则是境皆乐，心以为苦，则无境不苦。

行乐第一

伤哉！造物生人一场，为时不满百岁。彼夭折之辈无论矣，姑就永年[1]者道之，即使三万六千日尽是追欢取乐时，亦非无限光阴，终有报罢之日。况此百年以内，有无数忧愁困苦、疾病颠连[2]、名缰利锁[3]、惊风骇浪，阻人燕游[4]，使徒有百岁之虚名，并无一岁二岁享生人应有之福之实际乎！又况此百年以内，日日死亡相告，谓先我而生者死矣，后我而生者亦死矣，与我同庚[5]比算、互称弟兄者又死矣。噫，死是何物，而可知凶不讳[6]，日令不能无死者惊见于目，而怛[7]闻于耳乎！是千古不仁，未有甚于造物者矣。虽然，殆有说焉。不仁者，仁之至也。知我不能无死，而日以死亡相告，是恐我也。恐我者，欲使及时为乐，当视此辈为前车[8]也。

1 永年：指长寿。
2 颠连：困顿穷苦。
3 名缰利锁：缰：指缰绳。比喻名利就像缰绳和锁链一样把人束缚住。
4 燕游：宴饮游乐。
5 庚：这里的意思是年龄。
6 不讳：死亡的婉辞。这里是不避讳的意思。
7 怛（dá）：这里的意思是惊动。
8 前车：前车之鉴，前面车子翻倒的教训。比喻先前的失败，可以作为以后的教训。

康对山[1]构一园亭，其地在北邙[2]山麓，所见无非丘陇[3]。客讯之曰："日对此景，令人何以为乐？"对山曰："日对此景，乃令人不敢不乐。"达哉斯言！予尝以铭座右。兹论养生之法，而以行乐先之；劝人行乐，而以死亡怵[4]之，即祖是意。欲体天地至仁之心，不能不蹈[5]造物不仁之迹。

养生家授受之方，外藉药石[6]，内凭导引，其借口颐生[7]而流为放辟邪侈[8]者，则曰"比家"。三者无论邪正，皆术士之言也。予系儒生，并非术士。术士所言者术，儒家所凭者理。《鲁论·乡党》一篇，半属养生之法。予虽不敏，窃附于圣人之徒，不敢为诞妄不经[9]之言以误世。有怪此卷以颐养命名，而觅一丹方[10]不得者，予以空疏谢[11]之。又有怪予著《饮馔》一篇，而未及烹饪之法，不知酱用几何，醋用几何，醝[12]椒香辣用几何者。予曰：果若是，是一庖人而已矣，乌足重哉！人曰：若是，则《食物志》《尊生笺》《卫生录》等书，何以备列此等？予曰：是诚庖人之

1 康对山：指康海，字德涵，号对山，武功（今属陕西）人。与李梦阳等提倡文学复古，为前七子之一。尤其擅长散曲创作，与王九思并称大家。

2 北邙（máng）：也作"北芒"，山名。即邙山。因在洛阳之北而得名。东汉、魏、晋的王侯公卿很多都被埋葬在这里。

3 丘陇：这里的意思是坟墓。

4 怵：这里的意思是警惕。

5 蹈：这里的意思是履行、遵循。

6 药石：教僧人过午不食，称晚食为"药石"。这里比喻规诫。

7 颐生：这里的意思是养生。

8 放辟邪侈：放、侈都是放纵的意思；辟、邪的意思是不正派、不正当。这里指肆意作恶。

9 诞妄不经：荒诞虚妄，不合常理。

10 丹方：炼丹的方术，相传的验方。

11 谢：这里的意思是认错道歉。

12 醝（cuō）：指盐。

书也。士各明志，人有弗为。

贵人行乐之法

人间至乐之境，惟帝王得以有之；下此则公卿将相，以及群辅百僚，皆可以行乐之人也。然有万几[1]在念，百务萦心，一日之内，除视朝听政、放衙[2]理事、治人事神、反躬修己[3]之外，其为行乐之时有几？曰：不然。乐不在外而在心。心以为乐，则是境皆乐，心以为苦，则无境不苦。身为帝王，则当以帝王之境为乐境；身为公卿，则当以公卿之境为乐境。凡我分所当行，推诿[4]不去者，即当摈弃一切悉视为苦，而专以此事为乐。谓我为帝王，日有万几之冗，其心则诚劳矣，然世之艳慕帝王者，求为片刻而不能，我之至劳，人之所谓至逸也。为公卿将相、群辅百僚者，居心亦复如是，则不必于视朝听政、放衙理事、治人事神、反躬修己之外，别寻乐境，即此得为之地，便是行乐之场。一举笔而安天下，一矢口而遂群生，以天下群生之乐为乐，何快如之？若于此外稍得清闲，再享一切应有之福，则人皇可比玉皇，俗吏竟成仙吏，何蓬莱三岛之足羡哉！此术非他，盖用吾家老子“退一步”法。以不如己者视己，则日见可乐；以胜于己者视己，则时觉可忧。从来人君之善行乐者，莫过于汉之文、景；其不善行乐者，莫过于武帝。以文、景于帝王应行之外，不多一事，故觉其

1 几：通“机”，指政务。

2 放衙：属吏早晚参谒主司听候差遣称为衙参。退衙称为“放衙”。

3 反躬修己：躬：自身。意思是回过头来修行自身。

4 推诿：推卸责任；推辞。

逸；武帝则好大喜功[1]，且薄[2]帝王而慕神仙，是以徒见其劳。人臣之善行乐者，莫过于唐之郭子仪[3]；而不善行乐者，则莫如李广[4]。子仪既拜汾阳王，志愿已足，不复他求，故能极欲穷奢，备享人臣之福；李广则耻不如人，必欲封侯而后已，是以独当单于[5]，卒致失道后期而自刭[6]。故善行乐者，必先知足。二疏[7]云："知足不辱，知止不殆。[8]"不辱不殆，至乐在其中矣。

富人行乐之法

劝贵人行乐易，劝富人行乐难。何也？财为行乐之资，然势不宜多，多则反为累人之具。华封人祝[9]帝尧富寿多男，尧曰："富则多事。"华封人曰："富而使人分之，何事之有？"由是观之，

1　好大喜功：指不论实际条件，一心想做大事立大功。多用来形容浮夸的作风。

2　薄：这里的意思是轻视。

3　郭子仪：唐代大将，华州郑县（今陕西华县）人。安禄山叛乱时，任朔方节度使，在河北打败叛将史思明。肃宗即位后，任关内河东副元帅，配合回纥兵先后收复长安、洛阳。因为战功升为中书令，又进封汾阳郡王。代宗时说服回纥统治者与唐联兵，来抵挡吐蕃。德宗即位，把他尊为尚父，罢了他的兵权。

4　李广：西汉大将。陇西成纪（今甘肃静宁西南）人。武艺高超，善骑射。长期镇守北方边防，先后与匈奴作战七十余次，用兵神速，作战勇敢，匈奴人称他为"飞将军"。公元前119年随大将军卫青攻匈奴，因迷失路途受指责而自杀。

5　单于：匈奴最高首领的称号。

6　刭：用刀割颈。

7　二疏：指汉宣帝时名臣疏广与兄子受。疏广为太傅，兄子受为少傅，都在年老时祈愿做官，当时的人都认为他们很贤能。

8　语出《老子・道德经》："知足不辱，知止不殆，可以长久。"意为知道满足就不会受到羞辱，懂得适可而止就不会遇到危险。

9　出自"华封三祝"，华：古地名；封：疆界，范围；华封：华州这个地方；帝尧：陶唐氏，名放勋，简称唐尧。意思是华州人对上古贤者唐尧的三个美好祝愿，即祝寿、祝富、祝多男子，合称三祝。

财多不分，即以唐尧之圣、帝王之尊，犹不能免多事之累，况德非圣人而位非帝王者乎？陶朱公[1]屡致千金，屡散千金，其致而必散，散而复致者，亦学帝尧之防多事也。兹欲劝富人行乐，必先劝之分财；劝富人分财，其势同于拔山超海[2]，此必不得之数也。财多则思运，不运则生息不繁。然不运则已，一运则经营惨淡，坐起不宁，其累有不可胜言者。财多必善防，不防则为盗贼所有，而且以身殉之。然不防则已，一防则惊魂四绕，风鹤皆兵，其恐惧觳觫之状，有不堪目睹者。且财多必招忌。语云："温饱之家，众怨所归。"以一身而为众射之的[3]，方且忧伤虑死之不暇，尚可与言行乐乎哉？甚矣，财不可多，多之为累，一至此也。然则富人行乐，其终不可冀乎？曰：不然。多分则难，少敛则易。处比户可封[4]之世，难于售恩；当民穷财尽之秋，易于见德。少谋锱铢之利，穷民即起颂扬；略蠲[5]升斗之租，贫佃[6]即生歌舞。本偿而子息未偿，因其贫也而贯之，一券才焚，即噪冯欢[7]之令誉；赋足而国用不足，因其匮也而助之，急公偶试，即来卜式[8]之美名。果如是，则大异于今日之富民，而又无损于本来之故我。觊觎[9]者息而

1　陶朱公：春秋时越国大夫范蠡的别称。自称陶朱公，通过经商成为巨富。

2　拔山超海：拔起高山，超越大海。比喻力量极大。

3　众射之的：众矢之的，矢：箭；的：箭靶的中心。众箭所射的靶子。比喻大家攻击的对象。

4　比户可封：差不多每家每户都有可受封爵的德行，用来泛指风俗淳美。

5　蠲（juān）：免除。

6　佃：向地主或官府租种土地的农民。

7　冯欢：战国时齐国人，孟尝君门下的食客，为孟尝君到封邑薛地收债，把不能还息的农民的券都焚烧掉了，而为他赢取了美名。

8　卜式：西汉河南人，通过牧羊致富。武帝时，上书愿拿出一半的家财资助边防，被封为中郎。令他在上林苑为武帝牧羊时，只过了一年，羊肥壮而繁衍。他以牧羊之道比喻治民，主张休养生息，惩治恶劣，国乃富强。后来用来比喻善牧与善于治国。

9　觊觎：这里的意思是希望得到（不应该得到的东西）。

仇怨者稀，是则可言行乐矣。其为乐也，亦同贵人，可不必于持筹握算[1]之外，别寻乐境，即此宽租减息、仗义急公[2]之日，听贫民之欢欣赞颂，即当两部鼓吹；受官司之奖励称扬，便是百年华衮[3]。荣莫荣于此，乐亦莫乐于此矣。至于悦色娱声、眠花藉柳、构堂建厦、啸月嘲风诸乐事，他人欲得，所患无资，业有其资，何求弗遂？是同一富也，昔为最难行乐之人，今为最易行乐之人。即使帝尧不死，陶朱现在，彼丈夫也，我丈夫也，吾何畏彼哉？去其一念之刻而已矣。

贫贱行乐之法

穷人行乐之方，无他秘巧，亦止有退一步法。我以为贫，更有贫于我者；我以为贱，更有贱于我者；我以妻子为累，尚有鳏寡孤独[4]之民，求为妻子之累而不能者；我以胼胝[5]为劳，尚有身系狱廷，荒芜田地，求安耕凿之生而不可得者。以此居心，则苦海尽成乐地。如或向前一算，以胜己者相衡，则片刻难安，种种桎梏[6]幽囚之境出矣。一显者旅宿邮亭，时方溽暑[7]，帐内多蚊，驱之不出，因忆家居时堂宽似宇，簟[8]冷如冰，又有群姬握扇而挥，不复知其为夏，何遽困厄至此！因怀至乐，愈觉心烦，遂致终夕

1 持筹握算：原指筹划，后来指管理财务。
2 急公：热心公益。
3 华衮：古代王公贵族的多彩礼服。这里用来表示极高的荣宠。
4 鳏寡孤独：泛指没有劳动力而又没有亲属供养的人。
5 胼胝（pián zhī）：俗称“老茧”。手掌或脚底因长期摩擦而生的厚皮。
6 桎梏：像镣铐般约束、妨碍或阻止自由动作的事物。
7 溽暑：指盛夏气候潮湿闷热。
8 簟（diàn）：竹席。

不寐。一亭长露宿阶下，为众蚊所啮，几至露筋，不得已而奔走庭中，俾四体动而弗停，则啮人者无由厕足；乃形则往来仆仆，口则赞叹嚣嚣，一似苦中有乐者。显者不解，呼而讯之，谓："汝之受困，什佰于我，我以为苦，而汝以为乐，其故维何？"亭长曰："偶忆某年，为仇家所限，身系狱中。维时亦当暑月，狱卒防予私逸，每夜拘挛[1]手足，使不得动摇，时蚊蚋[2]之繁，倍于今夕，听其自啮，欲稍稍规避而不能，以视今夕之奔走不息，四体得以自如者，奚啻[3]仙凡人鬼之别乎！以昔较今，是以但见其乐，不知其苦。"显者听之，不觉爽然自失。此即穷人行乐之秘诀也。不独居心为然，即铸体炼形，亦当如是。譬如夏月苦炎，明知为室庐卑小所致，偏向骄阳之下来往片时，然后步入室中，则觉暑气渐消，不似从前酷烈；若畏其湫隘[4]而投宽处纳凉，及至归来，炎蒸又加十倍矣。冬月苦冷，明知为墙垣单薄所致，故向风雪之中行走一次，然后归庐返舍，则觉寒威顿减，不复凛冽如初；若避此荒凉而向深居就燠，及其再入，战栗又作何状矣。由此类推，则所谓退步者，无地不有，无人不有，想至退步，乐境自生。予为两间[5]第一困人，其能免死于忧，不枯槁于迍邅蹭蹬[6]者，皆用此法。又得管城一物，相伴终身，以扫千军则不足，以除万虑则有

---

1 拘挛：肌肉收缩，不能伸展自如。
2 蚊蚋（ruì）：蚊子。
3 啻（chì）：副词。但、只、仅。在句中起连接或比况作用。
4 湫隘（jiǎo ài）：低洼狭小。
5 两间：天地之间。这里指人间。
6 迍邅蹭蹬（zhūn zhān cèng dēng）：迍邅：难行的样子，处境不利，困顿；蹭蹬：失势的样子，险阻难行。这里的意思是困顿失意。

余。然非善作退步，即楮墨[1]亦能困人。想虞卿著书[2]，亦用此法，我能公世，彼特秘而未传耳。

由亭长之说推之，则凡行乐者，不必远引他人为退步，即此一身，谁无过来之逆境？大则灾凶祸患，小则疾病忧伤。“执柯伐柯，其则不远。[3]”取而较之，更为亲切。凡人一生，奇祸大难非特不可遗忘，还宜大书特书，高悬座右。其裨益于身者有三：孽由己作，则可知非痛改，视作前车；祸自天来，则可止怨释尤[4]，以弭后患；至于忆苦追烦，引出无穷乐境，则又警心惕目之余事矣。如曰省躬罪己，原属隐情，难使他人共睹，若是则有包含韫藉[5]之法；或止书罹患之年月，而不及其事；或别书隐射[6]之数语，而不露其详；或撰作一联一诗，悬挂起居亲密之处，微寓己意，不使人知，亦淑慎其身之妙法也。此皆湖上笠翁瞒人独做之事，笔机所到，欲讳不能，俗语所谓“不打自招”者，非乎？

家庭行乐之法

世间第一乐地，无过家庭。“父母俱存，兄弟无故，一乐也。[7]”是圣贤行乐之方，不过如此。而后世人情之好向，往往与圣

1 楮墨：纸和墨，也指诗文书画。

2 虞卿著书：虞卿：战国时游士。《史记・虞卿列传》记载：虞卿因失去相位后，居住在魏国，穷愁著书，作成《虞氏春秋》。后来成为咏不得志的典故。

3 语出《诗经・伐柯》：“伐柯伐柯，其则不远。”伐柯：砍取做斧柄的木料。

4 释尤：消除怨恨。

5 韫藉（yùn jiè）：含蓄而不显露。

6 隐射：暗寓其事；影射。

7 语出《孟子》：“君子有三乐，而王天下不与存焉。父母俱存，兄弟无故，一乐也；仰不愧于天，俯不怍于人，二乐也；得天下英才而教育之，三乐也。”

贤相左。圣贤所乐者，彼则苦之；圣贤所苦者，彼反视为至乐而沉溺其中。如弃现在之天亲而拜他人为父，撇同胞之手足而与陌路结盟，避女色而就娈童，舍家鸡而寻野鹜[1]，是皆情理之至悖，而举世习而安之。其故无他，总由一念之恶旧喜新、厌常趋异所致。若是，则生而所有之形骸，亦觉陈腐可厌，胡不并易而新之，使今日魂附一体，明日又附一体，觉愈变愈新之可爱乎？其不能变而新之者，以生定故也。然欲变而新之，亦自有法。时易冠裳，叠更帏座，而照之以镜，则似换一规模矣。即以此法而施之父母兄弟、骨肉妻孥，以结交滥费之资，而鲜其衣饰，美其供奉，则居移气，养移体，一岁而数变其形，岂不犹之谓他人父，谓他人母，而与同学少年互称兄弟，各家美丽共缔姻盟者哉？有好游狭斜[2]者，荡尽家资而不顾，其妻迫于饥寒而求去。临去之日，别换新衣而佐以美饰，居然绝世佳人。其夫抱而泣曰："吾走尽章台[3]，未尝遇此娇丽。由是观之，匪人之美，衣饰美之也。倘能复留，当为勤俭克家，而置汝金屋[4]。"妻善其言而止。后改荡从善，卒如所云。又有人子不孝而为亲所逐者，鞠[5]于他人，越数年而复返，定省承欢[6]，大异畴昔[7]。其父讯之，则曰："非予不爱其亲，习久而生厌也。兹复厌所习见，而以久不睹者为可亲矣。"众人笑之，而有识者怜之。何也？习久而厌其亲者，天下皆然，

1 野鹜：野鸭。
2 狭斜：小街曲巷，多指妓院。后人称娼妓居住的地方叫狭斜。
3 章台：这里的意思是妓院聚集之地。
4 金屋：华美之屋。
5 鞠：养育，抚养。
6 定省（xǐng）承欢：旧时子女早晚向父母请安。承欢：侍奉父母。
7 畴昔：从前。

而不能自明其故。此人知之，又能直言无讳，盖可以为善之人也。此等罕譬曲喻[1]，皆为劝导愚蒙。谁无至性，谁乏良知，而俟予为木铎[2]？但观孺子离家，即生哭泣，岂无至乐之境十倍其家者哉？性在此而不在彼也。人能以孩提之乐境为乐境，则去圣人不远矣。

道途行乐之法

“逆旅”二字，足概远行，旅境皆逆境也。然不受行路之苦，不知居家之乐，此等况味，正须一一尝之。予游绝塞而归，乡人讯曰：“边陲之游乐乎？”曰：“乐。”有经其地而惮焉者曰：“地则不毛，人皆异类，睹沙场而气索[3]，闻钲鼓[4]而魂摇，何乐之有？”予曰：“向未离家，谬谓四方一致，其饮馔服饰皆同于我，及历四方，知有大谬不然者。然止游通邑[5]大都，未至穷边极塞，又谓远近一理，不过稍变其制而已矣。及抵边陲，始知地狱即在人间，罗刹[6]原非异物，而今而后，方知人之异于禽兽者几希，而近地之民，其去绝塞之民者，反有霄壤幽明之大异也。不入其地，不睹其情，乌知生于东南，游于都会，衣轻席暖，饭稻羹鱼之足乐哉！”此言出路之人，视居家之乐为乐也；然未至还

1　罕譬曲（而）喻：说话用不着多比方，都能听懂。形容话说得非常明白。

2　木铎（duó）：铎：铃。木舌的铃。古代施行政教、传布命令时用以振鸣惊众。这里代指宣扬教化的人。

3　气索：在这里意为勇气丧失，精神沮丧。

4　钲（zhēng）鼓：钲和鼓。古代行军或歌舞时用以指挥进退、动静的两种乐器。

5　通邑：交通便利的城市。

6　罗刹：全名“罗叉娑”或“阿落刹娑”。印度神话中的恶魔。最早见于印度古老的宗教文献《梨俱吠陀》。恶人恶事，都称为罗刹，后来演变为恶鬼的名称。

家，则终觉其苦。又有视家为苦，借道途行乐之法，可以暂娱目前，不为风霜车马所困者，又一方便法门[1]也。向平[2]欲俟婚嫁既毕，遨游五岳；李固与弟书，谓周观天下，而独未见益州，似有遗憾；太史公因游名山大川，得以史笔妙千古。是游也者，男子生而欲得，不得即以为恨者也。有道之士，尚欲挟资裹粮，专行其志，而我以糊口资生之便，为益闻广见之资，过一地，即览一地之人情，经一方，则睹一方之胜概[3]，而且食所未食，尝所欲尝，蓄所余者而归遗细君，似得五侯之鲭[4]，以果一家之腹，是人生最乐之事也，奚事哭泣阮途[5]，而为乘槎驭骏者所窃笑哉？

春季行乐之法

人有喜怒哀乐，天有春夏秋冬。春之为令，即天地交欢之候，阴阳肆乐之时也。人心至此，不求畅而自畅，犹父母相亲相爱，则儿女嬉笑自如，睹满堂之欢饮，即欲向隅而泣[6]，泣不出也。然当春行乐，每易过情，必留一线之余春，以度将来之酷夏。盖一岁难过之关，惟有三伏，精神之耗，疾病之生，死亡之至，皆

1　法门：泛指门径；方法。

2　向平：东汉高士向长字子平，隐居不入官场，子女婚嫁都完成后，就漫游五岳名山，后来不知最终去向。

3　胜概：美景。

4　鲭（zhēng）：这里的意思是鱼脍，肉和鱼同烧的杂烩。

5　阮途：阮籍途穷。《晋书·阮籍传》记载：魏、晋之际，政局混乱，阮籍因不满意司马氏政权，心情愤懑，为排遣忧愁，常独自驾车到外面游玩，每逢车到没办法行走的地方，就恸哭而回，这正是因为触景生情，伤感于世道之穷人生道路艰难的缘故。这里的意思是令人悲哀的末路。

6　向隅而泣：向：对着；隅：墙角；泣：小声地哭。一个人面对墙角哭泣。形容没有人理睬，非常孤立，只能绝望地哭泣。

由于此。故俗话云“过得七月半，便是铁罗汉”，非虚语也。思患预防，当在三春行乐之时，不得纵欲过度，而先埋伏病根。花可熟观，鸟可倾听，山川云物之胜可以纵游，而独于房欲之事略存余地。盖人当此际，满体皆春。春者，泄尽无遗之谓也。草木之春，泄尽无遗而不坏者，以三时皆蓄，而止候泄于一春，过此一春，又皆蓄精养神之候矣。人之一身，能保一时尽泄而三时皆不泄乎？尽泄于春，而又不能不泄于夏，虽草木不能不枯，况人身之浮脆[1]者乎？欲留枕席之余欢，当使游观之尽致。何也？分心花鸟，便觉体有余闲；并力闺帏[2]，易致身无宁刻。然予所言，皆防已甚[3]之词也。若使杜情而绝欲，是天地皆春而我独秋，焉用此不情之物，而作人中灾异乎？

夏季行乐之法

酷夏之可畏，前幅虽露其端，然未尽暑毒之什一也。使天只有三时而无夏，则人之死也必稀，巫医僧道之流皆苦饥寒而莫救矣。止因多此一时，遂觉人身叵测[4]，常有朝人而夕鬼者。《戴记》云：“是月也，阴阳争，死生分。”危哉斯言！令人不寒而栗[5]矣。凡人身处此候，皆当时时防病，日日忧死。防病忧死，则当刻刻偷闲以行乐。从来行乐之事，人皆选暇于三春，予独息

1 浮脆：空虚脆弱。
2 闺帏：闺房的帷幕。借指妇女居住的地方。
3 已甚：过甚，太过。
4 叵测：不可度量；不可推测。
5 不寒而栗：栗：畏惧，发抖。不冷而发抖。形容非常恐惧。

机[1]于九夏。以三春神旺，即使不乐，无损于身；九夏则神耗气索，力难支体，如其不乐，则劳神役形，如火益热，是与性命为仇矣。《月令》以仲冬为闭藏；予谓天地之气闭藏于冬，人身之气当令闭藏于夏。试观隆冬之月，人之精神愈寒愈健，较之暑气铄人，有不可同年而语[2]者。凡人苟非民社[3]系身，饥寒迫体，稍堪自逸者，则当以三时行事，一夏养生。过此危关，然后出而应酬世故，未为晚也。追忆明朝失政以后，大清革命之先，予绝意浮名，不干寸禄，山居避乱，反以无事为荣。夏不谒[4]客，亦无客至，匪止头巾不设，并衫履而废之。或裸处乱荷之中，妻孥觅之不得；或偃卧长松之下，猿鹤过而不知。洗砚石于飞泉，试茗奴以积雪；欲食瓜而瓜生户外，思啖[5]果而果落树头，可谓极人世之奇闻，擅有生之至乐者矣。后此则徙居城市，酬应日纷，虽无利欲熏人，亦觉浮名致累。计我一生，得享列仙之福者，仅有三年。今欲续之，求为闰余[6]而不可得矣。伤哉！人非铁石，奚堪磨杵作针[7]；寿岂泥沙，不禁委尘入土。予以劝人行乐，而深悔自役其形。噫，天何惜于一闲，以补富贵荣膴之不足哉！

1 息机：这里的意思是中止事务。

2 同年而语：将两种情况或两件事情放在同一时间来比较、评论。形容相提并论。

3 民社：指人民与社稷。

4 谒：意思是拜见。

5 啖：吃。

6 闰余：农历一年和一回归年相比所多余的时日。

7 磨杵作针：将铁棒磨成细针。形容只要肯下功夫，再难的事也能成功。这里是消磨损耗的意思。

秋季行乐之法

过夏徂秋，此身无恙，是当与妻孥庆贺重生，交相为寿者矣。又值炎蒸初退，秋爽媚人，四体得以自如，衣衫不为桎梏[1]，此时不乐，将待何时？况有阻人行乐之二物，非久即至。二物维何？霜也，雪也。霜雪一至，则诸物变形，非特无花，亦且少叶；亦时有月，难保无风。若谓“春宵一刻值千金[2]”，则秋价之昂，宜增十倍。有山水之胜者，乘此时蜡屐[3]而游，不则当面错过。何也？前此欲登而不可，后此欲眺而不能，则是又有一年之别矣。有金石之交[4]者，及此时朝夕过从，不则交臂而失。何也？褦襶[5]阻人于前，咫尺有同千里；风雪欺人于后，访戴[6]何异登天？则是又负一年之约矣。至于姬妾之在家，一到此时，有如久别乍逢，为欢特异。何也？暑月汗流，求为盛妆而不得，十分娇艳，惟四五之仅存；此则全副精神，皆可用于青鬟翠黛之上。久不睹而今忽睹，有不与远归新娶同其燕好[7]者哉？为欢即欲，视其精力短长，总留一线之余地。能行百里者，至九十而思休；善登浮屠者，至六级而即下。此房中秘术，请为少年场授之。

---

1 桎梏：像镣铐般约束、妨碍或阻止自由动作的事物。

2 语出宋苏轼《春宵》：“春宵一刻值千金，花有清香月有阴。”意思是春天的夜晚，即使是极短的时间也十分珍贵。

3 蜡屐：将蜡涂在木屐上。这里指悠闲、无所作为的生活。

4 金石之交：比喻像金石一样牢不可破的交情。

5 褦襶（nài dài）：意思是在炎暑时戴上的遮阳的凉笠。

6 访戴：指访友。

7 燕好：指夫妻恩爱。

冬季行乐之法

冬天行乐，必须设身处地，幻为路上行人，备受风雪之苦，然后回想在家，则无论寒燠晦明，皆有胜人百倍之乐矣。尝有画雪景山水，人持破伞，或策蹇驴，独行古道之中，经过悬崖之下，石作狰狞之状，人有颠蹶[1]之形者。此等险画，隆冬之月，正宜县挂中堂。主人对之，即是御风障雪之屏，暖胃和衷之药。若杨国忠之肉阵[2]，党太尉之羊羔美酒，初试或温，稍停则奇寒至矣。善行乐者，必先作如是观，而后继之以乐，则一分乐境，可抵二三分，五七分乐境，便可抵十分十二分矣。然一到乐极忘忧之际，其乐自能渐减，十分乐境，只作得五七分，二三分乐境，又只作得一分矣。须将一切苦境，又复从头想起，其乐之渐增不减，又复如初。此善讨便宜之第一法也。譬之行路之人，计程共有百里，行过七八十里，所剩无多，然无奈望到心坚，急切难待，种种畏难怨苦之心出矣。但一回头，计其行过之路数，则七八十里之远者可到，况其少而近者乎？譬如此际止行二三十里，尚余七八十里，则苦多乐少，其境又当何如？此种想念，非但可为行乐之方，凡居官者之理繁治剧，学道者之读书穷理[3]，农工商贾之任劳即勤，无一不可倚之为法。噫，人之行乐，何与于

1　颠蹶（juě）：这里指行走不平稳的样子。

2　五代王仁裕《开元天宝遗事·肉阵》记载：唐玄宗时，外戚杨国忠擅权，骄奢淫纵，冬天寒冷，常选肥胖的婢妾围列身旁，遮挡寒风，并借人的热气取暖，称为“肉阵”。后用来形容富豪之家姬妾众多、生活奢侈的典故。

3　穷理：穷究事物之理。

我，而我为之唇敝舌焦[1]，手腕几脱。是殆有媚[2]人之癖，而以楮墨[3]代脂韦[4]者乎？

随时即景就事行乐之法

行乐之事多端，未可执一而论。如睡有睡之乐，坐有坐之乐，行有行之乐，立有立之乐，饮食有饮食之乐，盥栉有盥栉之乐，即袒裼裸裎[5]、如厕便溺，种种秽亵[6]之事，处之得宜，亦各有其乐。苟能见景生情，逢场作戏，即可悲可涕之事，亦变欢娱。如其应事寡才，养生无术，即征歌选舞之场，亦生悲戚。兹以家常受用，起居安乐之事，因便制宜，各存其说于左。

睡

有专言法术之人，遍授养生之诀，欲予北面[7]事之。予讯益寿之功，何物称最？颐生之地，谁处居多？如其不谋而合[8]，则奉为师，不则友之可耳。其人曰："益寿之方，全凭导引；安生之计，惟赖坐功[9]。"予曰："若是，则汝法最苦，惟修苦行者能之。予懒而好动，且事事求乐，未可以语此也。"其人曰："然则汝意云

1 唇敝舌焦：焦：干；敝：破。嘴唇干，舌头破。形容说话太多，费尽唇舌。

2 媚：这里的意思是谄媚逢迎。

3 楮（chǔ）墨：纸和墨，也指诗文书画。

4 脂韦：油脂和软皮。这里用来比喻阿谀、圆滑。

5 袒裼（tì）裸裎（chéng）：袒裼指露臂，裸裎指露体。这里的意思是脱衣露体。

6 秽亵：意思是污秽肮脏。

7 北面：古代以长为尊，都是面南而坐，所以也用来指拜人为师。

8 不谋而合：谋：商量；合：相符。事先没有商量过，意见或行动却完全一致。

9 坐功：静坐。或为了养生，或进行宗教修持。

何？试言之，不妨互为印政。”予曰：“天地生人以时，动之者半，息之者半。动则旦，而息则暮也。苟劳之以日，而不息之以夜，则旦旦而伐之，其死也，可立而待矣。吾人养生亦以时，扰之以半，静之以半，扰则行起坐立，而静则睡也。如其劳我以经营，而不逸我以寝处，则岌岌乎殆哉！其年也，不堪指屈[1]矣。若是，则养生之诀，当以善睡居先。睡能还精，睡能养气，睡能健脾益胃，睡能坚骨壮筋。如其不信，试以无疾之人与有疾之人，合而验之。人本无疾，而劳之以夜，使累夕不得安眠，则眼眶渐落而精气日颓，虽未即病，而病之情形出矣。患疾之人，久而不寐，则病势日增；偶一沉酣，则其醒也，必有油然勃然之势。是睡，非睡也，药也；非疗一疾之药，及治百病，救万民，无试不验之神药也。兹欲从事导引，并力坐功，势必先遣睡魔，使无倦态而后可。予忍弃生平最效之药，而试未必果验之方哉？”其人艴然而去，以予不足教也。予诚不足教哉！但自陈所得，实为有见而然，与强辩饰非者稍别。前人睡诗云：“花竹幽窗午梦长，此中与世暂相忘。华山处士如容见，不觅仙方觅睡方。[2]”近人睡诀云：“先睡心，后睡眼。[3]”此皆书本唾余，请置弗道，道其未经发明者而已。睡有睡之时，睡有睡之地，睡又有可睡不可睡之人，请条晰言之。由戌至卯，睡之时也。未戌而睡，谓之先时，先时者不详，谓与疾作思卧者无异也；过卯而睡，谓之后时，后时者犯忌，谓与长夜不醒者无异也。且人生百年，夜居其半，穷日行

1　指屈：这里的意思是时间短。

2　语出宋周密《齐东野语》：“花竹幽窗午梦长，此中与世暂相忘。华山处士如容见，不觅仙方觅睡方。”

3　宋蔡季通《睡诀》记载：侧睡屈身，觉醒时摆正身体，起床睡觉要有一定的时间，先让心睡，然后闭上眼。

乐，犹苦不多，况以睡梦之有余，而损宴游之不足乎？有一名士善睡，起必过午，先时而访，未有能晤[1]之者。予每过其居，必俟良久而后见。一日闷坐无聊，笔墨具在，乃取旧诗一首，更易数字而嘲之曰："吾在此静睡，起来常过午；便活七十年，止当三十五。"同人见之，无不绝倒。此虽谑浪[2]，颇关至理。是当睡之时，止有黑夜，舍此皆非其候矣。然而午睡之乐，倍于黄昏，三时皆所不宜，而独宜于长夏。非私之也，长夏之一日，可抵残冬之二日；长夏之一夜，不敌残冬之半夜，使止息于夜，而不息于昼，是以一分之逸，敌四分之劳，精力几何，其能堪此？况暑气铄金，当之未有不倦者。倦极而眠，犹饥之得食，渴之得饮，养生之计，未有善于此者。午餐之后，略逾寸晷[3]，俟所食既消，而后徘徊近榻。又勿有心觅睡，觅睡得睡，其为睡也不甜。必先处于有事，事未毕而忽倦，睡乡之民自来招我。桃源、天台诸妙境，原非有意造之，皆莫知其然而然者。予最爱旧诗中有"手倦抛书午梦长[4]"一句。手书而眠，意不在睡；抛书而寝，则又意不在书，所谓莫知其然而然也。睡中三昧，惟此得之。此论睡之时也。睡又必先择地。地之善者有二：曰静，曰凉。不静之地，止能睡目，不能睡耳，耳目两岐[5]，岂安身之善策乎？不凉之地，止能睡魂，不能睡身，身魂不附，乃养生之至忌也。至于可睡不可睡之人，则分别于"忙闲"二字。就常理而论之，则忙人宜睡，闲

---

1 晤：遇，见面。

2 谑浪：这里指戏谑放荡。

3 寸晷（guǐ）：晷：日影。借指小段时间。

4 语出宋蔡确《夏日登车盖亭》："纸屏石枕竹方床，手倦抛书午梦长。睡起莞然成独笑，数声渔笛在沧浪。"

5 两岐：两种意见分歧。

人可以不必睡。然使忙人假寐，止能睡眼，不能睡心，心不睡而眼睡，犹之未尝睡也。其最不受用者，在将觉未觉之一时，忽然想起某事未行、某人未见，皆万万不可已者，睡此一觉，未免失事妨时，想到此处，便觉魂趋梦绕，胆怯心惊，较之未睡以前，更加烦躁，此忙人之不宜睡也。闲则眼未阖而心先阖，心已开而眼未开；已睡较未睡为乐，已醒较未醒更乐，此闲人之宜睡也。然天地之间，能有几个闲人？必欲闲而始睡，是无可睡之时矣。有暂逸其心以妥梦魂之法：凡一日之中，急切当行之事，俱当于上半日告竣[1]，有未竣者，则分遣家人代之，使事事皆有着落，然后寻床觅枕以赴黑甜[2]，则与闲人无别矣。此言可睡之人也。而尤有吃紧一关未经道破者，则在莫行歹事。“半夜敲门不吃惊”，始可于日间睡觉，不则一闻剥啄[3]，即是逻卒到门矣。

坐

从来善养生者，莫过于孔子。何以知之？知之于“寝不尸，居不容[4]”二语。使其好饰观瞻，务修边幅[5]，时时求肖君子，处处欲为圣人，则其寝也，居也，不求尸而自尸，不求容而自容；则五官四体，不复有舒展之刻。岂有泥塑木雕其形，而能久长于世者哉？“不尸不容”四字，绘出一幅时哉圣人，宜乎崇祀[6]千秋，而

1 告竣：宣告事情完毕。

2 黑甜：酣睡。

3 剥啄：拟声词。敲门或下棋声。

4 语出《论语·乡党》：“寝不尸，居不容。”意为睡觉时不直挺着四肢僵卧，居家时不讲究仪容。

5 边幅：布帛的边缘。比喻人的仪表、衣着。

6 崇祀：崇拜奉祀。

为风雅斯文之鼻祖也。吾人燕居坐法，当以孔子为师，勿务端庄而必正襟危坐，勿同束缚而为胶柱难移。抱膝长吟，虽坐也，而不妨同于箕踞[1]；支颐[2]丧我，行乐也，而何必名为坐忘？但见面与身齐，久而不动者，其人必死。此图画真容之先兆也。

行

贵人之出，必乘车马。逸则逸矣，然于造物赋形之义，略欠周全。有足而不用，与无足等耳，反不若安步当车[3]之人，五官四体皆能适用。此贫士骄人语。乘车策马，曳履搴裳[4]，一般同是行人，止有动静之别。使乘车策马之人，能以步趋为乐，或经山水之胜，或逢花柳之妍，或遇戴笠之贫交，或见负薪之高士，欣然止驭，徒步为欢，有时安车而待步，有时安步以当车，其能用足也，又胜贫士一筹矣。至于贫士骄人。不在有足能行，而在缓急出门之可恃。事属可缓，则以安步当车；如其急也，则以疾行当马。有人亦出，无人亦出；结伴可行，无伴亦可行。不似富贵者假足于人，人或不来，则我不能即出，此则有足若无，大悖谬于造物赋形之义耳。兴言及此，行殊可乐！

立

立分久暂，暂可无依，久当思傍。亭亭独立之事，但可偶一为之，旦旦如是，则筋骨皆悬，而脚跟如砥[5]，有血脉胶凝之患矣。

---

1 箕踞：古人席地而坐，随意伸开两腿，像个簸箕，是一种不拘礼节、傲慢不敬的坐法。
2 支颐：用手托下巴。
3 安步当车：安：安详，不慌忙；安步：缓缓步行。以从容的步行代替乘车。
4 搴（qiān）裳：提起衣裳。
5 砥：像砥柱山那样屹立，比喻中坚力量所起的支柱作用。

或倚长松，或凭怪石，或靠危栏[1]作轼[2]，或扶瘦竹为筇[3]；既作羲皇[4]上人，又作画图中物，何乐如之！但不可以美人作柱，虑其础石太纤，而致栋梁皆仆也。

饮

宴集之事，其可贵者有五：饮量无论宽窄，贵在能好[5]；饮伴无论多寡，贵在善谈；饮具无论丰啬，贵在可继；饮政[6]无论宽猛，贵在可行；饮候无论短长，贵在能止。备此五贵，始可与言饮酒之乐；不则曲蘖宾朋，皆凿性斧身[7]之具也。予生平有五好，又有五不好，事则相反，乃其势又可并行而不悖。五好、五不好维何？不好酒而好客；不好食而好谈；不好为长夜之欢，而好与明月相随而不忍别；不好为苛刻之令，而好受罚者欲辩无辞；不好使酒骂坐之人，而好其于酒后尽露肝膈[8]。坐此五好、五不好，是以饮量不胜蕉叶[9]，而日与酒人为徒。近日又增一种癖好、癖恶：癖好音乐，每听必至忘归；而又癖恶座客多言，与竹肉之音相乱。饮酒之乐，备于五贵、五好之中，此皆为宴集宾朋而设。若夫家庭小饮与燕闲独酌，其为乐也，全在天机逗露之中，形迹消忘之

---

1 危栏：高栏。
2 轼：设在车厢前面供人凭倚的横木。
3 筇（qióng）：这里的意思是手杖。
4 羲皇：伏羲氏。
5 好：这里的意思是喜爱。
6 饮政：指行酒令之事。
7 凿性斧身：意思是残害身体性命。
8 肝膈（gé）：肺腑。这里比喻内心。
9 蕉叶：浅底的酒杯。

内。有饮宴之实事，无酹[1]酢[2]之虚文。睹儿女笑啼，认作班斓之舞；听妻孥劝诫，若闻金缕之歌。苟能作如是观，则虽谓朝朝岁旦，夜夜元宵可也。又何必座客常满，樽酒不空，日藉豪举以为乐哉？

谈

读书，最乐之事，而懒人常以为苦；清闲，最乐之事，而有人病其寂寞。就乐去苦，避寂寞而享安闲，莫若与高士[3]盘桓[4]，文人讲论。何也？“与君一夕话，胜读十年书。”既受一夕之乐，又省十年之苦，便宜不亦多乎？“因过竹院逢僧话，又得浮生半日闲。[5]”既得半日之闲，又免多时之寂，快乐可胜道乎？善养生者，不可不交有道之士；而有道之士，多有不善谈者。有道而善谈者，人生希觏[6]，是当时就日招，以备开聋启聩之用者也。即云我能挥麈[7]，无假于人，亦须借朋侪起发，岂能若西域之钟虡[8]，不叩自鸣者哉？

---

1 酹：把酒洒在地上表示祭奠或起誓。

2 酢：应酬交往；诗文唱和。

3 高士：志趣、品行高尚的人，多指隐士。

4 盘桓（huán）：徘徊；逗留。

5 语出唐李涉《题鹤林寺僧舍》：“终日昏昏醉梦间，忽闻春尽强登山。因过竹院逢僧话，又得浮生半日闲。”

6 希觏：罕见。

7 挥麈（zhǔ）：挥动麈尾。晋人清谈时，常挥动麈尾，后来称谈论为挥麈。

8 钟虡（jù）：虡：古代悬挂钟或磬的架子两旁的柱子。这里指一种悬钟的格架，上面画有猛兽作为饰。

沐浴

盛暑之月，求乐事于黑甜之外，其惟沐浴乎？潮垢非此不除，浊污非此不净，炎蒸暑毒之气亦非此不解。此事非独宜于盛夏，自严冬避冷，不宜频浴外，凡遇春温秋爽，皆可借此为乐。而养生之家则往往忌之，谓其损耗元神也。吾谓沐浴既能损身，则雨露亦当损物，岂人与草木有二性乎？然沐浴损身之说，亦非无据而云然。予尝试之。试于初下浴盆时，以未经浇灌之身，忽遇澎湃奔腾之势，以热投冷，以湿犯燥，几类水攻。此一激也，实足以冲散元神，耗除精气。而我有法以处之：虑其太激，则势在尚缓；避其太热，则利于用温。解衣磅礴之秋，先调水性，使之略带温和，由腹及胸，由胸及背，惟其温而缓也，则有水似乎无水，已浴同于未浴。俟与水性相习之后，始以热者投之，频浴频投，频投频搅，使水乳交融而不觉，渐入佳境而莫知，然后纵横其势，反侧其身，逆灌顺浇，必至痛快其身而后已。此盆中取乐之法也。至于富室大家，扩盆为屋，注水于池者，冷则加薪，热则去火，自有以逸待劳[1]之法，想无俟贫人置喙也。

听琴观棋

弈棋尽可消闲，似难借以行乐；弹琴实堪养性，未易执此求欢。以琴必正襟危坐[2]而弹，棋必整槊[3]横戈以待。百骸尽放之时，何必再期整肃？万念俱忘之际，岂宜复较输赢？常有贵禄荣名付

1　以逸待劳：逸：安闲；劳：疲劳。指在战争中做好充分准备，养精蓄锐，等疲乏的敌人来犯时给以迎头痛击。

2　正襟危坐：襟：衣襟；危坐：端正地坐着。整一整衣服，端正地坐着。形容严肃或拘谨的样子。

3　槊（shuò）：长矛。

之一掷，而与人围棋赌胜，不肯以一着相饶者，是与让千乘[1]之国，而争箪食豆羹[2]者何异哉？故喜弹不若喜听，善弈不如善观。人胜而我为之喜，人败而我不必为之忧，则是常居胜地也；人弹和缓之音而我为之吉，人弹噍杀之音而我不必为之凶，则是长为吉人也。或观听之余，不无技痒，何妨偶一为之，但不寝食其中而莫之或出，则为善则善弈者耳。

看花听鸟

花鸟二物，造物生之以媚人者也。既产娇花嫩蕊心代美人，又病其不能解语，复生群鸟以佐之。此段心机，竟与购觅红妆[3]，习成歌舞，饮之食之，教之诲之以媚人者，同一周旋之至也。而世人不知，目为蠢然一物，常有奇花过目而莫之睹，鸣禽悦耳而莫之闻者。至其捐资所购之姬妾，色不及花之万一，声仅窃鸟之绪余，然而睹貌即惊，闻歌辄喜，为其貌似花而声似鸟也。噫，贵似贱真，与叶公之好龙何异？予则不然。每值花柳争妍之日，飞鸣斗巧之时，必致谢洪钧[4]，归功造物，无饮不奠，有食必陈，若善士信妪之佞佛[5]者。夜则后花而眠，朝则先鸟而起，惟恐一声一色之偶遗也。及至莺老花残，辄怏怏[6]如有所失。是我之一生，可谓不负花鸟；而花鸟得予，亦所称“一人知己，死可无恨”者乎！

---

1 千乘：兵车千辆。古以一车四马为一乘。形容兵车很多。

2 箪食豆羹：箪：盛饭用的竹器；豆：古代盛食物的器皿。一箪饭食，一豆羹汤。形容食物很少。这里比喻小的利益。

3 红妆：这里代指美女。

4 洪钧：这里指天。

5 佞佛：谄媚佛，讨好于佛。后来称迷信佛教为佞佛。

6 怏怏：不服气或闷闷不乐的神情。

蓄养禽鱼

鸟之悦人以声者，画眉、鹦鹉二种。而鹦鹉之声价[1]，高出画眉上，人多癖之，以其能作人言耳。予则大违是论，谓鹦鹉所长止在羽毛，其声则一无可取。鸟声之可听者，以其异于人声也。鸟声异于人声之可听者，以出于人者为人籁，出于鸟者为天籁也。使我欲听人言，则盈耳皆是，何必假口笼中？况最善说话之鹦鹉，其舌本之强，犹甚于不善说话之人，而所言者，又不过口头数语。是鹦鹉之见重于人，与人之所以重鹦鹉者，皆不可诠解之事。至于画眉之巧，以一口而代众舌，每效一种，无不酷似，而复纤婉[2]过之，诚鸟中慧物也。予好与此物作缘，而独怪其易死。既善病而复招尤[3]，非殁[4]于己，即伤于物，总无三年不坏者。殆亦多技多能所致欤？

鹤、鹿二种之当蓄，以其有仙风道骨也。然所耗不赀，而所居必广，无其资与地者，皆不能蓄。且种鱼养鹤，二事不可兼行，利此则害彼也。然鹤之善唳[5]善舞，与鹿之难扰易驯，皆品之极高贵者，麟凤龟龙[6]而外，不得不推二物居先矣。乃世人好此二物，又分轻重于其间，二者不可得兼，必将舍鹿而求鹤矣。显贵

---

1 声价：名誉身价。

2 纤婉：细长而美妙。

3 招尤：招致他人的怪罪或怨恨。

4 殁：死。

5 唳：鹤高亢的鸣叫。

6 麟凤龟龙：此四种神灵动物，象征吉兆。比喻稀有珍贵的东西。也比喻品格高尚、受人敬仰的人。

之家，匪特深藏苑囿[1]，近置衙斋[2]，即倩人写真绘像，必以此物相随。予尝推原其故，皆自一人始之，赵清献公[3]是也。琴之与鹤，声价倍增，讵非贤相提携[4]之力欤？

家常所蓄之物，鸡犬之外，又复有猫。鸡司晨，犬守夜，猫捕鼠，皆有功于人而自食其力者也。乃猫为主人所亲昵，每食与俱，尚有听其搴帷入室，伴寝随眠者。鸡栖于埘[5]，犬宿于外，居处饮食皆不及焉。而从来叙禽兽之功，谈治平之象者，则止言鸡犬而并不及猫。亲之者是，则略之者非；亲之者非，则略之者是；不能不惑于二者之间矣。曰：有说焉。昵猫而贱鸡犬者，犹癖谐臣媚子[6]，以其不呼能来，闻叱不去；因其亲而亲之，非有可亲之道也。鸡犬二物，则以职业为心，一到司晨守夜之时，则各司其事，虽豢以美食，处以曲房，使不即彼而就此，二物亦守死弗至；人之处此，亦因其远而远之，非有可远之道也。即其司晨守夜之功，与捕鼠之功亦有间焉。鸡之司晨，犬之守夜，忍饥寒而尽瘁，无所利而为之，纯公无私者也；猫之捕鼠，因去害而得食，有所利而为之，公私相半者也。清勤自处，不屑媚人者，远身之道；假公自为，密迩[7]其君者，固宠之方。是三物之亲疏，皆自取之也。然以我司职业于人间，亦必效鸡犬之行，而以猫之举动为戒。噫，亲疏可言也，祸福不可言也。猫得自终其天年，而

---

1 苑囿：中国古典园林的早期形式。汉代以前在圈定的范围内畜养禽兽，繁衍草木，供帝王狩猎游玩，称为囿。汉代以后这样的场所与宫室结合起来，通过复道相连，称为苑。

2 衙斋：衙门里供职官燕居之处。

3 赵清献公：赵抃，字阅道，号知非子，衢州西安人。北宋名臣。

4 提携：牵扶；携带。这里引申为扶植、提拔。

5 埘（shí）：古代称墙壁上挖洞做成的鸡窝。

6 谐臣媚子：指乐工与所爱贤臣。

7 密迩：靠近，贴近。

鸡犬之死，皆不免于刀锯鼎镬[1]之罚。观于三者之得失，而悟居官守职之难。其不冠进贤，而脱然于宦海浮沉[2]之累者，幸也。[3]

浇灌竹木

“筑成小圃近方塘，果易生成菜易长。抱瓮太痴机太巧，从中酌取灌园方。”此予山居行乐之诗也。能以草木之生死为生死，始可与言灌园之乐，不则一灌再灌之后，无不畏途视之矣。殊不知，草木欣欣向荣，非止耳目堪娱，亦可为艺草植木之家，助祥光而生瑞气。不见生财之地万物皆荣，退运之家群生不遂[4]？气之旺与不旺，皆于动植验之。若是，则汲水浇花，与听信堪舆[5]、修门改向者无异也。不视为苦，则乐在其中。督率家人灌溉，而以身任微勤，节其劳逸，亦颐养性情之一助也。

---

1 刀锯鼎镬（huò）：刀、锯：古刑具，也指割刑和刖刑；鼎镬：古炊具，也指烹刑。指古代刑具。这里泛指各种酷刑。

2 宦海浮沉：宦海：旧指官场。这里的意思是说官场生涯曲折复杂，变幻不测。

3 李渔科场失利，屡试不第，崇祯十五年（1642），大明王朝举行最后一次乡试，李渔再赴杭州应试，由于局势动荡，李渔途中受阻返回兰溪。不久，社会局势发生了根本变化，清朝推翻了大明王朝的统治，求取功名的理想化为泡影，此后便一心归隐伊园。

4 不遂：不顺利。

5 堪舆：风水。

止忧第二

忧可忘乎？不可忘乎？曰：可忘者非忧，忧实不可忘也。然则忧之未忘，其何能乐？曰：忧不可忘而可止，止即所以忘之也。如人忧贫而劝之使忘，彼非不欲忘也，啼饥号寒[1]者迫于内，课赋[2]索逋[3]者攻于外，忧能忘乎？欲使贫者忘忧，必先使饥者忘啼，寒者忘号，征且索者忘其逋赋而后可，此必不得之数也。若是，则“忘忧”二字徒虚语耳。犹慰下第者[4]以来科必发，慰老而无嗣者以日后必生，迨其不发不生，亦止听之而已，能归咎慰我者而责之使偿乎？语云：“临渊羡鱼，不如退而结网。[5]”慰人忧贫者，必当授以生财之法；慰人下第者，必先予以必售[6]之方；慰人老而无嗣者，当令蓄姬买妾，止妒息争，以为多男从出之地。若

1　啼饥号寒：啼：哭；号：叫。意为因为饥饿寒冷而哭喊。形容挨饿受冻的悲惨生活。

2　课赋：征收税赋。

3　索逋（bū）：催讨欠债。

4　下第者：这里的意思是科举时在殿试或乡试中落榜。

5　出自《淮南子·说林训》：“临河而羡鱼，不如归家织网。”意思是只在水边希望得到鱼是无济于事的，不如回去编织渔网再来捕捞。这里的意思是心有所愿就应该付诸行动。

6　售：在此意为考试得中。

是，则为有裨之言，不负一番劝谕。止忧之法，亦若是也。忧之途径虽繁，总不出可备、难防之二种，姑为汗竹[1]，以代树萱[2]。

止眼前可备之忧

拂意之境，无人不有，但问其易处不易处、可防不可防。如易处而可防，则于未至之先，筹一计以待之。此计一得，即委其事于度外[3]，不必再筹，再筹则惑我者至矣。贼攻于外而民扰于中，其可防乎？俟其既至，则以前画之策，取而予之，切勿自动声色。声色动于外，则气馁于中。此以静待动之法，易知亦易行也。

止身外不测之忧

不测之忧，其未发也，必先有兆。现乎蓍龟[4]，动乎四体者，犹未必果验。其必验之兆，不在凶信之频来，而反在吉祥之事之太过。乐极悲生，否伏于泰[5]，此一定不移之数也。命薄之人，有奇福，便有奇祸；即厚德载福之人，极祥之内，亦必酿出小灾。盖天道好还，不敢尽私其人，微示公道于一线耳。达者处此，无不思患预防，谓此非善境，乃造化必忌之数，而鬼神必瞷[6]之秋也。

1 汗竹：借指史籍、书册。

2 树萱：种植萱草。萱草：俗名忘忧草。

3 度外：意思是心意计虑之外。置度外，就是说不介意。

4 蓍（shī）龟：蓍草和龟甲。古时用来占卜的工具。

5 否伏于泰：否（pǐ）、泰是《易经》中的两个卦名，否卦表示闭塞、不通顺；泰卦表示畅达、顺利。意为恶运隐藏在好运之中。

6 瞷（jiàn）：视，看；窥视。

萧墙之变[1]，其在是乎？止忧之法有五：一曰谦以省过，二曰勤以砺身，三曰俭以储费，四曰恕以息争，五曰宽以弥谤。率此而行，则忧之大者可小，小者可无；非循环之数，可以窃逃而幸免也。只因造物予夺之权，不肯为人所测识，料其如此，彼反未必如此，亦造物者颠倒英雄之惯技耳。

1 萧墙之变：萧墙：指古代宫室内当门的小墙。产生于家中的祸乱。比喻由内部原因所致的灾祸、变乱。

调饮啜[1]第三

《食物本草》一书，养生家必需之物。然翻阅一过，即当置之。若留匕箸之旁，日备考核，宜食之物则食之，否则相戒勿用，吾恐所好非所食，所食非所好，曾皙[2]睹羊枣而不得咽，曹刿鄙肉食而偏与谋[3]，则饮食之事亦太苦矣。尝有性不宜食而口偏嗜之，因惑《本草》之言，遂以疑虑致疾者。弓蛇[4]之为祟，岂仅在形似之间哉！食色，性也，欲藉饮食养生，则以不离乎性者近是。

1 啜：尝、喝。

2 曾皙：相传春秋时，楚文王嗜昌歜，曾皙嗜羊枣。后来用“羊枣昌歜”比喻人的嗜好。

3 《左传·庄公十年》记载：十年春，齐国的军队讨伐我国，鲁庄公将要应战，曹刿请面见。他的乡人说：“肉食者在谋划这件事，又何必再问呢？”刿回答说：“肉食者鄙漏，不能深谋远虑。”鲁庄公采纳了曹刿的建议，取得战争的胜利。后来被用作谋士不凡的典故。

4 弓蛇：汉应劭《风俗通·怪神·世间多有见怪惊怖以自伤者》记载：杜宣喝酒时看到弓弩映照在酒杯中，形状像蛇，喝了以后就感觉腹痛难忍，食欲大减，因而病倒。后来应郴告诉杜宣，杯中蛇只是墙上弓弩的影子而已。杜宣这才解除了疑忌，病很快就好了。后来用“弓蛇”指人对事物的错觉。

爱食者多食

生平爱食之物，即可养身，不必再查《本草》。春秋之时，并无《本草》，孔子性嗜姜，即不撤姜食，性嗜酱，即不得其酱不食，皆随性之所好，非有考据而然。孔子于姜、酱二物，每食不离，未闻以多致疾。可见性好之物，多食不为祟也。但亦有调剂君臣之法，不可不知。"肉虽多，不使胜食气。[1]"此即调剂君臣之法。肉与食较，则食为君而肉为臣；姜、酱与肉较，则又肉为君而姜、酱为臣矣。虽有好不好之分，然君臣之位不可乱也。他物类是。

怕食者少食

凡食一物而凝滞胸膛，不能克化者，即是病根，急宜消导。世间只有瞑眩[2]之药，岂有瞑眩之食乎？喜食之物，必无是患，强半皆所恶也。故性恶之物即当少食，不食更宜。

太饥勿饱

欲调饮食，先匀饥饱。大约饥至七分而得食，斯为酌中[3]之度，先时则早，过候则迟。然七分之饥，亦当予以七分之饱，如

1　出自《论语·乡党》："肉虽多，不使胜食气。"意为肉虽然多，但吃肉量不能超过主食量。

2　瞑眩：指用药后而产生的头晕目眩的强烈反应。

3　酌中：这里意为折中；适中。

田畴[1]之水，务与禾苗相称，所需几何，则灌注几何，太多反能伤稼，此平时养生之火候也。有时迫于繁冗[2]，饥过七分而不得食，遂至九分十分者，是谓太饥。其为食也，宁失之少，勿犯于多。多则饥饱相搏而脾气受伤，数月之调和，不敌一朝之紊乱矣。

太饱勿饥

饥饱之度，不得过于七分是已。然又岂无饕餮[3]太甚，其腹果然之时？是则失之太饱。其调饥之法，亦复如前，宁丰勿啬。若谓逾时不久，积食难消，以养鹰之法处之，故使饥肠欲绝，则似大熟之后，忽遇奇荒。贫民之饥可耐也，富民之饥不可耐也，疾病之生多由于此。从来善养生者，必不以身为戏。

怒时哀时勿食

喜怒哀乐之始发，均非进食之时。然在喜乐犹可，在哀怒则必不可。怒时食物易下而难消[4]，哀时食物难消亦难下，俱宜暂过一时，候其势之稍杀。饮食无论迟早，总以入肠消化之时为度。早食而不消，不若迟食而即消。不消即为患，消则可免一餐之忧矣。

---

1 田畴：指围有界限的耕地。

2 繁冗：指事务繁杂。

3 饕餮：传说中一种贪残的怪物。古代钟鼎彝器上多刻有它头部形状以为装饰。这里的意思是贪婪地吞食。

4 消：指消化、融化。

倦时闷时勿食

倦时勿食，防瞌睡也。瞌睡则食停于中，而不得下。烦闷时勿食，避恶心也。恶心则非特不下，而呕逆[1]随之。食一物，务得一物之用。得其用则受益，不得其用，岂止不受益而已哉！

1 呕逆：气逆而产生呕吐的感觉。

节色欲第四

行乐之地，首数房中。而世人不善处之，往往启妒酿争，翻为祸人之具。即有善御者，又未免溺之过度，因以伤身，精耗血枯，命随之绝。是善处不善处，其为无益于人者一也。至于养生之家，又有近姹[1]远色之二种，各持一见，水火其词。噫，天既生男，何复生女，使人远之不得，近之不得，功罪难予，竟作千古不决之疑案哉！予请为息争止谤，立一公评，则谓阴阳之不可相无，犹天地之不可使半也。天苟去地，非止无地，亦并无天。江河湖海之不存，则日月奚自而藏？雨露凭何而泄？人但知藏日月者地也，不知生日月者亦地也；人但知泄雨露者地也，不知生雨露者亦地也。地能藏天之精，泄天之液，而不为天之害，反为天之助者，其故何居？则以天能用地，而不为地所用耳。天使地晦[2]，则地不敢不晦；迨欲其明，则又不敢不明。水藏于地，而不假天之风，则波涛无据而起；土附于地，而不逢天之候，则草木何自而生？是天也者，用地之物也；犹男为一家之主，司出纳吐

1 近姹：这里意为亲近女色。

2 晦：这里的意思是昏暗。

茹[1]之权者也。地也者，听天之物也；犹女备一人之用，执饮食寝处之劳者也。果若是，则房中之乐，何可一日无之？但顾其人之能用与否，我能用彼，则利莫大焉。参苓芪术皆死药也，以死药疗生人，犹以枯木接活树，求其气脉之贯，未易得也。黄婆[2]姹女皆活药也，以活药治活人，犹以雌鸡抱雄卵，冀其血脉之通，不更易乎？凡借女色养身而反受其害者，皆是男为女用，反地为天者耳。倒持干戈[3]，授人以柄，是被戮之人之过，与杀人者何尤？人问：执子之见，则老氏“不见可欲，使心不乱[4]”之说，不几谬乎？予曰：正从此说参来，但为下一转语：不见可欲，使心不乱，常见可欲，亦能使心不乱。何也？人能摒绝[5]嗜欲，使声色货利不至于前，则诱我者不至，我自不为人诱，苟非入山逃俗，能若是乎？使终日不见可欲而遇之一旦，其心之乱也，十倍于常见可欲之人。不如日在可欲之中，与若辈习处，则是“司空见惯浑闲事[6]”矣，心之不乱，不大异于不见可欲而忽见可欲之人哉？老子之学，避世无为之学也；笠翁之学，家居有事之学也。二说并存，则游于方之内外，无适不可。

1　出纳吐茹：钱财的支出收入。

2　黄婆：道教炼丹的术语。认为脾内涎能养其他脏腑，所以叫黄婆。

3　倒持干戈：也称倒持泰阿。干、戈皆为兵器。倒拿着剑，把剑柄给别人。比喻把大权交给别人，自己反受其害。

4　语出《老子》：“不见可欲，使民心不乱。”意为不看到足以引起欲望的事物，使心思不被扰乱。

5　摒绝：意为全部排除。

6　唐孟棨《本事诗·情感》记载：刘于席上赋诗说：“鬖髻梳头宫样妆，春风一曲杜韦娘。司空见惯浑闲事，断尽江南刺史肠。”这里表示某事常见，不足为奇。

节快乐过情之欲

乐中行乐，乐莫大焉。使男子至乐，而为妇人者尚有他事萦心，则其为乐也，可无过情之虑。使男妇并处极乐之境，其为地也，又无一人一物搅挫其欢，此危道也。决尽提防之患，当刻刻虑之。然而但能行乐之人，即非能虑患之人；但能虑患之人，即是可以不必行乐之人。此论徒虚设耳。必须此等忧虑历过一遭，亲尝其苦，然后能行此乐。噫，求为三折肱之良医[1]，则囊中妙药存者鲜矣，不若早留余地之为善。

节忧患伤情之欲

忧愁困苦之际，无事娱情，即念房中之乐。此非自好，时势迫之使然也。然忧中行乐，较之平时，其耗精损神也加倍。何也？体虽交而心不交，精未泄而气已泄。试强愁人以欢笑，其欢笑之苦更甚于愁，则知忧中行乐之可已。虽然，我能言之，不能行之，但较平时稍节则可耳。

节饥饱方殷之欲

饥、寒、醉、饱四时，皆非取乐之候。然使情不能禁，必欲遂之，则寒可为也，饥不可为也；醉可为也，饱不可为也。以寒之为苦在外，饥之为苦在中，醉有酒力之可凭，饱无轻身之足

1　三折肱（gōng）之良医：几次断臂，就能懂得医治断臂的方法。后比喻对某事阅历多，富有经验，自能造诣精深。

据。总之，交媾[1]者，战也，枵腹[2]者不可使战；并处者，眠也，果腹者不可与眠。饥不在肠而饱不在腹，是为行乐之时矣。

节劳苦初停之欲

劳极思逸，人之情也，而非所论于耽酒嗜色之人。尝有喘息未定，即赴温柔乡者，是欲使五官百骸、精神气血，以及骨中之髓、肾内之精，无一不劳而后已。此杀身之道也。疾发之迟缓虽不可知，总无不胎病于内者。节之之法有缓急二种：能缓者，必过一夕二夕；不能缓者，则酣眠一觉以代一夕，酣眠二觉以代二夕。惟睡可以息劳，饮食居处皆不若也。

节新婚乍御之欲

新婚燕尔，不必定在初娶，凡妇人未经御而乍御者，即是新婚。无论是妻是妾，是婢是妓，其为燕尔之情则一也。乐莫乐于新相知，但观此一夕之为欢，可抵寻常之数夕，即知此一夕之所耗，亦可抵寻常之数夕。能保此夕不受燕尔之伤，始可以道新婚之乐。不则开荒辟昧，既以身任奇劳，献媚要功，又复躬承异瘁[3]。终身不二色者，何难作背城一战；后宫多嬖侍者，岂能为不败孤军？危哉！危哉！当筹所以善此矣。善此当用何法？曰："静之以

1 交媾：指性交。
2 枵（xiāo）腹：枵：空虚。这里意为饥饿。
3 躬承异瘁：亲自承受异乎寻常的劳累。

心，虽曰燕尔新婚，只当行其故事。”“说大人，则藐之[1]，御新人，则旧之。”仍以寻常女子相视，而不致大动其心。过此一夕二夕之后，反以新人视之，则可谓驾驭有方，而张弛合道者矣。

节隆冬盛暑之欲

最宜节欲者隆冬，而最难节欲者亦是隆冬；最忌行乐者盛暑，而最便行乐者又是盛暑。何也？冬夜非人不暖，贴身惟恐不密，倚翠偎红之际，欲念所由生也。三时苦于褦襶，九夏独喜轻便，袒裼裸裎[2]之时，春心所由荡也。当此二时，劝人节欲，似乎不情，然反此即非保身之道。节之为言，明有度也；有度则寒暑不为灾，无度则温和亦致戾[3]。节之为言，示能守也；能守则日与周旋而神旺，无守则略经点缀而魂摇。由有度而驯至能守，由能守而驯至自然，则无时不堪昵玉，有暇[4]即可怜香[5]。将鄙是集为可焚，而怪湖上笠翁之多事矣。

1 出自《孟子·尽心下》：“说大人，则藐之，勿视其巍巍然。”意为劝说地位高的人要轻视其地位。

2 袒裼裸裎（tǎn xī luǒ chéng）：裼：婴儿的包被；袒裼：脱去上衣，露出身体的一部分；裎：古代一种对襟单衣；裸裎：露体。指脱衣露体。

3 戾：这里的意思是罪恶。

4 暇：意为空闲；闲暇。

5 怜香：这里比喻对女性的怜爱。

却病第五

病之起也有因，病之伏也有在，绝其因而破其在，只在一字之和。俗云：“家不和，被邻欺。”病有病魔，魔非善物，犹之穿窬之盗[1]，起讼构难[2]之人也。我之家室有备，怨谤不生，则彼无所施其狡猾，一有可乘之隙，则环肆奸欺而祟我矣。然物必先朽而后虫生之，苟能固其根本，荣其枝叶，虫虽多，其奈树何？人身所当和者，有气血、脏腑、脾胃、筋骨之种种，使必逐节调和，则头绪纷然，顾此失彼，穷终日之力，不能防一隙之疏。防病而病生，反为病魔窃笑耳。有务本之法，止在善和其心。心和则百体皆和。即有不和，心能居重驭轻，运筹帷幄[3]，而治之以法矣。否则内之不宁，外将奚视？然而和心之法，则难言之。哀不至伤，乐不至淫，怒不至于欲触，忧不至于欲绝。“略带三分拙，兼存一线痴；微聋与暂哑，均是寿身资。”此和心诀也。三复斯言，病其可却。

1　穿窬（yú）之盗：意为穿墙和爬墙的贼。

2　起讼构难：公堂诉讼争辩，结成怨仇。

3　运筹帷幄：筹：计谋、谋划；帷幄：古代军中帐幕。指拟定作战策略。引申为筹划、指挥。

病未至而防之

病未至而防之者，病虽未作，而有可病之机与必病之势，先以药物投之，使其欲发不得，犹敌欲攻我，而我兵先之，预发制人者也。如偶以衣薄而致寒，略为食多而伤饱，寒起畏风之渐，饱生悔食之心，此即病之机与势也。急饮散风之物而使之汗，随投化积之剂而速之消。在病之自视如人事，机才动而势未成，原在可行可止之介，人或止之，则竟止矣。较之戈矛已发，而兵行在途者，其势不大相径庭哉？

病将至而止之

病将至而止之者，病形将见而未见，病态欲支而难支，与久疾乍愈之人同一意况。此时所患者切忌猜疑。猜疑者，问其是疾与否也。一作两岐之念，则治之不力，转盼而疾成矣。即使非疾，我以是疾处之，寝食戒严，务作深沟高垒[1]之计；刀圭[2]毕备，时为出奇制胜之谋。以全副精神，料理奸谋未遂之贼，使不得揭竿而起[3]者，岂难行不得之数哉？

1 深沟高垒：深的战壕和高的营垒。指坚固的防御工事。

2 刀圭：中药的量器名。这里指药物医术。

3 揭竿而起：揭：高举；竿：竹竿，代旗帜。砍了树干当武器，举起竹竿当旗帜，进行反抗。

病已至而退之

病已至而退之，其法维何？曰：止在一字之静。敌已至矣，恐怖何益？“剪灭此而后朝食[1]”，谁不欲为？无如不可猝得。宽则或可渐除，急则疾上又生疾矣。此际主持之力，不在卢医、扁鹊，而全在病人。何也？召疾使来者，我也，非医也。我由寒得，则当使之并力去寒；我自欲来，则当使之一心治欲。最不解者，病人延医，不肯自述病源，而只使医人按脉。药性易识，脉理难精，善用药者时有，能悉脉理而所言必中者，今世能有几人哉？徒使按脉定方，是以性命试医，而观其中用否也。所谓主持之力不在卢医、扁鹊，而全在病人者，病人之心专一，则医人之心亦专一，病者二三其词，则医人什佰其径，径愈宽则药愈杂，药愈杂则病愈繁矣。昔许胤宗[2]谓人曰：“古之上医，病与脉值，惟用一物攻之。今人不谙脉理，以情度病，多其药物以幸有功，譬之猎人，不知兔之所在，广络原野以冀其获，术亦疏矣。”此言多药无功，而未及其害。以予论之，药味多者不能愈疾，而反能害之。如一方十药，治风者有之，治食者有之，治痨伤[3]虚损者亦有之。此合则彼离，彼顺则此逆，合者顺者即使相投，而离者逆者又复于中为祟矣。利害相攻，利卒不能胜害，况其多离少合，有逆无顺者哉？故延医服药，危道也。不自为政，而听命于人，又危道中之危道也。慎而又慎，其庶几乎！

1　语出《左传·成公二年》记载：齐侯说，先把敌人消灭掉再吃早饭。形容急于消灭敌人的心情和必胜的信心。

2　许胤（yìn）宗：常州义兴（今江苏宜兴）人，精通医术。《新唐书》记载他疗治关中传染病“骨蒸”，药到病愈。

3　痨伤：劳伤。中医有五劳七伤的说法，这里用来泛指各种疾病和致病因素。

疗病第六

"病不服药，如得中医。[1]"此八字金丹，救出世间几许危命！进[2]此说于初得病时，未有不怪其迂者，必俟刀圭药石无所不投，人力既穷，而沉疴[3]如故，不得已而从事斯语，是可谓天人交迫，而使就"中医"者也。乃不攻不疗，反致霍然，始信八字金丹，信乎非谬。以予论之，天地之间只有贪生怕死之人，并无起死回生之药。"药医不死病，佛度有缘人。[4]"旨哉斯言！不得以谚语目之矣。然病之不能废医，犹旱之不能废祷。明知雨泽在天，匪求能致，然岂有晏然坐视，听禾苗稼穑之焦枯者乎？自尽其心而已矣。予善病一生，老而勿药。百草尽经尝试，几作神农后身，然于大黄解结之外，未见有呼应极灵，若此物之随试随验者也。

生平著书立言，无一不由杜撰，其于疗病之法亦然。每患一

1 出自东汉班固《汉书·艺文志》："有病不治，常得中医。""病不服药，如得中医"是由此衍生出的谚语，意为生病了不吃药，常常能够得到中等的治愈率。

2 进：奉上，呈上。

3 沉疴：拖延长久的重病。

4 语出《醒世恒言·卷十》："药医不死病，佛度有缘人。"意为药只能医治可以挽救的病，佛只能超度有缘之人。

症，辄自考其致此之由，得其所由，然后治之以方，疗之以药。所谓方者，非方书所载之方，乃触景生情，就事论事之方也；所谓药者，非《本草》必载之药，乃随心所喜，信手拈来之药也。明知无本之言不可训世，然不妨姑妄言之，以备世人之妄听。凡阅是编者，理有可信则存之，事有可疑则阙[1]之，不以文害辞，不以辞害志[2]，是所望于读笠翁之书者。

药笼应有之物，备载方书；凡天地间一切所有，如草木金石，昆虫鱼鸟，以及人身之便溺、牛马之溲渤，无一或遗，是可谓两间至备之书，百代不刊[3]之典。今试以《本草》一书高悬国门，谓有能增一疗病之物，及正一药性之讹者，予以千金。吾知轩、岐[4]复出，卢扁[5]再生，亦惟有屏息而退，莫能觊觎者矣。然使不幸而遇笠翁，则千金必为所攫[6]。何也？药不执方，医无定格。同一病也，同一药也，尽有治彼不效、治此忽效者；彼是则此非，彼非则此是，必居一于此矣。又有病是此病，药非此药，万无可用之理，或被庸医误投，或为臧获谬取，食之不死，反以回生者。迹是而观，则《本草》所载诸药性，不几大谬不然乎？更有奇于此者，常见有人病入膏肓，危在旦夕，药饵攻之不效，刀圭试之不灵，忽于无心中瞥遇一事，猛见一物，其物并非药饵，其事绝异刀圭，或为喜乐而病消，或为惊慌而疾退。“救得命活，

1　阙：这里的意思是去除。

2　出自《孟子·万章上》：“故说《诗》者不以文害辞，不以辞害志。”不以文害辞：指拘于文字而误解整个语句的意义。不以辞害志：辞：文辞；志：作品的思想内容。原意是不因为只顾文辞而损害了对内容的理解。

3　刊：订正；修订。

4　轩、岐：指轩辕氏与岐伯，他们被视为中国医药的始祖。

5　卢扁：指名医扁鹊，因家在卢国，所以又称卢扁。

6　攫：夺取。

即是良医；医得病痊，便称良药。”由是观之，则此一物与此一事者，即为《本草》所遗，岂得谓之全备乎？虽然，彼所载者，物性之常；我所言者，事理之变。彼之所师者人，人言如是，彼言亦如是，求其不谬则幸矣；我之所师者心，心觉其然，口亦信其然，依傍于世何为乎？究竟予言似创，实非创也，原本于方书之一言："医者，意也。”以意为医，十验八九，但非其人不行。吾愿以拆字射覆者改卜为医，庶几[1]此法可行，而不为一定不移之方书所误耳。

本性酷好之药

一曰本性酷好之物，可以当药。凡人一生，必有偏嗜偏好之一物，如文王之嗜菖蒲[2]菹[3]，曾皙之嗜羊枣，刘伶之嗜酒，卢仝之嗜茶，权长孺之嗜瓜，皆癖嗜也。癖之所在，性命与通，剧病得此，皆称良药。医士不明此理，必按《本草》而稽查药性，稍与症左，即鸩毒视之。此异疾之不能遽瘳[4]也。予尝以身试之。庚午之岁，疫疠盛行，一门之内，无不呻吟，而惟予独甚。时当夏五，应荐杨梅，而予之嗜此，较前人之癖菖蒲、羊枣诸物，殆有甚焉，每食必过一斗。因讯妻孥曰："此果曾入市否？”妻孥知其既有而未敢遽进，使人密讯于医。医者曰："其性极热，适与症反。无论多食，即一二枚亦可丧命。”家人识其不可，而恐予

1　庶几：连词。前面先说明某种情况或条件，以“庶几”连下句，讲明后果，含“才能、以便”的意思。

2　菖蒲：单子叶植物，天南星科，多年水生草本，它的根状茎可供药用，可以健脾。

3　菹（zū）：酸菜；腌菜。

4　瘳（chōu）：痊愈。

固索，遂诡词以应，谓此时未得，越数日或可致之。讵料予宅邻街，卖花售果之声时时达于户内，忽有大声疾呼而过予门者，知其为杨家果也。予始穷诘家人，彼以医士之言对。予曰："碌碌巫咸[1]，彼乌知此？急为购之！"及其既得，才一沁齿而满胸之郁结俱开，咽入腹中，则五脏皆和，四体尽适，不知前病为何物矣。家人睹此，知医言不验，亦听其食而之不禁，病遂以此得痊。由是观之，无病不可自医，无物不可当药。但须以渐尝试，由少而多，视其可进而进之，始不以身为孤注。又有因嗜此物，食之过多因而成疾者，又当别论。不得尽执以酒解酲[2]之说，遂其势而益之。然食之既厌而成疾者，一见此物，即避之如仇。不相忌而相能，即为对症之药可知已。

其人急需之药

二曰其人急需之物，可以当药。人无贵贱穷通，皆有激切所需之物。如穷人所需者财，富人所需者官，贵人所需者升擢，老人所需者寿，皆卒急欲致之物也。惟其需之甚急，故一投辄喜，喜即病痊。如人病入膏肓，匪医可救，则当疗之以此。力能致者致之，力不能致，不妨绐[3]之以术。家贫不能致财者，或向富人称贷，伪称亲友馈遗，安置床头，予以可喜，此救贫病之第一着也。未得官者，或急为纳粟，或谬称荐举；已得官者，或真谋铨

1　巫咸：古代传说中的人名。殷中宗的贤臣。相传他发明了鼓，是用筮占卜的创始者，又是个占星家，后世有假托他所测定的恒星图。

2　酲（chéng）：意思是病酒，酒醉后神志不清。

3　绐（dài）：意为哄骗。

补[1]，或假报量移[2]。至于老人欲得之遐年[3]，则出在星相巫医之口，予千予百，何足吝哉！是皆"即以其人之道，反治其人之身[4]"者也。虽然，疗诸病易，疗贫病难。世人忧贫而致疾，疾而不可救药者，几与恒河沙比数。焉能假太仓之粟[5]，贷郭况之金[6]，是人皆予以可喜，而使之霍然尽愈哉？

一心钟爱之药

三曰一心钟爱之人，可以当药。人心私爱，必有所钟。常有君不得之于臣，父不得之于子，而极疏极远极不足爱之人，反为精神所注，性命以之者，是即钟情之物也。或是娇妻美妾，或为狎客娈童，或系至亲密友，思之弗得，与得而弗亲，皆可以致疾。即使致疾之由，非关于此，一到疾痛无聊之际，势必念及私爱之人。忽使相亲，如鱼得水，未有不耳清目明，精神陡健，若病魔之辞去者。此数类之中，惟色为甚，少年之疾，强半犯此。父母不知，谬听医士之言，以色为戒，不知色能害人，言其常也，情堪愈疾，处其变也。人为情死，而不以情药之，岂人为饥

1 铨（quán）补：选补官职。

2 量移：因罪远贬的官吏，遇赦调迁近处任职。

3 遐年：在这里的意思是长寿。

4 出自宋朱熹《中庸集注》："故君子之治人也，即以其人之道，还治其人之身。"意为用别人的办法惩治别人。

5 太仓之粟：出自东汉班固《汉书・食货志》："太仓之粟，陈陈相因，充溢露积于外，腐败不可食。"指皇家仓库的粮食。

6 郭况之金：郭况：东汉光武帝刘秀第一任皇后郭圣通的弟弟，极其富有，所以有"郭况金穴"的说法。

死，而仍戒令勿食，以成首阳之志[1]乎？凡有少年子女，情窦已开，未经婚嫁而至疾，疾而不能遽瘳者，惟此一物可以药之。即使病躯羸弱，难使相亲，但令往来其前，使知业为我有，亦可慰情思之大半。犹之得药弗食，但嗅其味，亦可内通腠理，外壮筋骨，同一例也。至若闺门以外之人，致之不难，处之更易。使近卧榻，相昵相亲，非招人与共，乃赎药使尝也。仁人孝子之养亲，严父慈母之爱子，俱不可不预蓄是方，以防其疾。

一生未见之药

四曰一生未见之物，可以当药。欲得未得之物，是人皆有，如文士之于异书，武人之于宝剑，醉翁之于名酒，佳人之于美饰，是皆一往情深，不辞困顿，而欲与相俱者也。多方觅得而使之一见，又复艰难其势而后出之，此驾驭病人之术也。然必既得而后留难之，许而不能卒与，是益其疾矣。所谓异书者，不必微言秘籍，搜藏破壁而后得之。凡属新编，未经目睹者，即是异书，如陈琳之檄[2]，枚乘之文[3]，皆前人已试之药也。须知奇文通神，鬼魅遇之，无有不辟者。而予所谓文人，亦不必定指才士，凡系识字之人，即可以书当药。传奇野史，最祛病魔，倩人读之，与诵咒辟邪无异也。他可类推，勿拘一辙。富人以珍宝为异物，贫家以罗绮为异物，猎山之民见海错而称奇，穴处之家入巢

1　首阳：山名。《史记·伯夷列传》载伯夷、叔齐“义不食周粟，隐于首阳山，采薇蕨而食，及饿且死”。首阳之志意为如伯夷、叔齐忍饥挨饿也要坚守节操。

2　陈琳之檄（xí）：陈琳：东汉文学家，“建安七子”之一，曾为袁绍作檄文斥责曹操。当时曹操正患头风，听了这篇文章即刻病愈。

3　枚乘之文：枚乘的名作《七发》内容是用七件事给楚太子疗病。

居而赞异。物无美恶，希觏为珍；妇少妍媸，乍亲必美。昔未睹而今始睹，一钱所购，足抵千金。如必俟希世之珍，是索此辈于枯鱼之肆矣。

平时契慕之药

五曰平时契慕[1]之人，可以当药。凡人有生平向往，未经谋面者，如其惠然肯来，以之当药，其为效也更捷。昔人传韩非书至秦，秦王见之曰："寡人得见此人与之游，死不恨矣！"汉武帝读相如《子虚赋》而善之，曰："朕独不得与此人同时哉！"晋时宋纤有远操，沉静不与世交，隐居酒泉，不应辟命。太守杨宣慕之，画其像于阁上，出入视之。是秦王之于韩非，武帝之于相如，杨宣之于宋纤，可谓心神毕射，寤寐相求者矣。使当秦王、汉帝、杨宣卧疾之日，忽致三人于榻前，则其霍然起舞，执手为欢，不知疾之所从去者，有不待事毕而知之矣。凡此皆言秉彝[2]至好出自中心，故能愉快若此。其因人赞美而随声附和者不与焉。

素常乐为之药

六曰素常乐为之事，可以当药。病人忌劳，理之常也。然有"乐此不疲"一说作转语，则劳之适以逸之，亦非拘士所能知

1　契慕：这里意为爱慕。

2　秉彝（yí）：这里的意思是保持常规。

耳。予一生疗病，全用是方，无疾不试，无试不验，徙痈[1]浣肠之奇，不是过也。予生无他癖，惟好著书，忧藉以消，怒藉以释，牢骚不平之气藉以铲除。因思诸疾之萌蘖[2]，无不始于七情，我有治情理性之药，彼乌能祟我哉！故于伏枕呻吟之初，即作开卷第一义；能起能坐，则落毫端，不则但存腹稿。迨沉疴将起之日，即新编告竣之时。一生剞劂[3]，孰使为之？强半出造化小儿之手。此我辈文人之药，“止堪自怡悦，不堪持赠君[4]”者。而天下之人，莫不有乐为之一事，或耽诗癖酒，或慕乐嗜棋，听其欲为，莫加禁止，亦是调理病人之一法。总之，御疾之道，贵在能忘；切切在心，则我为疾用，而死生听之矣。知其力乏，而故授以事，非扰之使困，乃迫之使忘也。

生平痛恶之药

七曰生平痛恶之物与切齿之人，忽而去之，亦可当药。人有偏好，即有偏恶。偏好者致之，既可已疾，岂偏恶者辟之使去，逐之使远，独不可当沉疴之《七发》乎？无病之人，目中不能容屑，去一可憎之物，如拔眼内之钉。病中睹此，其为累也更甚。故凡遇病人在床，必先计其所仇者何人，憎而欲去者何物，人之

1　徙痈（xǐ yōng）：痈疽，恶性脓疮，浅者为痈，深者为疽。《南史·薛伯宗传》记载：薛伯宗善于迁移痈疽，他曾将公孙泰背上的疮患迁移到斋前柳树上，出现了人痈消树病死的奇闻。这里指一种江湖医术，传说能移去痈疽。后来被用作异术奇闻的典故。

2　萌蘖（niè）：意为萌发的新芽。

3　剞劂（jī jué）：刻镂的刀具。这里指雕版印书。

4　出自南朝梁陶弘景《诏问山中何所有，赋诗以答》：“山中何所有？岭上多白云。只可自怡悦，不堪持赠君。”意为只可供自己欣赏娱乐，却不能拿来馈赠给你。

来也屏之，物之存也去之。或诈言所仇之人灾伤病故，暂快一时之心，以缓须臾之死，须臾不死，或竟不死也，亦未可知。刲股救亲，未必能活；割仇家之肉以食亲，痼疾[1]未有不起者。仇家之肉，岂有异味可尝，而怪色奇形之可辨乎？暂欺以方，亦未尝不可。此则充类至义之尽也。愈疾之法，岂必尽然，得其意而已矣。

以上诸药，创自笠翁，当呼为《笠翁本草》。其余疗病之药及攻疾之方，效而可用者尽多。但医士能言，方书可考，载之将不胜载。悉留本等之事，以归分内之人，俎不越庖[2]，非言其可废也。总之，此一书者，事所应有，不得不有；言所当无，不敢不无。“绝无仅有”之号，则不敢居；“虽有若无”之名，亦不任受。殆亦可存而不必尽废者也。

1　痼疾：经久难治愈的疾病。

2　俎不越庖：俎为古代祭祀时摆祭品的礼器；庖是指厨师。俎不越庖指人各有专职。

三
个
圈

经典就读三个圈　导读解读样样全

读客三个圈
独家文学手册

导读：你也可以这样活

李　慧[1]

对幸福人生的追求是古往今来人们的孜孜愿望。然而，当问及“你幸福吗”这一话题时，却有种种意料之外的回答。莫言在获得诺贝尔奖后，被央视追问“你幸福吗”，他的回答是“我不知道”。在莫言看来，“幸福”就是什么都不想，一切都放下，身体健康，精神没有什么压力。莫言说：“我现在压力很大，忧虑重重，能幸福吗？我要说不幸福，那也太装了吧。刚得诺贝尔奖能说不幸福吗？”莫言的这一感受，代表着时下大部分人的共同感受。当今社会，科技日益发达，物质空前丰富，人们生活也越来越便利，可为什么幸福指数反而下降甚至感受不到幸福了呢？

李渔《闲情偶寄》有言：“若能实具一段闲情、一双慧眼，则过目之物尽是画图，入耳之声无非诗料。[2]”闲情与慧眼，也许正是现代人所缺失的。《闲情偶寄》之《声容部》《居室部》《器玩

1　文学博士，广西大学文学院副教授，从事元明清文学与古典戏曲研究。

2 《闲情偶寄・居室部》，第76页。

部》《饮馔部》《种植部》《颐养部》从物质、精神两个层面谈论人生、品味生活，可谓国人生活艺术指南。该书自面世以来，素为人称道："其言近，其旨远，其取情多而用物闳，漻漻乎，缅缅乎，汶者读之旷，僿者读之通，悲者读之愉，拙者读之巧，愁者读之忭且舞，病者读之霍然兴[1]"。直到今日，我们还能从《闲情偶寄》中汲取人生智慧，愉悦心灵，找到幸福的密码。

一、李渔其人

李渔（1611—1680）是中国古代著名的戏剧家、小说家，浙江兰溪人，原名仙侣，字谪凡，号天徒，后改名渔，号笠翁，创作有剧本《笠翁十种曲》，短篇小说集《十二楼》和诗作品《一家言全集》[2]等。

李渔出身游医之家，自幼聪慧，"襁褓识字，总角成篇"。他年少时受到了良好的教育，拥有开阔的视野，崇祯八年（1635）应童子试"独以五经见拔"，深得主试官赏识。不幸的是，李渔生活的时代，正值流寇四起、明清鼎革之际的大动荡与变革年代，他生活的浙东一带战火频仍，"才徙家而家焚，甫出城而城陷，其出生于死，皆在斯须倏忽之间[3]"。原本家境富裕，由于战乱，生计日艰，为了养家糊口，李渔选择了亦文、亦商、亦优的生活方式。一方面他著书卖文，过着阿谀帮闲的世俗生活；另一

1 《闲情偶寄·余怀序》，第314页。

2 《一家言全集》收录《一家言》《耐歌词》《论古》《闲情偶寄》四部书。

3 《闲情偶寄·饮馔部》，第164页。

方面又孜孜地追求着精致高雅的审美生活。从《闲情偶寄》一书来看，李渔凭着他商人的眼光、豁达之个性与独特的神思才情在日常的生活里活得坦然自如。

李渔曾开设芥子园书铺，以从事书籍的编辑、出版与销售为生，独具先锐的商业思维与强烈的版权意识。他编辑的《芥子园画谱》至今仍是一部重要的国画画谱。他认为“笺帖”这种样式要自产自销，来作为辛勤笔耕的酬劳，且不许他人翻刻仿制，警曰“我耕彼食，情何以堪？誓当决一死战，布告当事，即以是集为先声[1]”。唯恐呵斥训诫不足，他还扬言要筹备官司控告，实在有对付不了的倚富恃强之人，则苦口婆心地劝告：“总之天地生人，各赋以心，即宜各生其智，我未尝塞彼心胸，使之勿生智巧，彼焉能夺吾生计，使不得自食其力哉。[2]”动之以情，晓之以理，为保护个人知识产权、维护商业利益，软硬兼施的手段可谓面面俱到。

李渔拥有豁达的人生观念，对世间万物保有浓厚的情感，屡经细致观察，生发出独到的见解与深邃的人生哲理。如在《居室部》“墙壁”篇，他认为：“居室器物之有公道者，惟墙壁一种，其余一切皆为我之学也。然国之宜固者城池，城池固而国始固；家之宜坚者墙壁，墙壁坚而家始坚。其实为人即是为己，人能以治墙壁之一念治其身心，则无往而不利矣。人笑予止务闲情，不喜谈禅讲学，故偶为是说以解嘲，未审有当于理学名贤及善知识否也。[3]”李渔从对墙壁的观察，过渡到墙坚与家坚，城池固与国固；进而引申到“人能以治墙壁之一念治其身心，则无往而不利

1 《闲情偶寄·器玩部》，第133页。
2 《闲情偶寄·器玩部》，第133页。
3 《闲情偶寄·居室部》，第81页。

矣”，禅机自然流露。李渔游走于文学与商业之间，在艺术生活与市民生活中寻找平衡。当时的人们鄙薄他的营生，李渔干脆为自己居所的庐匾题字“贱者居”，其坦诚之性情可见一斑。

在思想和言论上，李渔疑君疑古，崇尚物性。《闲情偶寄》中即秉承着“凡事不必尽准于古”“尽信书不如无书”的批判性视角，推崇顺应物性并由物及人，最终以“不弗人之性”为基本落脚点。他在《读史志愤》一诗中言“古人不摹古，各自行其意”，在李渔看来，我们不能一开口就像蒙童背书、梨园演戏一般和古人的说法一字不差，而应该拥有思想上的自由，更何况“天下之明理无穷，圣贤之论述有限”，我辈大可言由心生，依照自己的心性无拘地畅所欲言。正如余怀在序言中对李渔的评价：“前人所欲发而未竟发者，李子尽发之；今人所欲言而不能言者，李子尽言之。[1]”因此，我们今天仍能在《闲情偶寄》一书中挖掘到他的人生智慧，并照亮自己。

二、《闲情偶寄》其书

《闲情偶寄》写成于康熙十年（1671）冬，最早的版本主要有康熙刻本和康熙十年金陵翼圣堂刻本，书名取陶渊明《闲情赋》之意。此时李渔已年过六十，《闲情偶寄》可以说是他较为成熟的收官之作。对于大半生以来毁誉参半的李渔而言，《闲情偶寄》与他的生活水乳交融，浑然一体，处处显露出他“从心所

1 《闲情偶寄・余怀序》，第314页。

欲不逾矩”的豁达，也完整地呈现出其毕生才情。

本书包含尤桐和余怀的两篇序言，以及李渔的《凡例七则》，特别校订收录许翰章编写的《李笠翁年谱》，以便读者结合他的人生历程更好地理解其人生美学。正文原为八部十六卷，《声容部》《居室部》《器玩部》《饮馔部》《种植部》《颐养部》六部，包含服饰装扮、园林建筑、器具古玩、饮食烹调、种树栽花、医疗养生等诸多生活美学门类；《词曲部》与《演习部》论述戏曲创作和导演，是自成体系的戏曲理论，大量引用了戏曲原文和专业词汇，对大众读者而言较为晦涩枯燥，且已为学人合编成《李笠翁曲话》，故此次不再收录。本书还插入了许多生动有趣的画作，其中部分选自《芥子园画谱》，均出自李渔本人之手，以便于直观呈现其美学观念。

本书《声容部》就妆容、仪态、服饰等方面提出女子应做到举止自然优雅，才貌德行兼备。李渔认为“女子无才便是德”是时代偏见所致，他主张教习妇女诗赋歌舞，把她们培养成德智体美完善的个体。当然，李渔在讲到女子时，常常落脚于“床榻之用”，较为偏颇。

《居室部》阐述了居室设计理念，包括环境的营造和家具的设计，例如“床令生花”“暖椅”“凉杌”等设置都令人身心愉悦。再如房间建造的活檐，收放自如，一檐两用，雨天时正撑来接收雨水，晴天时反撑作为遮阳的顶格，阴天则收起，避免遮挡光线使屋内过于昏暗，这些都是以生活实际为旨，实用美观而又讲究天巧自然。

《器玩部》中谈论了当今人们常常感到头疼的收纳问题，包括几案、橱柜、碗碟、茶具等日常的器物应当如何使用与摆放，琐碎平常的生活也可以富有情趣。在这一章节，我们走进笠翁的起居之所，细致观察古人如何从容应对生活所需、处理烦琐家务，品味笠翁一以贯之的雅致精心。所谓境由心生，唯识所现，无论我们的居室环境如何，拥有如实的观念，知如实，见如实，就能够从日用而不知的麻木中走出来，体会到一花一世界之美妙。

《饮馔部》讲饮食的宗旨，略谈了笋、蟹等几种食物的烹饪原则。李渔认为饮食的核心在于讲求自然本真的风味，提倡“后肉食而首蔬菜”，其养生观念在亚健康泛滥的今天有重要的借鉴意义。而在对待禽类肉食上，应当考虑到物种的稀缺问题，对易于繁衍的普通鱼类可大快朵颐，而对一些濒临灭绝的物种不能抱着“物以稀为贵”的错误观念，要尊重自然万物的存在，甚至体会一切有生命物体的痛痒悲欢，字里行间透露出李渔保护生态平衡的世界观。

《种植部》中李渔认为生命万物与人性相通，不只是动物，植物也通人性。他对各种植物花卉，并非只泛泛关注它们的外表，而能够从人性的角度理解并加以品评。例如种菊之人整日辛勤劳作，但赏菊的人只知道眼前花好，而不谈栽培过程中人力的艰苦付出，无异于陷菊花于饮水忘源之境。李渔对生活中的万事万物常常保有同理心和同情感，在人与人、人与外在世界关系越来越冷漠的当代社会，这一份同情与柔肠弥足珍贵。

《颐养部》主要谈养生，李渔提出不同阶层的人有不同的行乐方式，不同时节也有不同的养生之法，人生时时、处处皆可行乐。其中讲到止忧的方法有五种：谦以省过，勤以砺身，俭以储费，恕以息争，宽以弥谤。通过积极培养谦、勤、俭、恕、宽正向的心理，对治过、奢、争、谤等不良心理，通过个体内心的调整来化解忧愁，这与现在盛行的心理疏导方法相契合。

李渔的作品较早就流传到国外，1705年日本平凡社和东洋文化协会连续出版了日文版《闲情偶寄》，传播了园林亭台、居室器玩与声容服装等方面的内容。但有些读者可能会问为什么六部当中每一类只谈几种呢？其实李渔在凡例中已谈道：一本书如果追求每件事都很完备，力求无一遗漏，就难免出现支离补凑的弊病。《闲情偶寄》虽不似百科全书般面面俱到，但做到了开创新例，提出许多与实际生活息息相关的人生智慧与美学经验，立足于实际生活所悟，立意于高雅旨趣，并充分结合物理人情，本身独具哲学思辨特色。

正如李渔所讲，文章有“草”“木”之分，有些文章初刊时或像草般青翠可爱，而日渐枯萎后，会被毫不吝惜地烧掉。草一年一生，树则百年一伐，即便年久陈腐，不成栋梁之材，人们也不忍直接把它当成柴火对待。《闲情偶寄》正如树木一样具有强盛的生命价值，它所关注的，我们每个人一生中都在经历，即使三百年之后，依然可以成为案头常备的生活艺术指南。

三、对生活美育的探讨

生活美育是一个关乎幸福的命题。哲学家和教育家约翰·杜威认为：“教育不是为生活做准备，而是生活的本身。”朱光潜在《谈美感教育》中同样提出，美感教育不是替有闲阶级增加一件奢侈的事情，而是使普通人在丰富华严的世界中随处吸收支持生命和推展生命的活力。儒家认定美育为德育的必由之径，因为道德并非陈腐条文的遵守，而是至性真情的流露，所以德育要从根本做起，必须怡情养性，而美育的功用恰在于怡情养性。当代许多人嫌生活枯燥，烦闷无聊，没有幸福感，感受不到世间万物的新鲜有趣，其关键在于缺乏美育。

至于何为生活美学，仪平策教授阐释道："是指人类将美的意义、价值、理论、根源安放于一切日常生活之中的美学，并在其中展现出具体的审美活动。"刘悦笛认为，中国人对美好生活的追求，一个是好生活，一个是美生活。好生活就是有质量的生活，美生活就是有品位的生活。生活美学是美好生活的理想所在，而生活美育为美好生活提供动力源。在生活美育的视野里，强调人人都是生活美育的教师，所教的不是别人正是自己，人人也都是生活美育的学生，是自己的学生，即为自我教育的真谛。因为生活对于每个人而言是自始至终的，因此生活美育是终身教育。而李渔的《闲情偶寄》在三百多年后的今天仍可视为生活美育的范本。

李渔的生活美学可精要概括为"从心所欲不逾矩"。这里的"心"不仅指人心人性，也指物性，人性与物性相应相合，才能够尽善尽美。同时，这里更需要明确的是人生态度与价值立场上的本心。古往今来，很少有人能够顾及他物的性情，李渔不喜"盆内之花""笼中之鸟""缸内之鱼"，正是由于囚鸾絷凤的做法令物性局促不舒，从而自制鸟笼，除尽拘囚迹象。眼界关乎心境，人欲活泼其心，先宜活泼其眼。他设计的湖舫便面"摇一橹，变一像，撑一篙，换一景"，尽现风摇水动，刻刻异形之美，则是遵从了山川流转之性。"居处习见，能移性情"，眼前所见常常能够改变我们的心境和情绪，李渔居室的"无心画"与

"梅窗"等使得四季之景皆作天然图画，营造出化板成活、虚实相生的视觉效果，而"活""生"二字皆是依靠顺应物性而实现的。遵循这样的原则才促成了"以内视外，固是一幅便面山水；而以外视内，亦是一幅扇头人物"这样极具立体环绕效果的独创设计。在个体心灵层面，李渔强调避忧和寻欢，指出止忧之法有五，认为我们的身心都是"数月之调和，不敌一朝之紊乱"，所以时常保持平和愉快的心境，远离激烈的情绪困扰是其重要的"养生之道"。

《闲情偶寄》的凡例谈及，在革故鼎新的盛世中，读者应当可获知一两件前所未见的事情、一两句前所未闻的言辞，以"阔视听，新耳目"。而创制别具匠心的样式，绝不意味着引人奢求标新立异，而是要求摒弃过多无度的追求，做到物尽其用，因地制宜，暗含了戒奢从俭的风尚。更值得一提的是，李渔不仅有鸿篇巨制的格局观，更能够注重细节，以洒扫房屋为例，道出"一事不做而生十事"的道理，提醒人们应当注意生活细节，如此才能实现真正的雅致。

总的来看，李渔所推崇的是传统的中国美学范式，强调在真假、虚实、远近、内外等相对立的因素之间创造美，其中的核心在于"中和"，实现一种和谐持中、刚柔并济、虚实相生的"化境"。审美存在于人们的主观意识当中，无论是创作者还是观赏者，心中皆自生一种"化境"，这一点笠翁在文中鲜明呈现，读者正是理解了这一种心境，才能够创造出专属于自己的生活美学。

四、最后的话

树娟是一位田野调查与文献研究较为平衡发展的青年学者。大学本科期间，她参与了我主持的国家社科项目“广西粤剧演剧形态资料库建设研究”，协助我完成了梧州、玉林等地粤剧演剧田野调查，展现了较强的实践调查与科研能力，并出色完成了国家级大学本科创新项目《广西粤剧演剧生态调查与研究》，以优异的成绩保送到南京大学攻读研究生。正是这一路的精进与坚持，才有了她进入南京大学跟随解玉峰先生在词曲学方向继续深造的资粮。如今转眼已是第三个年头，我很惊喜地收到她寄来的《闲情偶寄》注释本。通读全书，她的注释细致翔实，文从字顺，明白易懂，基本能够满足大众读者的理解要求，而《闲情偶寄》所指向的生活美育更能为时下茫然的人们带来启示。生活与学术于树娟而言，才刚刚开始，愿她在未来的日子里获得幸福，让学术寄寓在美好的生活中，如日中天。

帮闲文人李笠翁

李渔，字笠鸿，号笠翁，清代文学家。

明神宗万历三十九年（1611），李渔出生于浙江兰溪的一个药商家庭，襁褓中就开始识字，幼年就能作诗，堪称少年英才。早年间安逸的生活培养了他精致的生活趣味。

改朝换代使他失去了稳定的生活，李渔先是隐居山林，又为了生计不得不走上卖文为生的道路，却又因祸得福，自此在文坛大显身手。和名流贵人过从甚密的李渔游走全国，四处演出戏剧的收入依然难以支撑李渔艺术化的生活，他又开始从事出版业，刻印自己的作品。

明清之际，士人心态转变，不喜欢庄重严肃的论调，李渔就将自己的巧思融入服饰、园艺、饮食、种植、摆设、养生等方面，强调生活的自然之美，非常易于被各个阶层的读者接受，且流传不衰，最终在美学史和文化史上留下了自己的名字。

李渔传

李渔，字谪凡，邑之下李人。童时以五经受知学使者，补博士弟子员。少壮，擅诗、古文词著，有才子称。

好遨游，自白门移居杭州西湖上，自喜结邻山水，因号“湖上笠翁”。题室楹云“繁冗驱人，旧业尽抛尘世里；湖山招我，全家移入画图中”。性极巧，凡窗牖、床榻、服饰、器具、饮食，诸制度悉出新意。人见之莫不喜悦，故倾动一时，所交多名流、才望，即妇孺亦皆知有李笠翁。

晚年思归作《归故乡赋》有云：“采兰纫佩兮观瀫引觞。”盖于此有终焉之志也。生平著述汇为一编，名曰：《一家言》，又辑《资治新书》若干卷，其简首有《慎狱刍言》《详刑末议》数则，为渔所自撰，皆谒然仁者之言。

作诗文甚敏捷，求之可立待以去，而率臆构思不必尽准与古，最著者词曲，其意中亦无所谓高则诚、王实甫也。有《十种曲》盛行于世，当时李卓吾、陈仲醇名最噪，得笠翁为三矣。论者谓近雅，则仲醇庶几谐俗，则笠翁为甚云。昔，渔尝于下李村闲鉴沟引水环绕里址，至今大得其水利。

——《兰溪县志·卷五·文学》

李笠翁年谱

许翰章

（原载《南风》杂志1934年第10卷第1期，
错讹之处有修正。）

明神宗万历三十九年辛亥（1611）笠翁生

四十四年丙辰（1616）六岁

是年满洲汗称帝，建元天命。是为清世祖。

明光宗泰昌元年庚申（1620）十岁

明熹宗天启元年辛酉（1621）十一岁

满帝取沈阳，定都辽阳。

二年壬戌（1622）十二岁

山东白莲教作乱。[1]

七年丁卯（1627）十七岁

是年，清太宗立。

1 即以徐鸿儒为首的白莲教起义。

明思宗崇祯元年戊辰（1628）十八岁

是年流寇大起。[1]

二年己巳（1629）十九岁

笠翁丁失怙忧[2]。日者[3]谓某日回煞，宜徙宅避之，笠翁力辟其妄。是夕，张炬设席于中堂，诵《蓼莪》之篇[4]，读大小戴之《记》[5]，涕泗达曙而不闻影响，乃作《回煞辩》。

四年辛未（1631）二十一岁

满兵陷大凌城。

五年壬申（1632）二十二岁

流寇张献忠寇山西。

六年癸酉（1633）二十三岁

流寇犯畿南北河又犯湖广。

八年乙亥（1635）二十五岁

流贼陷凤阳焚皇陵。

九年丙子（1636）二十六岁

李自成掠陕西。满洲改国号“清”。

十一年戊寅（1638）二十八岁

清兵犯京。

十四年辛巳（1641）三十一岁

李自成陷河南，杀福王，又杀唐王。

1　这一年多地爆发兵变和起义。

2　丁失怙忧：父亲去世。

3　日者：古代以占卜为业的人。

4《蓼莪（lù é）》之篇：《诗经·蓼莪》，抒发不能奉养父母的伤痛之情。

5　大小戴之《记》：汉朝人戴德和侄子戴圣都阐述过《礼记》的内容，即《大戴礼记》和《小戴礼记》。

十五年壬午（1642）三十二岁

作壬午除夕诗，有“八口尚余三”之句。[1]

清世祖顺治元年甲申（1644）三十四岁

笠翁遭张献忠之乱，奔走流离，有《甲申纪乱》与《甲申避兵》一首。又作《朱海溪先生小像题咏序》。

二年乙酉（1645）三十五岁

春，笠翁纳姬曹氏。是年游仙华。

三年丙戌（1646）三十六岁

清兵取福建，杀唐王，季海涛死节，笠翁作诗挽之。又有《丙戌除夜》诗云：“秃尽狂奴发，来耕墓上田，屋留兵燹后，身活战场边，几处烽烟熄？谁家骨肉全？借人聊慰已，且过太平年。”盖伤杂乱也。

四年丁亥（1647）三十七岁

作丁亥守岁诗有“著述年来少，应惭末世称”之句。

八年辛卯（1651）四十一岁

笠翁游东安，与贤明峰僧法上游黑山，作有《黑山记》。又有《辛卯元日》诗云：“又从今日始，追逐少年场。”又作《苋羹赋》，憩贤明山时所作也。

十年癸巳（1653）四十三岁

夏，笠翁挂帆北上，舟中作《题王安节画册》八首。

十三年丙申（1656）四十六岁

明永历帝奔云南。

十六年己亥（1659）四十九岁

1　1642年冬天，清兵略地屠城，史称“壬午兵燹”。

明永历奔缅甸。

十七年庚子（1660）五十岁

笠翁初举一男，自出一联云："一生好事无双日，百岁闲身得半时。"

十八年辛丑（1661）五十一岁

笠翁举第二男，自纪云："诞生之际，适范正、卢远心二观察过访，亲试啼声而去，因以双星命名，志佳兆也。"是年，周将军以西征凯旋归，与宾客共作严陵西湖之游，笠翁亦被邀，作有《严陵西湖记》。时八月十有八日也。

康熙元年壬寅（1662）五十二岁

笠翁举第三子，又举第四子，其诗有"一璋才弄一璋萌[1]"之句。

五年丙午（1666）五十六岁

笠翁自都门入秦，赴贾胶侯、刘耀薇、张飞熊三君子之招。道经平阳，为观察范正少留，得姬乔复生，命伶工奏其所撰新词《凰求凤》，此词脱稿未数月。

入秦后，欲得一授歌之人，适有一金间老优，年七十馀，因招致焉。旋又得姬王再来，此笠翁一生最得意之时也。

八年己酉（1669）五十九岁

笠翁自西子湖移居白门。夏，水涨滔天，久而不涸，斋头淹死榴橙各一株。

1 弄璋：古人将生了儿子称为"弄璋之喜"。

九年庚戌（1670）六十岁

笠翁作《六秩自寿》诗四首。又有自寿联云："霜雪盈头心移少，儿孙满眼性尤痴。"

十年辛亥（1671）六十一岁

《闲情偶寄》书成，余怀为之作序。

初夏，阻江燕子矶者凡三日。时翁祷于神曰："愿为诸神题联，如其夏有当乞反风助我。"遂题濯足亭、关帝庙、观音阁三联。题毕返舟，风果立变，不竟日而抵京口。是时泊之舟不下数百，行人以千记，咸咄咄称怪云。秋，又以阻风泊燕子矶，则见所题方亭上之联，已被好事者以木代石镌而为碑矣。

十一年壬子（1672）六十二岁

笠翁自秣陵之汉阳，其宠姬复生、再来偕行，复生犯病不敢言，以笠翁正著《一家言》之初集故也。复生旋病卒于汉阳，笠翁伤之，作《断肠诗》二十首。夏，患目疾。

是年，笠翁在子湘太守署中，常与一时贤豪饮酒赋诗于黄鹤楼上。

十二年癸丑（1673）六十三岁

笠翁入都门访友，宠姬王再来随行，又殁于途中，作《后断肠诗》十首，并作《乔复生、王再来二姬合传》。又有《朱静子传》，予疑为是年所作，因传中有云："时予方自悼乔、王二姬作为合传，传毕遂以述此。"故也。[1]

1　单锦珩认为此事当在下一年。

过鸠兹，有曹石臣者，怀细君之像示笠翁，谓其妻生平非笠翁之书不读，冀得李子片言，死当瞑目云。笠翁乃为题一赞。

过浙得读春及堂诗，设位而哭，为作春及诗堂跋。春及堂主人侯官，为笠翁一生受得最始之人，笠翁应童子赋时，读以五经见拔。

是年，儿辈得笠翁诗韵付坊人，时笠翁不知也。与小友王安节复游燕子矶，月夜泊舟，坐饮其上，复题诗二律，词一阕，居未复梓之，悬于路口。

十三年甲寅（1674）六十四岁

靖南王耿精忠反于福建，巡海道陈大来死之。

笠翁过故人丁药园于武林及南归，家姬于途中产一儿。笠翁诗云："穷途赖有添丁好，得免空船载月归。"及抵家，始知笠翁诗韵已付梓[1]，乃为作一序。

十四年乙卯（1675）六十五岁

笠翁闻陈大来之死耗，然仍未证实。是年，两儿泮游于浙，寓何画公使君园亭后，遂决策自白门移家至武林。至杭卧病几殆。

此二年间，八闽已叛，江浙骚然，朱修龄倡义鸠资，赎难民妻女，笠翁为作《朱子修龄倡义鸠资赎难民妻女纪略》。

十五年丙辰（1676）六十六岁

笠翁是年始悉陈大来之死为事实，设坛祭之，并祭范觐

1 付梓：出版印刷。

公，比之以文天祥之忠贞。

是年，笠翁在京邸，作《寿张俊升臬宪序》。

十六年丁巳（1677）六十七岁

春，自白门移家，过燕子矶，与其婿沈因伯同登山，欲一观手迹之存否。至则宛然无恙，因伯举手贺曰："久而不灭，山川之灵也……诗词与联偕名山而不朽矣……"笠翁曰："欲计长久则有古人之三不朽者。"

小春，偕顾梁汾典籍、吴云文文学，集吴念庵斋头啖蟹，即席同赋诗，韵限蟹头鱼尾。越十日，复招啖蟹，笠翁及婿在焉，因复歌之，仍用蟹头鱼尾之韵。

秋，客吴兴，重九独不登高，作《不登高赋》。

冬与余霁岩游道、场岘山二名胜。是年常抱病。

十七年戊午（1678）六十八岁

笠翁自归湖上后，买山而隐，宇曰"层园"。是年，始加修葺，有张壶阳观察致访，作唐人近体十律赠之。笠翁亦一一作和，盖从此不复作出岫之云矣。笠翁病尚未告痊。

是年，作《送别驾许公汉昭擢郡司马序》《祝陈大中承太夫人寿序》及《梁太夫人寿册序》。

（笠翁暮年著述愈多，但常在病中过活，自六十八岁以后，其作品已无年月可考。予疑其卒于是年。容再考。[1]）

1 据最新考证，李渔卒于康熙十九年庚申（1680）正月十三日，享年七十岁。

初代读者的评价

《闲情偶寄》是李渔一生最重要的代表作品之一，也是他最满意的作品。

57岁时李渔开始写作《闲情偶寄》，写成一部就刻印一部，陆陆续续耗时六年才终于完成。这本书的创作融入了李渔一生的生活经验和学识积累，充分发挥了他善于戏谑的特长，让这部作品集实用性和娱乐性于一体。

李渔自己非常看重《闲情偶寄》，在《凡例》中备述自己写作此书的目的和原则，自然也非常在意别人对这部书的评价。当有读者因为一点不喜欢而退还借阅的书籍后，他还要专门作诗为《闲情偶寄》辩解。他的朋友余怀和尤侗以严肃的态度评点了《闲情偶寄》的价值，饱含着对作者作品的深刻理解，并且预言这本书将会大受欢迎，广为流传，后来也的确如此。

凡例七则：四期三戒

一期点缀太平

圣主当阳[1]，力崇文教，庙堂[2]既陈诗赋，草野合奏风谣[3]，所谓上行而下效[4]也，武士之戈矛，文人之笔墨，乃治乱均需之物，乱则以之削平反侧，治则以之点缀太平，方今海甸澄清，太平有象，正文人点缀之秋也。故于暇日抽毫，以代康衢鼓腹[5]，所言八事，无一事不新，所著万言，无一言稍故者，以鼎新之盛世，应有一二未睹之事，未闻之言以扩耳目，犹之美厦告成，非残朱剩碧所能涂饰榱楹者也，草莽微臣，敢辞粉藻[6]之力。

1 当阳：古代称天子南面向阳而治为当阳。这里指帝王登位。

2 庙堂：太庙的明堂，或指古代帝王祭祀、议事的地方。这里借指朝廷。

3 风谣：古代称民谣或风俗歌谣为风谣。

4 上行而下效：效：仿效，跟着学。意思是上面的人怎么做，下面的人就跟着怎么干。

5 康衢鼓腹：康衢：宽阔平坦的大路。鼓腹：拍击腹部，以应歌节。这里的意思是在康庄大道上拍腹应和歌节。

6 粉藻：意为粉饰。这里是自谦的话。

一期崇尚俭朴

创立新制，最忌导人以奢，奢则贫者难行，而使富贵之家日流于侈，是败坏风俗之书，非扶持名教[1]之书也，是集惟《演习》《声容》二种，为显者陶情之事，欲俭不能，然亦节去靡费之半，其余如《居室》《器玩》《饮馔》《种植》《颐养》诸部，皆寓节俭于制度之中，黜奢靡于绳墨[2]之外，富有天下者可行，贫无卓锥者亦可行，盖缘身处极贫之地，知物力之最艰，谬谓天下之贫，皆同于我，我所不欲，勿施于人，故不觉其言之似吝也，然靡荡世风，或反因之有裨。

一期规正风俗

风俗之靡，日甚一日，究其日甚之故，则以喜新而尚异也，新异不诡于法，但须新之有道，异之有方，有道有方，总期不失情理之正；以索隐行怪[3]之俗，而责其全返中庸，必不得之数也，不若以有道之新，易无道之新，以有方之异，变无方之异，庶彼乐于从事，而吾点缀太平之念为不虚矣。是集所载，皆极新极异之谈，然无一不轨于正道，其可告无罪于世者此耳。

1　名教：《世说新语・德行》：“欲以天下名教是非为己任。”西汉武帝时，把符合封建统治利益的政治观念、道德规范等立为名分，定为名目，号为名节，制为功名，以之教化，称“以名为教”。这里指以“三纲”“五常”为主要内容的封建礼教。

2　绳墨：木匠画直线用的工具，用绳染墨在木上弹印直线。这里指准则。

3　索隐行怪：索：探索；隐：隐暗的事；行：从事；怪：怪异的事。求索隐暗的事情，从事怪迂的途径。这里的意思是靠怪异行为来博得名声。

一期警惕人心

风俗之靡，犹于人心之坏，正俗必先正心。然近日，人情喜读闲书，畏听庄论，有心劝世者，正告则不足，旁引曲譬[1]则有余。是集也，纯以劝惩为心，而又不标劝惩之目，名曰《闲情偶寄》者，虑人目为庄论而避之也。劝惩之语，下半居多，前数帙俱谈风雅，正论不载于始而丽于终者，冀人由雅及庄，渐入渐深，而不觉其可畏也。劝惩之意，绝不明言，或假草木昆虫之微，或借活命养生之大以寓之者，即所谓正告不足，旁引曲譬则有余也。实具婆心，非同客语，正人奇士，当共谅之。

一戒剽窃陈言

不佞[2]半世操觚，不攘他人一字；空疏自愧者有之，诞妄贻讥者有之；至于剿窠袭臼[3]，嚼前人唾余，而谬谓舌花新发者，则不特自信其无，而海内名贤亦尽知其不屑有也。然从前杂刻，新则新矣，犹是一岁一生之草，非百年一伐之木，草之青也可爱，枯则可焚；木即不堪为栋为梁，然欲刈而薪之，则人有不忍于心者矣。故知是集也者，其初出则为乍生之草，即其既陈既腐，犹可比于不忍为薪之木，以其可斫可雕而适于用也。以较邺架[4]名编则不足，以角奚囊旧著则有余，阅是编者，请由始迄终，验其是新

1 旁引曲譬：广泛地引证，婉转地譬喻。

2 不佞：没有才能。这里是“我”的谦称。

3 剿窠袭臼：这里的意思是沿袭他人现成的格式与套路。

4 邺架：出自韩愈《送诸葛觉往随州读书》诗：“邺侯家多书，插架三万轴。”邺侯即李泌。后来人们用“邺架”比喻藏书之多。这里为藏书之美称。

是旧，如觅得一语为他书所现载，人口所既言者，则作者非他，即武库[1]之穿窬[2]，词场之大盗也。

一戒网罗旧集

数十年来，述作名家皆有著书捷径，以只字片言之少，可酿为连篇累牍[3]之繁，如有连篇累牍之繁，即可变为汗牛充栋[4]之富，何也？以其制作新言缀于简首，随集古今名论附而益之。如说天文，即纂天文所有诸往事及前人所作诸词赋以实之，地理亦然，人物、鸟兽、草木诸类尽然；作而兼之以述，有事半功倍之能，真良法也。鄙见则谓著则成著，述则成述，不应首鼠二端[5]，宁捉襟肘以露贫，不借裘马以彰富，有则还吾故有，无则安其本无，不载旧本之一言，以补新书之偶缺，不借前人之只字，以证后事之不经，观者于诸项之中，幸勿事事求全，言言责备，此新耳目之书，非备考核之书也。

一戒支离补凑

有怪此书立法未备者，谓既有心作古，当使物物尽有成规，胡一类之中止言数事，予应之曰，医贵专门，忌其杂也，杂则有

1　武库：这里是称赞学识渊博、干练多才的人。

2　穿窬（yú）：穿壁逾墙，指偷盗行为。

3　连篇累牍：累：重叠；牍：书版，古代写字的木片。这里形容文辞冗长。

4　汗牛充栋：出自柳宗元《陆文通先生墓表》，书籍堆满屋子就高及栋梁；用牛马运书则累得出汗。后来用“汗牛充栋”形容书籍非常多。

5　首鼠二端：多疑的老鼠出洞时一进一退的状态。这里是瞻前顾后、迟疑不决的意思。

验有不验矣，史贵能缺，“夏五”“郭公”之不增一字，不正其讹者，以示能缺，缺斯可信，备则开天下后世之疑矣，使如子言而求诸事皆备，一物不遗，则支离补凑之病见，人将疑其可疑，而并疑其可信，是使良法不行于世，皆求全一念误之也。予以一人而僭陈八事，由词曲、演习以及种植、颐养，虽曰“多能鄙事，贱者之常”。然犹自病其太杂，终不得比于专门之医，奈何欲举星相、医卜、堪舆[1]、日者[2]之事，而并责之一人乎？其人否否而退。八事之中，事事立法者止有六种，至《饮馔》《种植》二部之所言者，不尽是法，多以评论间之，宁以支离二字立论，不敢以之立法者，恐误天下之人也，然自谓立论之长，犹胜于立法，请质之海内名公，果能免于支离之诮否？

1　堪舆：风水。“堪”为高处，“舆”为下处，指住宅基地或坟地的形势，也指相宅、相墓之法。迷信术数的一种。

2　日者：占候卜筮的人。

尤侗序

声色[1]者，才人之寄旅；文章者，造物之工师。我思古人，如子胥吹箫[2]，正平挝鼓[3]，叔夜弹琴[4]，季长弄笛[5]，王维[6]为“琵琶弟子”，和凝[7]称“曲子相公”，以至京兆[8]画眉，幼舆折齿[9]，子建傅

1 声色：这里指歌舞和女色。

2 子胥吹箫：这里指伍子胥吴市吹箫的典故，出自《史记·范雎蔡泽列传》，范雎从魏国逃亡到秦时，对秦昭王举出了春秋时楚国的伍子胥逃至吴国，在市上吹箫乞食，最终兴吴伐楚的事例，希望能够说服秦王采纳并实行自己的政治主张。后来以“吴市吹箫”比喻行乞街头，生活艰苦。

3 正平挝（zhuā）鼓：祢衡，字正平，汉末名士，《后汉书·祢衡传》记载：曹操有意羞辱恃才傲物的祢衡，命他为宾客击鼓助兴，祢衡裸身扬槌击鼓，作《渔阳参（càn）挝》曲，音调悲壮铿锵，击鼓三遍，四座宾客都为之动容。

4 叔夜弹琴：嵇康，字叔夜，三国魏谯国铚（今安徽宿县西）人，善弹琴曲。这里指音乐优美动听。

5 季长弄笛：马融，字季长，东汉才子，极擅长吹笛，著有《长笛赋》。这里用来称赞笛艺高明。

6 王维：字摩诘，唐代诗人、画家，兼通音乐。

7 和凝：字成绩，五代词人。少年时好作短歌艳曲，流传汴、洛，时称“曲子相公”。

8 京兆：指张敞，字子高，汉宣帝时为京兆尹，他经常为妻子画眉，且精通各种秀美的样式。后来人们用张敞画眉形容夫妻感情融洽、深挚，或赞美女子眉毛秀美。

9 幼舆折齿：《左传·哀公六年》记载：春秋时期，齐景公十分疼爱儿子荼，有一次趴在地上口衔绳索当牛给儿子骑着玩，结果小儿子玩得高兴不小心摔下来了，绳子把齐景公的牙齿也折断了。孺子牛原意表示对幼子的宠爱，后来演变为无私奉献地为人民大众谋求利益。

粉，相如挂冠，子京之半臂忍寒，熙载之衲衣乞食，此皆绝世才人，落魄无聊，有所托而逃焉。犹之行百里者，车殆马烦，寄宿旅舍已尔，其视宜春院里画鼓三千，梓泽园中金钗十二，雅俗之别，奚啻[1]径庭哉！

然是物也，虽自然之妙丽，借文章而始传。前人如《琴》《笛》《洞箫》诸赋，固已分刌[2]节度，穷极幼眇；乃至《巫山》陈兰若之芳，《洛浦》写瑶碧之饰，东家之子比其赤白，上宫之女状其艳光，数行之内，若拂馨香，尺幅之中，如亲巧笑，岂非笔精墨妙，为选声之金管，练色之宝镜乎？抑有进焉，江淹[3]有云："蓝朱成彩，错杂之变无穷；宫商为音，靡曼之态不极。"蛾眉岂同貌而俱动于魄？芳草宁共气而皆悦于魂？故相其体裁，既家妍而户媚；考其程式，亦日异而月新。假使飞燕、太真生在今时，则必不奏《归风》之歌，播《羽衣》之舞；文君、孙寿来于此地，则必不扫远山之黛，施堕马之妆。何也？数见不鲜也。客有歌于郢中[4]者，《阳春白雪》，和者不过数人，非曲高而和寡也，和者日多，则歌者日卑。《阳春白雪》何异于《巴人下里》乎？西子捧心而颦，丑妇效之，见者却走。其妇未必丑也，使西子交效颦，亦同嫫姆矣。由此观之，声色之道千变万化。造物者有时而穷，物不可以终穷也，故受之以才。天地炉锤，铸之不

1 啻：仅仅，只。

2 刌（cǔn）：割；切。

3 江淹：南朝梁文学家，字文通，济阳考城（今河南兰考）人。诗、赋、文兼长，有《江文通集》，他的抒情小赋《恨赋》《别赋》最为著名。晚年所作诗文不及前期，人称"江郎才尽"。

4 郢（yǐng）中：这里指古楚地。

尽；吾心橐籥，动而愈出。三寸不律[1]，能凿混沌之窍；五色赫蹄[2]，可炼女娲之石。则斯人者，诚宫闺之刀尺而帷簿[3]之班、输。天下文章，莫大乎是矣。

读笠翁先生之书，吾惊焉。所著《闲情偶寄》若干卷，用狡狯[4]伎俩，作游戏神通。入公子行以当场，现美人身而说法。洎乎平章[5]土木，勾当烟花，哺啜之事亦复可观，屐履之间皆得其任。虽才人三昧，笔补天工，而镂空绘影，索隐钓奇，窃恐犯造物之忌矣。乃笠翁不徒托诸空言，遂已演为本事。家居长干，山楼水阁，药栏花砌，辄引人著胜地。薄游吴市，集名优数辈，度其梨园法曲[6]，红弦翠袖，烛影参差，望者疑为神仙中人。若是乎笠翁之才，造物不惟不忌，而且惜其劳、美其报焉。人生百年，为乐苦不足也，笠翁何以得此于天哉！仆本恨人[7]，幸适良宴，正如秦穆睹《钧天》之乐，赵武听孟姚之歌，非不醉心，仿佛梦中而已矣。

1　不律：这里指笔。

2　赫蹄：这里指古代用来书写的小幅绢帛，后来也借指纸。

3　帷簿：本义指门内的帷幕和帘子，可引申为男女交合。

4　狡狯：这里是机灵、诡诈的意思。

5　平章：评点、商酌。

6　法曲：因佛教或道教法会时所奏的乐曲而得名，最早见于东晋的《法显传》。法曲原为西域各族民乐，传入中国与清商乐结合，形成隋代的法曲。唐玄宗很喜爱法曲，专门设了梨园法部。

7　恨人：这里指失意而抱恨的人。

余怀序

《周礼》一书，本言王道，乃上自井田军国之大，下至酒浆扉屦[1]之细，无不纤悉具备，位置得宜，故曰："王道本乎人情。"然王莽一用之于汉而败，王安石再用之于宋而又败者，其故何哉？盖以莽与安石皆不近人情之人，用《周礼》固败，不用《周礼》亦败。《周礼》不幸为两人所用，用《周礼》之过，而非《周礼》之过也。苏明允曰："凡事之不近人情者，鲜不为大奸慝[2]。"古今来大勋业、真文章，总不出人情之外。其在人情之外者，非鬼神荒忽虚诞之事，则诪张伪幻狯獝[3]之辞，其切于男女饮食日用平常者，盖已希矣。

余读李子笠翁《闲情偶寄》而深有感也。昔陶元亮[4]作《闲情赋》，其间为领、为带、为席、为履、为黛、为泽、为影、为烛、为扇、为桐，缠绵婉娈，聊一寄其闲情，而万虑之存，八表

1 屦（jù）：古代用麻葛制成的一种鞋。
2 奸慝（tè）：这里指奸邪、邪恶的人。
3 狯獝：狯：狡猾；獝：恶鬼。这里是狡猾邪恶的意思。
4 陶元亮：陶潜，字元亮，名渊明。东晋庐江浔阳人，作《五柳先生传》，性情洒脱豪放，不为五斗米折腰，是晋代著名的田园诗人。

乏憩[1]，即于此可类推焉。今李子《偶寄》之书，事在耳目之内，思出风云之表，前人所欲发而未竟发者，李子尽发之；今人所欲言而不能言者，李子尽言之。其言近，其旨远，其取情多而用物闳，谬谬乎，缅缅乎，汶者读之旷，僿者读之通，悲者读之愉，拙者读之巧，愁者读之忭[2]且舞，病者读之霍然兴。此非李子《偶寄》之书，而天下雅人韵士家弦户诵[3]之书也。吾知此书出，将不胫而走[4]。百济之使，维舟而求；鸡林之贾，辇[5]金而购矣。

而世之腐儒，犹谓李子不为经国之大业，而为破道之小言者，余应之曰：唯唯否否[6]。昔谢文靖高卧东山系天下苍生之望，而游必携妓，墅则围棋。谢玄破贼，桓冲初忧之，郗超曰："玄必能破贼。吾尝共事桓公府，履屐间皆得其用，是以知之。"白香山道风雅量，为世所钦，而谢好、陈结、紫绡、菱角，惊破霓裳羽衣之曲，罢刑部侍郎时，得臧获之习管磬弦歌者，指百以归。苏文忠秉心刚正，不立异，不诡随，而琴操、朝云、螭头、鹊尾[7]，有每闻清歌，辄唤奈何之致。韩昌黎开云驱鳄[8]，师表朝廷，而每当宾客之会，辄出二侍女合弹琵琶、筝。故古今来能建大勋业，作真

1 憩：休息。

2 忭（biàn）：高兴、欢喜。

3 家弦户诵：家家户户都不断歌诵，原来形容有功德的人，人人怀念。这里的意思是作品流传得很广。

4 不胫而走：胫，小腿。这里的意思是消息不待推行，就迅速传播。

5 辇：天子或王室坐的车子。这里指用车子拉着。

6 唯唯否否（wěi wěi fǒu fǒu）：唯唯：回答时表示同意的应声；否否：别人说否，自己也跟着说否。形容胆小怕事，一味顺从。

7 螭（chī）头鹊尾：螭头：指古代彝器、碑额、庭柱、殿阶及印章等上面的螭龙头像，也指殿前雕有螭头形的石阶等。鹊尾："鹊尾炉"的简称。这里泛指香炉。

8 这里指《新唐书·韩愈传》中记载的韩愈到潮州驱走了祸害民众的鳄鱼一事。

文章者，必有超世绝俗之情，磊落嵚崎[1]之韵，如文靖诸公是也。今李子以雅淡之才，巧妙之思，经营惨淡缔造周详，即经国之大业，何遽不在？是而岂破道之小言也哉？

往余年少驰骋，自命江左风流，选妓填词，吹箫跕屣[2]，曾以一曲之狂歌，回两行之红粉。而今老矣，不复为矣！独是冥心高寄，千载相关，深恶王莽、王安石之不近人情，而独爱陶元亮之闲情作赋。读李子之书又未免见猎心喜也。王右军[3]云："年在桑榆[4]，正赖丝竹陶写。"余虽颓然自放，倘遇洞房绮疏[5]，交鼓緶[6]瑟，宫商迭奏，竹肉竞陈，犹当支颐障袖[7]，倾耳而听之。

1 磊落嵚（qīn）崎：比喻品格卓异出群。

2 跕（tiē）屣：跕：拖着鞋走路。形容拖着鞋子，脚尖轻轻着地行走。这里的意思是挟妓冶游。

3 王右军：王羲之。

4 桑榆：这里指晚年，暮年。

5 绮疏：雕刻成空心花纹的窗户。

6 緶（pián）：方言，用针缝。这里指交织，穿插。

7 支颐障袖：用手托着下巴，用袖子遮住脸。

玩出诗意生活

《闲情偶寄》是李渔艺术生活的集中体现，他的生活趣味也不只留在《闲情偶寄》中。

《笠翁一家言全集》是李渔的作品集，留下了他或醉心园艺，或赏玩山石，或品鉴美食，或设计居室的身影。

移蔷薇

邻翁割爱赠芳菲，香气沿途引蝶归。
拚手种花忘却刺，指疼方忆种蔷薇。

种水仙

往事曾观纪异编，餐花八斗便成仙。
莳伊非信荒唐说，只爱幽芳雪里妍。

养苔

汲水培苔浅却池，邻翁拍手笑人痴。
未成斑藓浑难得，绕砌频呼绿丝钩。

戚园怪石

何物无情块，浑如作意妆。
援弓将射虎，不叱自成羊。
肌发莓苔碧，衣裳薜荔香。
若逢颠米至，拜杀丈人旁。

煮雪烹茶

鹅毛小帚掠干泉，撮入银铛夹冻煎。
天性自寒难得热，本来无染莫教湔。
比初虽减三分白，过后应输一味鲜。
更喜轻烟浮竹梢，鹤飞不避似相怜。

忆蟹

一生嗜蟹螯，羊枣同其癖。
忘此同秋成，丰歉在肥瘠。
持与酒杯共，如卷手不释。
今年客遐荒，乐事废行役。
螃蠘不易见，矧睹匡盈尺。
终日对监州，如人何所益。
蟹时不得归，归时蟹已没。
负此一年秋，鲥鱼又生骨。

食松菌

松菌无根出自天，闻雷十度九垂涎。
不妨七著朝朝失，免我辛勤种菜田。

闽中食鲜荔枝

岭南曾啖此，已足慰生平。
谁识枫亭种，尤高荔子名。
交梨辞缝阙，火枣下蓬瀛。
占尽人间美，还应甲上清。

梨花海棠便面

素艳傍娇红，幽芳两相结。
无香似有香，欲雪不成雪。

制花栏

佳事本难骤，其如性若湍。
未谋分菊土。先制待花栏。

三个圈已出版文学书单（持续更新中）

美国文学

- 了不起的盖茨比
- 爱伦·坡短篇小说集
- 小妇人
- 野性的呼唤
- 漫长的告别
- 再见，吾爱
- 长眠不醒
- 欧·亨利短篇小说精选
- 哈克贝利·费恩历险记
- 汤姆·索亚历险记
- 百万英镑
- 老人与海
- 永别了，武器
- 人鼠之间
- 夜色温柔
- 马耳他之鹰
- 在路上

法国文学

- 小王子三部曲（全3册）
- 卡门
- 茶花女
- 人间喜剧（全10册）
- 伏尔泰小说精选
- 包法利夫人
- 羊脂球
- 基督山伯爵
- 三个火枪手
- 红与黑
- 列那狐的故事
- 凡尔纳科幻经典（全8册）
- 海底两万里
- 神秘岛
- 八十天环游地球
- 地心游记
- 巴黎圣母院
- 悲惨世界
- 约翰·克利斯朵夫
- 局外人
- 鼠疫
- 追寻逝去的时光
- 昆虫记

英国文学

- 道林 · 格雷的画像
- 夜莺与玫瑰
- 丛林之书
- 呼啸山庄
- 弗兰肯斯坦
- 月亮与六便士
- 人性的枷锁
- 刀锋
- 面纱
- 雾都孤儿
- 金银岛
- 格列佛游记
- 莎士比亚戏剧集（全8册）
- 虹
- 爱丽丝漫游奇境记
- 简 · 爱
- 鲁滨孙漂流记
- 科幻大师威尔斯精选集（全6册）
- 时间机器
- 隐形人
- 世界大战

爱尔兰文学

- 一个青年艺术家的画像
- 尤利西斯

日本文学

- 人间失格
- 银河铁道之夜
- 枕草子
- 春琴抄
- 刺青
- 罗生门
- 舞姬
- 我是猫

奥地利文学

- 一个陌生女人的来信
- 心灵的焦灼
- 人类群星闪耀时
- 变形记
- 城堡
- 失踪者

德国文学

- 少年维特的烦恼
- 悉达多
- 魔山

苏联文学

- 高尔基自传三部曲
- 童年
- 在人间
- 我的大学
- 日瓦戈医生

俄国文学

- 战争与和平
- 复活
- 安娜 · 卡列尼娜
- 罪与罚
- 卡拉马佐夫兄弟

其他国家文学

- 伊索寓言
- 走出非洲
- 理想国

中国古代文学

- 聊斋志异（全3册）
- 世说新语
- 菜根谭
- 小窗幽记
- 围炉夜话
- 浮生六记
- 闲情偶寄
- 随园食单

中国现当代文学

- 鲁迅全集（全20卷）
- 呼兰河传
- 四世同堂
- 沈从文作品精选（共4册）
- 受戒
- 人间滋味

读客

激发个人成长

多年以来，千千万万有经验的读者，都会定期查看熊猫君家的最新书目，挑选满足自己成长需求的新书。

读客图书以“激发个人成长”为使命，在以下三个方面为您精选优质图书：

1. 精神成长

熊猫君家精彩绝伦的小说文库和人文类图书，帮助你成为永远充满梦想、勇气和爱的人！

2. 知识结构成长

熊猫君家的历史类、社科类图书，帮助你了解从宇宙诞生、文明演变直至今日世界之形成的方方面面。

3. 工作技能成长

熊猫君家的经管类、家教类图书，指引你更好地工作、更有效率地生活，减少人生中的烦恼。

每一本读客图书都轻松好读，精彩绝伦，充满无穷阅读乐趣！